비
애

비애

AMOUR TRISTE

/

이서윤 장편소설

지은이 이서윤
펴낸이 이형기
펴낸곳 도서출판 가하

초판인쇄 2014년 4월 18일
초판발행 2014년 4월 24일
출판등록 2008년 10월 15일 제 318-2008-00100호

주소 서울 영등포구 양평로 67, 1209 (당산동5가, 한강포스빌)
전화 02-2631-2846 **팩스** 02-2631-1846

www.ixbook.co.kr

ISBN 979-11-5682-085-7 03810

값 9,000원

copyright ⓒ 이서윤, 2014

이 책은 저작권법의 보호를 받는 저작물입니다. 무단전재와 무단복제를 금합니다.
잘못된 책은 구입하신 곳에서 바꾸어 드립니다.

프롤로그

실내는 어둑했다. 투둑투둑. 빗소리가 멀리서 들려왔다. 장엄한 첼로의 선율이 조금 전까지 남자의 마음이 걷잡을 수 없을 만큼 질주한 것처럼 어지러운 음률을 쏟아낸다. 초가을비 내리는 바깥은 쌀쌀했지만, 실내는 훈훈했다. 어딘가에서 스며든 비 내음이 눅눅히 섞였다.

현관문이 쿵 소리를 내며 닫히기도 전, 남자는 잡고 있던 여자의 몸을 벽 쪽으로 밀었다. 여자의 젖은 얼굴을 두 손으로 부여잡아 거칠게 입맞춤하고, 석류처럼 벌어진 입술 사이로 거침없이 혀를 밀어 넣었다. 상대의 혀를 낚아채 미친 듯이 빨아들였다.

맞붙은 입술 사이로 비와 섞인 타액이 흘렀다. 흠뻑 젖은 여자의 몸과 남자의 몸이 맞붙어 비벼지고 마찰했다. 노골적인 열기가 피어오르고 솔직한 욕망이 솟구쳤다. 여전히 탄력적인 몸과 몸. 아니, 보다 더 성숙해지고 젊음의 절정에 다다른 여자의 몸이 그를 옭아맸다. 여전히 미친 것처럼······.

흐흡!

남자는 숨이 막힐 것 같았다. 여자의 모든 것이 우습게도 그를 지배한다. 여전히. 7년이나 지난 지금도, 어이없을 만큼.

"넌……!"

남자의 눈빛이 불꽃처럼 펄럭거렸다. 감정이 이글거렸다. 젖은 옷 아래, 팽팽히 부푼 여자의 젖가슴을 거칠게 움켜쥐고 힘을 실었다.

"아!"

여자가 약하게 신음했다. 연약한 몸짓이 그를 더욱 타오르게 했다. 남자는 고개 숙여 여자의 목덜미에 얼굴을 묻었다. 가녀린 목덜미를 따라 입맞춤을 시작했다. 흠칫, 고개를 움찔한 여자가 그의 입술을 피했다. 순간 남자의 눈빛이 독해졌다. 날카로워진 눈매로 여자를 바라봤다. 눈빛에 설핏 의심이 스쳤다.

"여긴…… 싫어."

그를 올려다보는 여자의 눈매가 희미하게 일그러졌다. 그보다 간절한 어떤 애원. 이상하다.

남자의 심장이 덜컥 울렸다. 눈빛이 움찔거렸고, 오만하게 턱이 들렸다. 남자의 입술이 비틀리고 눈빛이 날카롭게 번뜩였다.

"훗! 장소를 가릴 만한 여유가 남았나?"

남자가 코웃음 쳤다. 오만하게 들린 눈빛은 어두워진 여자의 눈빛을 보지 못했다. 모멸감에 가까운 감정을 짓깨문 여자가 그의 옷자락을 움켜쥔 것을 신호로 남자가 여자의 몸을 번쩍 안아들었다. 큰 걸음으로 거실을 가로질러 침실로 들어서 넓은 침대 위에 여자를 내려놓았다. 청결하고 뽀송뽀송하던 시트가 젖어도 개의치

비애

않았다. 여자를 비웃었지만 동요한 것은 자신이기 때문이다.

"흡!"

입술이 맞부딪쳤다. 어떠한 말도, 주저함도 필요 없다. 오로지 지금 보이는 것은 상대뿐. 주린 듯 달려들어 할퀴고 짓이겨서라도 제 것으로 만들어야 한다.

농밀한 접촉. 남자는 아프도록 깊게 여자의 입 안을 파고들었다. 목 안쪽 끝까지 파고들어 혀를 엮고, 허기지게 빨아들였다. 지금껏 경험치 못한 지독한 쾌감이 악귀처럼 몰려들었다.

"아."

남자의 귓가에 그녀의 젖은 한숨이 흘렀다. 뜨겁고, 무거운, 남자의 정신을 번쩍 들게 한 그것. 그제야 그는 자신들이 키스만으로 의미가 없음을 깨달았다. 주저하지 않고 그의 손이 한껏 젖어 달라붙은 여자의 블라우스를 양옆으로 힘껏 잡아챘다. 우득. 거추장스럽던 젖은 옷가지가 찢기듯 벗겨 나가고, 눈처럼 하얀 브래지어가 불룩 솟았다. 그것마저 거침없이 밀어올린 남자가 우악스레 움켜쥔 젖가슴을 덥석 물고 힘차게 빨았다.

"으윽…… 아아!"

여자의 몸이 갓 잡아 올린 생선처럼 펄떡 뛰었다. 몸부림치며 그에게 매달렸다. 작은 입술서 새어나오는 한숨은 달콤했다. 그를 눈멀게 하고 미혹시켰다. 단단한 근육으로 꽉 잡힌 남자의 복부가 긴장으로 움찔거렸다. 욕망이 팽배해 발기한 남성이 돌덩이보다 단단해졌다. 그곳에 여자의 손길이 닿았다.

"건들지 마."

남자의 목소리는 차고 냉정했다. 마치 흥분한 몸이 제 것이 아닌 것처럼, 이런 미친 열풍 속에서도 이성은 살아 있다고 알려주기라도 하는 듯. 그는 여자를 똑바로 바라보며 몸을 일으켰다. 오만한 표정으로 제 옷을 벗어 던졌다.

이것은 벌이다. 제 자신에게도, 욕망에 진 여자에게도.

분노는 욕망과 더불어 팽배해졌고, 아픔이 되어 밀려들었다.

봐. 변한 것은 아무것도 없어. 그때도 지금도 나는 얼빠진 놈처럼 널 원해. 이렇게, 미칠 듯이! 네가 날 다시 배신할 것을 알아도…… 무기력하게 널 원해. 지금은 널 가져야 한다.

남자의 눈동자가 이글거렸다. 여자를 당장이라도 태워버릴 듯 붉게 변했다.

"최은효!"

남자가 야수처럼 으르렁거렸다. 여자의 하얗고 탱탱한 엉덩이를 한껏 움켜쥐었다. 잘못 본 것인가. 이를 악문 채 그를 바라보는 서글픈 눈동자가 마음에 들지 않는다. 남자는 바르르 떨리는 여자의 검은 숲을 태울 듯 노려보았다. 숨을 크게 들이켠 동시에 걷잡을 수 없이 솟구친 자신의 욕망을 그곳에 힘껏 찔러 넣었다.

"헉!"

여자의 몸이 순간 경직되었다. 그의 상체를 꽉 움켜쥐고 움직이지 못했다.

너……!

비애

진정 믿을 수 없다. 결합된 곳에서 시작된 감당할 수 없는 조임이 남자의 이마에 굵은 힘줄을 돋게 했다. 철썩 붙어버린 듯 움직일 수 없었다. 어금니를 악문 남자의 관자놀이로 땀방울이 설핏 흘렀다. 아주 오래된 기억, 하지만 남자의 머릿속에서 어제처럼 떠오르던 첫 경험의 기억들.

미안해. 미안하다.
사랑해……, 사랑해…….

귓가에 속삭이던 밀어들, 그리고 애틋한 사랑의 언어.
"눈 떠."
남자의 음성은 여전히 깊고 묵직하게 가라앉았다. 몸의 흥분과는 별개이다. 머릿속은 어지러운 흥분과 분노가 공존했으니까. 그때, 남자의 시선을 피해 두 눈을 꼭 감았던 여자가 서서히 눈을 떴다. 찰나 마주친 눈빛이 흔들렸다. 물기가 담긴 듯하다고 남자는 생각했다. 그가 천천히 입을 열었다.
"네 입으로 말해봐, 내가 누군지."
남자가 명령했다. 말하지 않으면, 온몸을 비틀어서라도 토해내게 할 듯 눈빛이 매서웠다.
"윤오……."
여자의 입에서 가느다란 음성이 새어나왔다. 마치 신음처럼. 그 순간 남자가 허리를 쳐 올렸고, 거칠게 내뱉은 그들의 호흡이

11

뜨겁게 엇갈렸다. 여자는 더욱 그의 팔을 움켜쥐고 비명을 참았다.

"믿기지 않아."

남자가 혼잣말처럼 내뱉었다. 그리고 두 팔로 여자의 두 다리를 잡고 힘껏 벌렸다. 어지럽게 얽힌 검은 숲 사이, 자신의 것이 그녀의 중심과 정확히 맞물렸다.

하나가 되었다. 생각만으로도 아찔한 일이 현실이 되었다. 어쩌면 지난 시간, 오랫동안 이 순간을 기다렸는지도 모른다. 남자의 이마 위에 불끈 힘줄이 섰다. 다시 한 번 힘껏 허리를 튕겼다.

"흣!"

감당할 수 없는 힘. 참지 못한 여자가 그의 팔뚝을 힘껏 움켜쥐고 바들바들 떨었다. 그러나 남자는 사정을 둘 수 없다. 깊게, 더 깊게. 빠르게, 더 빠르게. 오로지 그것만이 목적처럼, 여자의 몸통을 꿰뚫기라도 하려는 듯 힘을 가했다. 찰박찰박. 여린 살이 마찰했다. 여자의 몸이 운율처럼 흔들리고, 흐느낌 같은 신음이 간헐적으로 흘렀다.

"윤오 씨…… 천천히…… 제발……."

여자가 애원했다. 남자는 그 애원이 듣기 좋았다. 꿈에라도 듣기를 바랐으니까. 그럼에도 그 애원이 듣기 싫어 남자는 고개를 숙이고, 거칠게 여자의 입술을 물어뜯듯 삼켰다. 달뜬 숨결과 타액을 모조리 빨아들였다. 거센 욕망을 있는 대로 드러낸 육체가 가감 없이 신음했다. 질주한다. 오랫동안 염원한 그대로, 여자를 짓

비애

이기기라도 하려는 듯 그는 한 치의 여유도 허용치 않았다.

"흡!"

감당할 수 없는 쾌감, 그리고 절정. 아주 오랜만에 느낀 정직한 쾌락과 욕망 앞에서 남자는 기어이 탄성을 터트렸다. 산화하는 빛무리. 세상이 미쳐버릴 것 같았다. 여자의 깊숙한 곳에 자신의 모든 것을 흩뿌린 남자가 그대로 여자의 위로 스러졌다.

얼마나 시간이 흐른 걸까. 그의 몸 아래서 숨을 고르던 여자가 꿈틀거렸다. 문득 남자가 몸을 일으켰다. 그를 유혹하여 반짝이던 그때와 달리 여자의 눈빛은 초연했다. 열감에 휩싸였던 순간이 허상이었던 것처럼. 남자가 못마땅한 눈빛으로 여자를 바라보았다. 문득 교미를 끝낸 암사마귀라는 단어가 떠올라 남자의 입귀가 비틀렸다.

"이제 네 욕망에 만족하나?"

남자의 말에는 경멸이 가득했다. 하지만 여자는 반응하지 않았다. 그를 바라보지도, 어떤 대꾸도 없었다.

"씻고 싶어."

여자가 침대에서 몸을 일으켰다. 순간, 거의 동시에 일어난 남자가 여자의 팔을 잡아 그대로 벽으로 밀었다. 머릿속까지 분노가 차올라, 이성으로 뭉쳐졌다 자부한 그를 일시에 무너뜨렸다. 폭주하게 했다.

"윤오 씨……!"

여자의 놀란 표정과 비명은 사라졌다. 한 줌도 안 될 듯한 가는 허리를 움켜쥔 남자가 거침없이 여자를 돌려세웠다. 엉덩이를 움켜쥐고, 남자는 자신의 남성을 그대로 여자에게 묻었다.

"헉!"

그녀의 몸이 햇살을 향해 반짝이는 은어처럼 튀어 올랐다. 하지만 그는 이 순간 폭군이다. 가차 없이 그녀 위에 군림했다. 볼록한 가슴을 커다란 손아귀에 움켜쥐고 사정없이 주물렀다. 목덜미에 얼굴을 묻고, 입술 닿는 곳마다 빨아들였다. 붉은 흔적을 낙인처럼 찍었다.

"하지⋯⋯."

여자는 몸을 비틀었다. 입에서 가냘픈 신음이 새어나왔지만, 그녀는 이내 숨을 멈췄다. 숨을 쉴 수 없다. 벽과 '그'라는 야수 사이에 갇힌 한 마리 연약한 짐승 같았다.

"윤오⋯⋯."

여자가 남자의 머리를 붙들었다. 더는 견딜 수 없어 미친 듯이 고개를 저었다.

"윤오 씨⋯⋯."

부르지 마, 내 이름 따위. 넌 날 잊었잖아. 이렇게 욕망하던 나를⋯⋯.

남자가 두 눈을 부릅떴다. 이를 악물고 짐승처럼 으르렁거렸다. 모든 구속과 속박은 이 순간 사라졌다.

불륜? 개나 줘버려. 세상의 규율과 규칙, 시선 따윈 필요 없

비애

다. 내가 널 원하니까. 내가 널 가질 테니까.

　이 순간 가장 충실한 것은 감정. 그러니 아무리 이성적인 그라 해도 이 감정밖에 볼 수 없다. 이 순간만큼은 그녀가 다른 남자의 여자라는 것을 잊었다. 잊을 수 있다.

01.

AM 06:30.

새벽운동을 마치고 집으로 돌아온 윤오는 습관적으로 에스프레소 기기를 눌렀다. 서걱서걱 원두 갈리는 소리가 나고, 오래된 나무숲을 닮은 진한 향이 너른 거실을 은근히 채울 즈음, 그는 커피가 담긴 잔을 들고 거실 창가로 다가섰다.

뿌연 안개가 가득한 밖은 아직도 눅눅하고 어두웠다. 여름의 끝, 혹은 초가을의 해가 뜨기에는 아직 이른 시각. 짙은 안개마저 끼어 유유히 흐르는 모습이 보이던 한강이 지금은 뿌연 윤곽을 드러낼 뿐이었다. 아직 출근길 정체가 시작될 시간도 아니니, 한강을 가로지른 다리 위를 지나는 자동차들의 헤드라이트 불빛도 한결 여유로운 움직임을 보인다. 텁텁한 안개 내음이 두꺼운 통유리창을 뚫고, 실내까지 스며들기라도 한 듯 윤오는 답답함에 미간을 좁혔다.

출근을 하기에는 비교적 이른 시간이다. 아파트에서 사무실은 차로 5분 정도의 거리이니, 새벽운동을 다녀와서 아무리 느릿느릿 준비를 한다 해도 출근에 30분 이상 걸려본 적은 없었다.

비애

그런데 오늘은 그 보통날과 달랐다. 몸이 움직일 생각을 하지 않았다. 무언가에 분노하는 것 같기도 하고, 혼란스러운 것 같기도 하고. 윤오는 제 마음을 단정 짓지 못했다. 눈앞이 온통 매캐한 연기에 갇힌 듯 독해지고, 아릿해졌다. 한동안 유리창에 비친 제 모습을 쏘아보던 그가 드득 이를 악물었다.

무슨 짓이냐. 너답지 않아!

윤오는 들고 있던 에스프레소를 단번에 마셔버렸다. 꽉 막혔던 속이 단숨에 뚫리리라, 기대한 것은 아니지만 오히려 더 답답해졌다.

젠장. 한 손으로 앞머리를 거칠게 쓸어 올린 그가 고개를 홱 돌렸다. 성큼성큼 걸어 거실 테이블 쪽으로 향했다. 그곳 위에 놓인 우편물 중, 봉투가 열린 하얀 종이를 노려보듯 바라봤다.

며칠 전 그에게 배달된 동문회가 열린다는 알림장이었다. 그리고 마침 회의가 있어서 호텔에 들렀다는 대학 동기 이진수와의 짧은 만남 또한 공교롭게도 그 일과 맞물렸다.

아무리 동문이라 해도 입이 가볍고 남의 말하기 좋아하는 성격의 이진수를 윤오는 달가워하지 않는 편이었다. 그럼에도 그는 부동산 재벌 아버지의 후광을 뒷배로 삼아 나름 꾸리는 사업체가 잘 나가고 있었으니, 호텔리어인 그의 입장을 생각하면 그리 함부로 볼 인물은 아니었다. 더군다나 이진수가 이번 해 동기회장이라는 소식까지 언뜻 들은 터였다. 잠재고객을 몰고 다니는 셈이다.

「이번에는 동문회 오지? 우리 기수 참석률이 너무 낮다고 선배들 난리다. 꼭 와. 내가 너네 호텔로 행사 많이 밀어줄게.」

이진수는 그가 와야 함이 당연하다는 식으로 말했지만, 윤오는 대답하지 않았다. 재계 곳곳에 포진해 있는 선후배를 생각하면 참석하는 것이 맞았다. 하지만 내키지 않는 것도 사실이었다.

「김윤오, 내가 아주 재밌는 소식을 들었단 말이지.」

호텔 로비에서 마주쳤던 이진수는 은밀한 비밀이라도 나눔 한다는 듯 그에게 바짝 다가섰다. 윤오의 긴 눈매가 희미하게 찌푸려진 것을 아랑곳하지 않은 채.

「바빠.」

「너, 최은효란 애 기억 나냐?」

윤오가 멈칫한 것은 바쁘다는 그의 말을 무시한 이진수의 입에서 '최은효'란 이름이 나온 순간이었다. 눈가가 움찔거리고, 마음까지 멈칫거렸다. 하지만 이진수는 그의 변화를 눈치 채지 못한 듯 계속 자신의 말을 전했다.

「아이, 짜식. 더럽게 기억력 약해. 우리 아래 학번. 기억 안 나? 아무리 대충 사귀었다 해도 너랑 CC로 소문난 애였잖아. 정말 기억 안 나는 거냐, 못 하는 거냐?」

윤오는 계속 대답하지 않았다. 그 반응을 이진수는 윤오가 기억을 못 하는 것쯤으로 여기고 있다.

「아이쿠야. 하긴 잊을 만도 하겠다. 너 군대 가자마자 고무신 바꿔 신었지, 아마? 위 학번 선배랑 결혼해서 여기 떴잖아. 알지?」

비애

이진수가 그렇게 열심히 설명하지 않아도, 윤오가 그 이름을 잊을 리 없었다. 듣는 것만으로도 심장이 서늘해지는 그 이름. 그러나 그는 완벽히 자신의 감정을 감췄다.

「최은효?」

피식 웃던 윤오가 진수를 바라봤다. 그렇게 할 일이 없냐는 경멸의 눈빛을 이번에는 감추지 않고 드러냈다.

「기억해야 하냐? 넌 재미로 데리고 놀던 여자도 기억하나 보지?」

이쯤 되니 아무리 눈치 없는 이진수라 해도 윤오의 어조가 평소와 다르다는 걸 알아챘다. 평소 윤오의 어조가 사무적으로 정중하되 정감 있는 편은 아니었지만, 오늘따라 유달리 없던 정도 뚝뚝 떨어질 만큼 차가움을 느낀 것이다. 여자 얘기라면 언제나 무심하던 김윤오의 반응 또한 어떤 연유에서든 다르다. 그것이 이진수에게는 묘한 일로 다가왔다.

그의 눈빛이 의심과 호기심을 담아 반짝였다.

「예민하긴, 짜식. 어쨌든 걔 들어왔다고 알려주는 거다. 너도 궁금해할 것 같아서.」

이쯤 되니 이진수의 의도가 빤히 보였다. 일부러 자신을 떠보려는 것이 고스란히 드러나 윤오는 아침부터 기분이 불쾌해졌다. 하지만 호텔의 고객을 상대로 그런 감정을 쉽사리 내보낼 수는 없는 일이었다. 어디까지나 이진수는 친구가 아닌 고객.

「주원대학 전임 꿰찼더라. 능력보다야 시댁 빽인 거 같지? 어쩌면 내일 걔도 올 것 같은데…….」

이진수가 자신의 눈치를 흘끔 보는 것을 알면서도 윤오는 관심 없다는 듯 피식 비웃음을 흘렸다.

「김윤오, 걔하고 잤냐?」

윤오가 돌아서려던 차였다. 정작 궁금했을 그 말. 이진수의 한 마디에 그의 심장이 얼어붙은 듯 움직이지 않았다. 그의 반응을 보지도 않았건만, 이진수가 이해한다는 듯 윤오의 어깨를 툭 쳤다. 이미 결론을 낸 듯했다.

「마주치면 상황 좀 묘하긴 하겠다. 너 현우 선배랑 제일 친했잖아. 이후로 연락 없지? 현우 선배도 집안이랑 왕래 끊은 것 같긴 한데.」

이진수의 눈빛이 재밌다는 듯 반짝거렸다.

「요즘 세상에 뭘 그런 걸 가지고. 따지는 사람이 이상한 거지. 거기다 엑스와이프도 아니고, 엑스 여친이잖아.」

이진수의 말이 계속 이어지려 하자, 윤오가 묵직한 목소리로 일침을 놓았다. 눈빛이 날카로웠다.

「그런 거 없다. 경고하는데, 헛소리하지 마라.」

「에이, 뭘. 이 바닥이 다 그렇고 그렇지. 선배는 안 들어왔단다. 그러니까 신경 쓰지 말고 동문회나 나와.」

이진수는 그를 이해한다는 눈빛으로 다시 한 번 그의 어깨를 툭 쳤다. 윤오의 반응을 예상이라도 한 듯 먼저 선수를 친 셈이었다.

「그러고 보면 그 소문이 사실인 거 같긴 해.」

소문? 이진수를 바라보는 윤오의 눈매가 가늘어졌다.

비애

「그 부부도 조만간 찢어질 거 같다는 말이 있었지. 아무리 프랑스가 먼 나라라고 해도, 그렇게 감쪽같이 둘이 다 안 보일 수는 없잖아. 어디 시골 동네에 처박혀 산 게 아니면. 안 그래?」

윤오가 뭐라 말하지 않아도 이진수는 뒷말을 줄줄 덧붙였다.

「걔 혼자 들어온 게 이혼하기 전에 경력 쌓게 하려는 시댁의 배려라는 말이 동문회에는 파다하다. 그동안 며느리로 인정도 안 하고 외면한 게 미안하다는 건지. 애도 없으니 그렇게 돌아서면 남이지 뭐.」

"하!"

윤오가 손바닥으로 얼굴을 몇 번 쓸어내렸다. 깊은 숨을 짧게 내뱉었다. 답답한 속이 가시질 않았다.

어쩌면 대단한 것은 최은효, 그 여자이다. 7년이나 지난 지금까지 이름 하나에 이렇게 심장을 서걱거리게 만들다니. 철저히 잊었다 자부한 저 스스로를 믿지 못하게 만들다니.

악몽이야. 모든 것은 악몽이었어. 지독한……

윤오가 두 눈을 질끈 감았다 떴다. 어쩌면 생애 단 한 번뿐일 순수한 감정, 사랑. 그것을 더러운 발로 짓밟고, 모욕한 건 그 여자이다.

아니다. 마음만 먹는다면 그런 모든 것은 이해할 수 있었다. 사람이니까. 안 되는 일이 어디 있다고.

그런데 왜! 왜 하필 이현우야! 날 그리도 만만히 보고 택한 것이 이현우라고?

　헤어지자던 은효의 말을 달리 해석했었다. 어린 그녀가 자신을 기다릴 수 없다면 그것이 최선이라고 이해할 수도 있었다.

　「생각해보니……, 사랑한 적이 없어. 그때는 그냥 오빠가 힘들어 보여서 위로해주고 싶었는데, 그걸 사랑이라고 착각했나 봐.」

　「그런 거짓말 말고 똑바로 말해! 너, 무슨 일 있지?」

　「더 말하지 말자. 서로 다 까발려서 비참해지고 싶어? 난 그러고 싶지 않아.」

　스물하나의 최은효. 자신에게 마지막을 통보하던 그 여자의 당돌한 눈빛이 지금도 간혹 떠오른다.

　그깟 여자 따위!

　윤오가 으득 이를 물었다.

　"젠장!"

　들고 있던 에쏘잔이 그대로 날아가 벽에 부딪쳐 산산조각이 났다. 퍽, 으스러진 조각들이 바닥에 우르르 내려앉았다. 하얗게 질린 윤오의 얼굴 근육이 경련이 일어 푸들거렸다.

　지속하여 달라붙는 이 진득한 기분의 실체가 무엇인지, 정확히 알 수 없다.

　일생의 단 한 번뿐일 감정을 처절히도 시궁창에 처박은 그 여자가 돌아왔다. 보란 듯이 자신의 앞에 나타났다. 그 뻔뻔한 얼굴

비애

을 쳐들고.

　윤오가 제일호텔 로비에 도착한 것은 아침 7시 반이었다. 지난 2년, 그가 부친에게 이곳에서부터 일을 시작하겠다고 얘기한 그때부터 그 시간은 단 한 번도 달라진 적이 없었다.

　로비로 들어서자마자 윤오는 우선 내부 전체를 시선으로 훑었다. 로비로 들어서며 느끼는 첫 느낌이 그날 그의 기분을 좌우하곤 했다. 특급호텔에 걸맞은 단정함과 고요함이 아침의 분주함과 묘하게 어울렸다. 티끌 하나 없이 반질반질한 대리석 바닥과 삭막한 공간을 채운 푸른 식물들, 그리고 어딘가에서 들리는 물소리. 정확히 훈련된 호텔리어들의 인사가 단 한 치의 오차도 없이 매뉴얼대로 흘러가고 있다.

　제일호텔, 서울.

　호텔 로비의 중앙은 시원스럽게 꼭대기 층까지 트여 있다. 나선형으로 디자인 된 계단을 아래쪽에서 올려다보면 위에서 내려다볼 때와는 사뭇 느낌이 다르다. 바라보다 보면 몸이 허공 어딘가로 빨려 들어갈 것 같다고, 마치 블랙홀과 같은 그 현상에 어떤 이들은 어지럼증을 호소하곤 했다. 그러나 지난 시간, 윤오는 단 한 번도 올려다보는 행동은 하지 않았다. 결코 다시는 위를 올려다보지도 않을 것이며 아래로 처박히는 실수는 하지 않으리라. 자신의 인생에서 지우고 싶은 그 순간을 떠올리고 싶지 않았다. 실수는 한 번으로 족하다. 처음부터 그에게 세상은 발 아래로 내려다봐야 할 곳이 아니었나.

　그때, 그가 로비를 가로질러 사무실로 올라가기 위해 뒤쪽 엘리베이터로 향해 몸을 돌릴 때였다.

　"앗!"

　때마침 지나가던 여자의 어깨와 그의 팔이 스쳤다. 윤오는 분명 그렇게 기억했는데, 아무래도 그의 덩치가 있으니 상대의 팔을 친 듯싶었다. 여자가 한 팔로 안고 있던 서류더미가 우수수 바닥으로 흩어졌다. 윤오는 반사적으로 몸을 굽혔고, 흩어진 종이들을 한 곳으로 모았다.

　"죄송합니다. 제가 부주의했습니다. 맞는지 확인해보십시오."

　윤오의 정중한 사과가 바로 이어졌다. 상대가 고개를 숙인 탓에 얼굴은 확인하지 못했다.

　여자는 젊어 보였고, 몸에 적당히 피트된 검은 정장이 세련돼 보였다. 짧게 자른 머리카락이 하얗고 여린 목덜미를 살짝 가렸다. 그 순간이다. 흘끔 상대를 보던 윤오의 시선이 벼락이라도 맞은 듯 우뚝 굳었다. 심장이 뚝 떨어져 그는 숨조차 쉬지 못했다.

　"감사합니다."

　여자 또한 자신의 서류를 살펴보다 시선을 들었다. 정확히 그와 시선이 마주쳤다. 찰나 눈빛이 흔들린 것 같기도 하고, 시간이 멈춘 것 같기도 했다.

　"윤오⋯⋯⋯선배?"

　아니다. 분명 시간은 멈췄다. 세월의 흔적이 느껴지지 않는 앳

된 얼굴이 그의 눈앞에 있다. 조금 더 성숙하고, 조금 더 슬픔을 내포한 듯한 눈빛이 바람처럼 흔들린다.

서서히 시간이…… 흐른다.

멈췄던 김윤오의 시간이 이 순간부터 흐르고 있음을 그는 온몸으로 느껴야 했다. 심장이 격렬히 뛴다. 이제야 살아 있다는 증거를 제 몸으로 느끼고 있다. 몸속을 휘도는 피 한 방울 한 방울이 제각각 질주를 시작했다. 심연으로 가라앉는 듯한 그 아득함을 지우기라도 할 것처럼 윤오는 아득 이를 물었다. 단단한 볼 근육이 실룩거렸다. 하지만 여전히 눈빛은 냉정하고 서늘하여 상대를 차갑게 쏘아보았다.

"혹시 했는데, 맞군요."

여자의 어조는 담백했다. 마치 일상적인 만남처럼, 혹은 어제 만났다가 헤어진 사람처럼 그녀는 태도도, 표정도 가볍기 짝이 없다. 그래서 윤오는 치밀어 오르는 분노를 겨우 눌렀다. 냉정한 표정으로 감췄다. 하, 한숨 쉬듯 짧은 숨을 내뱉은 그녀, 은효가 윤오를 향해 희미하게 웃었다.

"공교로운 곳에서 만났네요. 어쨌든 반가워요."

윤오는 은효가 내민 손을 무심한 눈빛으로 내려다보았다. 7년이라는 시간이 흘렀음에도 여전히 맑게 반짝이는 상대의 눈망울이, 가늘고 하얀 손이 마치 유혹이라도 하듯 그의 앞에 있다.

어쩌면 이것은 꿈. 꿈에라도 나타나길 바랐던 그를 통렬하게 비웃는 지독한 악몽.

"반갑게 인사 나눌 사이는 아니지 않나?"

윤오의 어조는 여전히 감정이 담기지 않았다. 그러나 그가 그렇게 말할 거라고 예상이라도 한 듯 은효는 별 말 없이 손을 거뒀다. 가늘고 여린 어깨를 으쓱했을 뿐이다.

"그런가요?"

은효가 아무 생각도 없다는 듯 환하게 웃었다. 이 여자, 정말 그 사이 백치라도 된 걸까. 윤오의 반듯한 이마는 어느새 긴장하여 집중한 탓으로 희미한 줄이 가기 시작했다.

"나는 여기 아침 세미나가 있어서 왔어요. 선배도 이렇게 일찍 온 거 보면……."

은효가 윤오의 외관을 검사하듯 한 눈에 훑었다. 군더더기 없이 탄탄한 몸을 감싼 짙은 색 슈트를 보고 상대의 지위를 가늠하는 듯했다.

"사업미팅?"

윤오의 미간이 자신도 모르게 경직이 됐다. 대학 전임교수 자리를 꿰찬 것이 '시댁의 빽'일 거라던 이진수의 말이 자동으로 떠올랐다. 이 시간에 이 여자와 게다가 하필 그의 일터인 이곳에서 맞닥뜨린 것 자체가 윤오의 심기를 심히 불쾌하게 했다.

"바빠서 이만."

더 들을 얘기도, 듣고 싶은 내용도 없었다. 그런데 그가 돌아서려는 찰나, 은효가 다이어리에 끼워두었던 무언가를 급하게 꺼내 그에게 건넸다.

비애

"나도 바쁘다고요."

명함이다. '전임교수 최은효'라는 이름이 선명히 눈에 들어왔다. 은효는 그것을 확실히 윤오의 손에 건네고는 또 한 번 환하게 웃었다. 둥글게 말리는 눈꼬리가 이럴 때는 천사처럼 선해 보였다. 그것이 어이가 없을 만큼 예쁘다.

"나중에 또 봐요."

입가에 여전히 웃음을 매단 은효가 종종걸음으로 로비를 가로질렀다. 봄 햇살에 날아오른 나비가 저럴까. 그녀의 뒷모습이 날듯이 가벼워 보였다.

하. 윤오가 자신도 모르게 한숨을 삼켰다. 잔뜩 힘이 들어갔던 몸, 은효가 보이지 않는 순간 무언가 빠져나간 듯 어깨가 툭 떨어졌다.

너 뭐야, 최은효.

윤오는 믿을 수 없었다. 사람이라면 이럴 수 없다. 아니, 그들이 진정 사랑했던 순간이 찰나라도 존재했고 기억한다면 적어도 이것은 상대에 대한 예의가 아니다. 아니, 이것도 아니다. 저 여자는 자신을 사랑한 적이 없었다 했으니 지금 그녀는 자신을 두 번 짓밟고 있는 셈.

나름 고맙군. 환상을 깨줘서.

으득 이를 문 윤오가 손을 움켜쥐었다. 그 안에 들었던 은효의 명함이 형편없이 구겨졌다. 진정 7년 만에 얼굴을 맞댄 것이 맞는지, 현실감이 느껴지지 않는 만남에 윤오는 미간을 찡그렸다.

"윤오야, 여기서 뭐 해?"

누군가 그의 이름을 부르며 다가와 어깨를 툭 쳤다. 늘씬한 키, 서글서글한 눈매의 여자가 그를 향해 웃었다. 그와는 연년생 누나인 윤주이다. 순식간에 감정을 갈무리한 윤오가 윤주를 향해 완전히 돌아섰다.

"어쩐 일이야?"

윤오의 목소리가 조금 전보다는 누그러졌다.

"혼자 밥 먹기 싫어서. 아직 아침 안 먹었지?"

윤주가 자연스럽게 윤오의 팔짱을 꼈다. 장기 유럽 출장을 떠나신 부친, 그리고 동행한 모친을 떠올리고는 희미하게 고개를 끄덕였다. 윤주의 보폭에 맞춰 천천히 로비를 가로지르던 그의 시선이 흘끔 은효가 사라진 쪽을 향했다. 자신도 모르는 새 심장이 얼얼해졌다.

"윤오, 너 요즘 지민이한테 연락 잘 안 한다며?"

"바빠."

"너 바쁜 건 나도 알지. 그래도 기껏 만나러 온 사람 차 한 잔 달랑 마시고 보낸 건 너무 하다."

며칠 전 일을 그새 윤주에게 말했나 보다.

"그것도 배려한 거야."

"덕분에 나만 닦달당하잖아. 너한테 그러고 오면 어찌나 하소연을 하는지. 일을 못할 정도야."

"누나도 다 받아만 주지 말고, 알아서 잘라."

비애

"어떻게 그러니? 걔도 널 오랫동안 기다리고 있는 걸 아는데."

"기다리라 말한 적 없어. 친구는 친구일 뿐이야."

윤오가 딱 잘라 못을 박자, 윤주는 작게 한숨을 쉬었다.

"친구? 걔 성격을 네가 아직도 잘 모르는구나."

"아침 뭐로 먹을래?"

윤주가 계속 지민의 얘기를 꺼내자, 윤오가 화제를 돌렸다. 한 치의 틈도 주지 않는 그 앞에서 윤주조차 더 이상 얘기를 꺼내지 못했다. 윤오가 언제까지 혼자 있어야 되냐며, 자신이 아니더라도 그가 여자에 관심 좀 가졌으면 좋겠다고. 지민이 또 얼마나 하소연을 해댈지 눈앞에 그려지는 순간이다.

윤오가 그 연락을 받은 것은 윤주를 보내고 사무실로 올라온 직후였다. 그를 따라 사무실로 들어온 진 비서가 하루 일정을 보고 중이었고, 그는 업무를 위해 부팅된 컴퓨터 모니터를 노려보며 전화를 받았다.

"무슨 일입니까?"

전화를 연결한 비서의 말로는 상대는 보안과장이었다. 전화를 받는 윤오의 목소리가 무뚝뚝했다.

- 부사장님, 주차장으로 잠시 내려와 보셔야 할 듯합니다.

"무슨 일, 있습니까?"

- 주차장에서 작은 접촉사고가 있었습니다. 손님께서 부사장님의 차를 뒤에서 받으셨습니다.

윤오의 이마가 희미하게 일그러졌다. 차는 몇 년 동안 탔다 해도, 그의 성격상 미세한 흠 한 개 용납하지 못할 만큼 완벽한 상태였다. 일단 기분이 불쾌해졌지만, 이내 그는 컴퓨터 화면으로 시선을 돌렸다. 그보다 중요한 일들이 눈앞에 있었다.

"보험회사 연락해서 처리하세요."

- 그것이 말입니다.

보안과장의 목소리가 난감하게 들렸다.

- 이쪽 차주께서 피해 차주를 꼭 보셔야 한다고…….

아마 그래서 주차장에서 해결하지 못하고, 그에게까지 연락을 했을 터였다.

"개인적으로 처리할 생각이 없으니 하고 싶은 말은……."

칼같이 자르고 전화를 끊으려 했었다. 그런데 순간 윤오는 말을 멈췄다.

- 차주시죠? 저 좀 바꿔주세요.

- 아가씨. 잠시만요. 그렇게는 안 된다니까.

- 그럼 연락처라도 주시든지요. 이거 엄청 비싼 외제차잖아요. 나중에 머리 아프지 않기 위해서라도 차주 좀 봬야겠어요.

보안과장과 실랑이하는 목소리가 비교적 또렷이 들렸다. 전화기를 들고 있던 윤오의 손에 힘이 들어갔다. 모니터 화면을 바라보는 눈매가 가늘어졌다.

그 여자다. 최은효, 그 여자.

"알겠습니다. 지금 내려가죠."

비애

윤오는 전화를 끊었다. 곁에 선 비서가 이상하게 쳐다보는 것도 알아채지 못한 듯, 그는 한동안 그대로 굳었다.

"부사장님?"

한참이 지난 후에야 진 비서가 이상하다는 듯 그를 부르자, 윤오는 그제야 자리에서 벌떡 일어섰다. 데스크 한쪽에 놓여 있던 자동차 키를 낚아채듯 손에 들었다. 그리고 무언가에 쫓기는 사람처럼 사무실을 나섰다.

"어디 가십니까?"

진 비서가 따라 나오며 물었지만, 윤오는 대답하지 않았다. 그대로 빠르게 사무실을 나가는 그의 뒷모습을 보며 진 비서는 당황하여 입을 떡 벌렸다.

"부사장님 왜 그러세요?"

비서실의 한 여직원이 물었지만, 진 비서 또한 대답할 수가 없어 고개를 저었다. 윤오의 개인비서로 그가 이곳에 부임한 2년 전부터 함께 일했다. 그러나 이런 모습은 그에게도 다분히 이질적이었다. 그가 이렇게 허둥지둥하는 것을 진 비서는 오늘 처음 보았다.

보험회사 직원은 신속했다. 윤오가 주차장으로 내려가는 동안 연락을 취했는데, 그보다 10분 후에 도착을 하여 뒷범퍼가 나간 차를 정비소로 끌어간 것이다. 아니, 모셔갔다는 것이 맞을지도 모른다. 차는 커다란 트럭 위에 조심스럽게 얹혔으니까.

"큰 이상은 없겠지만, 그래도 모르니 자세하게 확인 후 바로 연락드리겠습니다."

정비소까지 쫓아갈 시간은 없다. 그의 사정을 잘 아는 담당 직원이 그에게 깍듯이 인사하고 차를 출발시켰다. 그리고 지하주차장에서 지상으로 올라 온 윤오가 그제야 뒤로 돌았다. 시선에 들어온 한 여자를 날카로운 눈빛으로 바라봤다. 그가 나타난 이후, 계속 난감한 표정으로 그를 따라다니던 은효가 시선이 마주치자 어색하게 웃었다.

"신고식 참 요란하죠? 바쁜 선배한테 정말 미안하다."

은효가 한숨을 푹 쉬었다. 진위라도 확인할 것처럼 바라보던 윤오의 눈매가 가늘어졌다.

"아직 차가 손에 익지 않아서……."

새 차 받은 지 이틀 됐다던가. 스치듯 들었던 은효의 말이 떠올랐다.

"원래 운전은 잘해요. 믿어줘요."

은효의 눈빛이 진실을 담는다. 스물한 살의 장난기 많던 눈빛은 사라졌다. 그럼에도 은효의 눈빛은 그의 심장을 들었다 놓기에 충분했다. 깊고 간절히 무언가를 애원하는 그런 빛만으로도.

"후진하다 차를 들이받은 건 순전히 액땜이라 믿을래요. 한국에서 좋은 일만 있으려나 봐. 그런데 어떻게 내 차만 멀쩡하냐. 그건 정말 미안해요. 어떡하죠?"

은효가 짧은 머리를 쓸어 올리며 투덜거리는 모습을 윤오는 서늘한 눈빛으로 바라보다 말을 끊었다. 듣고 있으면, 스물 초반 그때처럼 빠져들어 끝도 없이 듣고 있을 것 같다. 그에게 지옥처럼 지독하던 7년이란 세월이 이 앞에서 흔적도 없이 사라진 기묘한 느낌은 무엇인지. 윤오는 이 자리가 불편하고 불쾌해졌다.

"수리 완료되면 내 비서 쪽에서 연락을 할 겁니다."

윤오의 목소리는 감정 한 점 담기지 않았다. 급하게 허둥지둥 주차장으로 내려왔던 그때의 모습은 찾을 수가 없었다. 눈빛은 정중하되, 온기가 없고, 행동도 말도 호텔의 손님을 대하듯 사무적이었다.

"여기서 일해요, 윤오 선배?"

보안과장이 이미 그를 '부사장'이라는 호칭으로 불렀으니, 감추려 하지 않는 이상 피할 이유가 없다. 윤오가 양복 재킷 안주머니에 넣어 두었던 명함집에서 자신의 명함을 꺼내 은효에게 전했다.

"그럼, 이만."

"자, 잠깐요!"

은효가 어딘지 다급한 목소리로 그를 불렀다. 당장 뿌리치고 이 자리를 떠야 된다는 생각과 달리 윤오의 발길은 떨어지지 않았다. 그의 이마가 희미하게 일그러졌다.

"선배는 지금 차가 없잖아요. 퇴근은요?"

"신경 쓰지 않으셔도 됩니다. 추후 교통비까지 계산하여 청구하도록 하겠습니다."

윤오의 어조는 여전히 정중했다. 살짝 아랫입술을 깨문 은효가 고개를 저었다. 앙 다문 입술이 어떤 고집을 드러냈다.

"그런 의미가 아니라요. 있다가 없으면 불편하잖아요. 다른 차로 대체한다 해도 선배 성격에는 분명 불편해할 거고."

은효의 말이 맞다. 렌트를 할 바에야 걸어 다니는 쪽을 택할 사람이 그, 김윤오이다. 새삼 은효가 자신의 성격을 정확히 기억하고 있다는 것이 그를 더욱 경직되게 했다.

"퇴근이 언제예요?"

윤오의 눈빛이 날카로워졌다. 못마땅한 눈빛으로 물었다.

"무슨 상관입니까?"

"제 잘못이니 제가 해결해야죠. 퇴근시간 알려주면 맞춰 올게요."

너, 지금 무슨 의도냐.

윤오의 눈매가 가늘어졌다. 직접적으로 묻고 싶었지만, 그는 용케 자신의 속내를 드러내지 않았다.

"6시? 7시?"

"요즘 교수는 그렇게 할 일이 없습니까?"

결국 윤오가 입을 열었다. 반문한 그를 향해 은효의 눈빛이 묘하게 반짝였다. 바라보던 윤오의 심장이 쿵쿵거릴 만큼.

"네."

순간, 윤오의 눈썹이 한껏 치켜 올라갔다. 한심스런 눈빛으로 은효를 바라봤다. 그러나 그런 것쯤이야 아무렇지도 않은 듯 은효가 싱긋 웃었다.

비애

"덧붙여야겠다. 선배에 대해서만이에요."

나에 대해서만?

윤오의 눈빛이 의혹을 품었다. 바라보던 은효가 이내 말을 이었다.

"나는요. 다시 후회하고 싶지 않아요."

은효와 눈빛이 마주친 순간, 오만하게 내려다보던 그의 눈빛이 찰나 흔들렸다. 어떤 의미인지 헤아리려 하기도 전, 심장이 저도 모르게 쿵 내려앉았다.

젠장, 너!

무슨 의미냐고 어깨를 흔들어서라도 듣고 싶은 마음을 윤오는 끝까지 무시했다. 훗. 입가에 비웃음이 스쳤다.

"기다릴게요. 연락 줘요."

돌아서는 그를 향해 은효가 조금 큰 소리로 말했다. 하지만 호텔 본관을 향해 몸을 돌린 윤오는 뒤도 돌아보지 않은 채 앞을 향해 성큼 걸었다.

02.

자신의 업무 데스크에 앉아 있던 윤오가 시선을 들었다. 이미 검게 변해버린 창 밖, 무심을 가장한 눈빛이 흘끔 손목시계를 향했다. 시침과 분침이 정확히 10시 5분 전을 가리키고 있다.

"후!"

한 손으로 얼굴을 쓸어내린 그가 의자 깊숙하게 몸을 기댔다.

「나는요. 다시 후회하고 싶지 않아요.」

순간 윤오의 미간이 일그러졌다. 마치 곁에서 속삭이는 듯 환청처럼 은효의 목소리가 들린다. 오늘 하루 종일 그랬던 것처럼. 귀를 막아도, 일에 집중을 한다 해도, 은효의 목소리는 문득문득 떠올라 그를 예민하게 만들었다.

그때, 데스크 위에 놓은 휴대전화에 새로운 메시지가 들어오는 소리가 들렸다. 한동안 휴대전화를 노려보던 그가 할 수 없다는 듯 전화를 손에 들었다. 메시지를 확인하는 눈빛이 건조하기 짝이 없다.

비애

- 사무실에 있다면서요? 밥은 먹었어요? -

오늘 세 번째 문자. 주차장에서 기다리고 있다는 첫 메시지를 받은 지 두 시간이 지났다. 그리고 두 번째는 한 시간 전. 눈앞에 떠오른 문자를 윤오는 부셔버리기라도 할 듯 노려보았다. 날카로운 눈매는 힘이 들어가 더욱 매서워졌다.

너……, 의도가 뭐야.

7년이다. 기억하고 싶지도 않은 7년. 그 긴 시간이 아무 의미도 없었다는 듯 태연하게 나타난 한 여자. 예전과 같은 웃음도, 목소리도, 하다못해 세월의 흔적조차 느껴지지 않는 얼굴도 그로서는 용납할 수 없다. 아니, 아니다. 이건 용납하고 말고의 문제가 아니었다. 우습고도 불쾌한 것은 그 이름 하나로 여전히 그가 흔들리고 있다는 사실.

윤오는 뒷목부터 섬뜩해졌다. 그 휘둘림을 7년 전에는 어렸다고 면죄부를 줄 수 있었겠지만, 지금은 아니었다. 이미 먹을 만큼 먹은 나이, 그럴 수 없다.

윤오가 신음성을 목구멍 뒤로 어렵게 밀어 넘겼다. 눈을 감은 그의 앞에 몸서리칠 만큼 되돌아보기 싫은 7년 전 그날들이 영화 화면처럼 펼쳐지기 시작했다.

가장 순수하고, 가장 뜨겁던 그때의 그날들이.

한여름이다. 땅에서는 아지랑이 같은 지열이 오르고, 북적대는
사람들 사이를 지나면 뜨거운 열기가 묻어난다. 가만히 있어도 불
쾌지수가 오른다는 그런 날. 그럼에도 학교 앞 버스 정류장에 내
린 은효의 발걸음이 가벼웠다. 훅 끼친 열기에 이마에는 땀이 송
송 솟았지만, 불어온 한 줄 바람처럼 표정은 맑고 경쾌했다.

흰색 민소매 티셔츠와 청바지에 굽 낮은 샌들, 과외를 다닐 때
쓰는 커다란 캔버스 가방까지. 그녀의 모습은 그 또래의 여학생들
처럼 평범해 보였고, 또한 평범하지 않았다. 늘씬한 키는 일단 사
람들의 시선을 끌고, 특별한 화장을 하지 않은 얼굴은 한여름 햇
볕에 노출되어 가무잡잡해질 만도 한데 여전히 하얗고 빛이 났다.
교정을 걸을 때면, 남학생 한둘은 꼭 흘끔거릴 만큼 그녀는 유독
돋보였다. 생글생글 웃는 얼굴. 그녀는 언제든 보는 사람을 기분
좋게 한다.

학교의 정문 쪽으로 걷던 은효가 들고 있던 휴대전화에 저장되
어 있던 번호 한 개를 꾹 눌렀다.

"윤오 오빠!"

학교로 오는 내내 버스에서 계속 전화하던 상대이다. 이번에는
상대가 받았는지 은효의 들뜬 목소리가 폭죽처럼 환하게 터졌다.
반가움에 우뚝 섰던 걸음이 다시 빨라졌다. 상대의 목소리만으로
도 심장이 두근거렸다.

"안 받으면 음성 남기려고 했는데. 어디예요?"

- 학교.

비애

수화기 저편에서 중저음의 남자 목소리가 들렸다. 살짝 피곤함이 느껴지고, 어떤 면으로는 권태가 느껴질 만큼 느른한.

"학교요? 잘됐다. 나도 지금 학교 들어가는 중이에요. 그런데……."

은효의 목소리가 조심스러워졌다.

"오늘 일, 안 갔어요? 벌써 끝난 거예요?"

- 일 안 했어.

"어, 왜요?"

- 날이 뜨거워서 작업을 못 해. 아마 며칠 못 나갈 거야.

"음. 그럴 수도 있구나."

얼마 전부터 윤오가 아르바이트로 시작한 공사장 일 얘기이다. 한여름 땡볕 아래의 공사장 짐꾼일. 윤오는 정말 필요해서 시작했다 하지만, 은효는 지금 들은 그의 말에 내심 다행이라는 생각이 들었다. 일감 끊긴 그에게는 안된 일이지만, 현재의 시점에서는 이 마음이 솔직한 심정이다.

오늘은 서 있기만 해도 땀이 줄줄 흐르는 날이었다. 아무리 단단한 윤오라도, 아니 더한 천하장사가 온다 해도 공사장 일은 견디기 힘든 날일 터. 그 생각을 하면, 마음이 편치 않다. 그에게는 다음 학기 등록금이 걸린 문제라지만, 그것과 별개로 마음이 쓰이고 속상한 것은 어쩔 수 없다.

"그럼 집에서 쉬지, 왜 또 학교예요? 오늘도 동아리방?"

은효가 저도 모르게 볼멘 목소리를 내자 상대가 쿡 웃었다. 수화기를 통해 들리는 나직한 웃음이 은효는 온몸이 짜릿할 만큼 좋았다.

- 최은효, 마누라같이 계속 잔소리할 거냐?

차라리 마누라였으면 좋겠어. 그럼 조금이라도 내 마음 전할 수 있잖아.

은효가 혼잣말을 속으로 넘겼다. 제 마음을 드러내기 힘들어 입술을 물었다. 그러나 이내 분위기를 바꿔 가볍게 물었다.

"오늘, 할 일 있어요?"

- 연습.

"시간만 나면 연습이래. 오늘은 이 동생한테도 시간 좀 내주죠?"

윤오가 바로 앞에라도 있는 듯 은효가 입술을 삐죽거렸다.

"오빠 정말 나한테 관심 없구나? 비뚤어질까?"

윤오가 또 웃었다. 나직한 웃음소리를 따라 은효의 입술도 길게 늘여졌다. 심장이 미친 듯이 뛰고 있다. 두근두근. 옆 사람까지 들릴 듯했다.

- 관심 많아. 정말. 오늘 새 과외 간다고 했잖아. 결과가 좋았구나.

학교 정문 안으로 들어선 은효의 걸음이 더욱 탄력을 받았다.

"당연하죠, 내가 누군데요. 나만큼 성적 확실히 올려주는 선생님 없다니까?"

은효가 어깨를 으쓱했다. 하하, 뻐기며 웃고 싶었다. 하고 있는

비애

과외 아르바이트 외에 또 한 자리를 소개 받았는데, 알아서 후하게 내준 과외비에 기분이 날아갈 것 같았다.

"우리 고기 먹으러 가요!"

지난번, 윤오의 생일을 챙기지 못하고 넘어간 것이 두고두고 후회가 됐다. 방학을 하자, 매일 아르바이트로 바쁜 윤오가 밥이나 제대로 먹고 다니는지 궁금하지만 모른 척하려니 더욱 힘이 든다. 아무 일도 없다는 듯 나직이 웃기만 하는 상대가 야속해 은효는 코를 찡긋거렸다.

김윤오, 학과 1년 선배인 그를 처음 만난 것은 대학 신입생 OT 때이다. 그것도 마지막 날 술자리. 그날, 꼭 그래야 한다고 누군가에게 들은 것처럼 은효는 선배들이 주는 술을 홀짝 홀짝 받아 마셨다. 나름 술 세다고 큰소리치던 남자 신입생들이 하나씩 엎어지고, 그녀 또한 조금씩 눈앞이 어지러워질 때였다.

"일어나봐."

어…….

은효가 무거운 머리를 들었다. 잘 떠지지 않는 눈을 깜빡거렸다. 누군가의 얼굴이 가까이 보였다. 낯선 얼굴이다. 누굴까. 그 궁금증이 해결되기도 전, 은효는 속이 안 좋아 견딜 수가 없었다.

"잠시요."

입을 막은 은효가 본능적으로 뛰기 시작했다. 아니, 자신은 뛴다고 생각했건만, 비틀거리는 그녀를 크고 단단한 손이 붙들었다.

몸이 파도에 실린 것처럼 출렁거린다. 바로 코앞이던 화장실이 서울과 부산만큼 멀게 느껴졌다.

콘도 앞의 벤치에 앉은 것은 화장실을 나온 후였다. 아직은 겨울의 끝. 깊은 산속의 밤공기는 속까지 꿰뚫을 것처럼 차갑고 서늘했다.

"하아."

그 공기를 깊이 몇 번을 들이켜도 춥지 않다. 술이란 것은 참 사람을 묘하게 만드는 존재이다. 정신은 멀쩡한데, 제 몸을 제 뜻대로 할 수 없게 만들다니. 추태도 이런 추태가 있을까. 바깥바람을 쐬고야 은효는 겨우 조금 정신이 들었다.

"마셔."

눈앞에 불쑥 나타난 생수병을 은효는 물끄러미 바라보았다. 조금 더 정직하자면 흔들리는 시선은 크고 강해 보이는 손에 꽂혔다. 잡으면 따뜻할 것 같고, 어떤 힘에도 흔들리지 않을 것 같다고, 무심히 생각했다.

"준다고 다 마시면 못 견뎌."

은효가 생수병을 받자 상대는 그녀의 옆에 털썩 주저앉았다. 취기가 오를 때부터 자신을 챙겨 주던 그 사람이다. 왠지 부끄러운 마음이 들어 은효는 제대로 고개를 들지 못했다.

"고맙습니다. 누구신지 모르지만……"

물을 한 모금 마신 은효가 얼굴도 모르는 상대를 향해 꾸뻑 고개를 숙였다. 이내 피식 가볍게 웃는 소리가 들려 그녀의 귓불

비애

이 벌겋게 달아올랐다.

"선배다."

"아."

은효가 짧게 감탄사를 내뱉었다. OT 내내 한 번도 보지 못한 것 같은데. 하기야 마지막 날 참석하는 사람도 있다 하니까.

"워낙 여학생이 드문 과라 선배들 말이라고 고분고분 마시다 보면 한이 없어. 술 잘 못 마시지?"

은효가 쑥스럽게 웃었다. 민망하여 발끝으로 바닥을 톡톡 찼다.

"사실은 술…… 처음 마셨어요."

상대가 흘끔 자신을 바라보는 것이 느껴졌다. 의외라고 생각하나 보다. 은효가 당황해서 덧붙였다.

"그렇다고 완전 범생이는 아니었고요."

말을 하면서도 은근히 은효의 얼굴이 벌게졌다. 스스로 자괴감이 든 탓이다. 겨울방학 동안 화장을 배웠느니, 무슨 수술을 했느니 하던 친구들에 비한다면, 그녀는 그저 지방 작은 도시에서 얌전히 지내다가 상경한 시골 아가씨 같을 거다. 당황스런 그녀의 마음을 읽었는지, 조심스럽게 고개 돌려 바라본 상대가 소리 없이 웃었다. 슬쩍 휘어진 입매가 매력적이다.

어디서 봤더라. 산그늘을 등진 상대는 옆 실루엣만 느껴졌다. 그런데도 비교적 낯이 익었다. 은효는 눈매를 가늘게 떴다.

"전…… 최은효입니다. 선배님, 혹시 우리요. 어디서 본 적 있지 않아요?"

남자는 대답하지 않았다. 그저 나직하게 웃었을 뿐이었다. 그 웃던 모습이 1년이 훨씬 지난 지금도 은효의 뇌리에 섬광처럼 찍혀 있다.

"김. 윤. 오."

은효가 윤오의 이름을 한 글자 한 글자 내뱉듯 발음했다. 고기가 지글지글 익어가던 불판 앞에서 꾸벅꾸벅 졸기 시작한 것이 10분 전. 지금도 그녀는 불판 위에 당장이라도 머리를 갖다 댈 것처럼 위태로웠다.

"야야, 고기타는 냄새 난다. 쟤 좀 어떻게 해봐라."

현우가 뭐라 하기 전, 결국 곁에 앉았던 윤오가 그녀의 머리를 제 어깨 쪽으로 당겼다.

"윤오……."

잠결처럼 은효가 입을 열었다.

"김윤오……, 정말…… 내 맘도 몰라. 바보……."

"짜식, 잠꼬대도 이쁘게 하네. 취중인데도 고백하는 것 좀 봐라."

은효와 윤오의 맞은편에 앉아 소주 한 잔을 맛나게 들이켠 현우가 혼잣말처럼 중얼거렸다. 당장 윤오의 눈빛이 어두워졌다는 것은 알고 있지만, 현우는 모른 척했다. 그저 피식 웃었다.

"술도 약하면서 매번 덤빈단 말이야. 헤이, 걸! 진짜 자?"

"깨우지 마, 형."

비애

제 어깨에 기댄 은효가 불편할까, 윤오는 조금 더 그녀를 자신의 안쪽으로 끌어당겼다. 이마 아래로 쏠려 내려온 머리카락을 조심스럽게 넘겨줬다. 그 모습을 흘끔 본 현우가 또 술 한 잔을 목구멍으로 넘겼다.

"너 말이야, 김윤오."

지금까지 비교적 가볍던 술자리 분위기와 달리 현우의 어조가 가라앉았다.

"언제까지 그렇게 답답하게 굴래? 너답지 않게."

현우의 목소리는 진중했지만, 자신의 잔에 술을 따르는 시선은 무심했다. 그저 지나가는 식으로 묻는다. 크게 신경 쓸 일은 아니지만, 그래도 한 번은 짚고 넘어갈 일, 그 이상도 이하도 아니길 바라달라는 듯. 대답 없는 윤오가 못마땅해 그는 또다시 물었다.

"외면만 하는 건 너답지 않아."

"무슨 말이 하고 싶어, 형은?"

기어이 받아친 윤오의 어조가 친절하지 않았다. 말에 형태가 있다면 잔뜩 가시가 박혔을 것이다.

"모르는 척은 안 통해. 최은효가 어떤 마음 갖고 널 기다리고 있는지는 당사자인 네가 제일 잘 알잖아. 언제까지 네가 애한테 선배야? 왜 외면해?"

따지듯 묻는 현우에게 윤오는 바로 대답하지 않았다. 그렇다고 그를 똑바로 바라보지도 않았다.

"외면한 적 없어요, 형."

"그래?"

윤오의 목소리는 단정적이었고, 현우는 새삼스럽다며 눈빛을 빛냈다.

"그럼 넌 뭐야? 왜 안 받아줘? 정말 남들 알고 있는 대로 오빠 동생, 의붓동생 저리 가는 절절한 선후배? 그것뿐이야?"

현우가 결코 아니라는 뜻으로 고개를 절레절레 흔들었다.

"넌 은효가 그냥 후배로 보여? 감정 털끝만치도 없어? 정말? 내가 대쉬해도 돼?"

현우가 연이어 물었다. 당장 윤오의 눈빛이 험악해지자 이내 큰 웃음을 터트렸다.

"갖기는 싫고, 남 주긴 아까워?"

"형! 아무리 형이라도 그런 소리, 가만 안 있을 거다."

윤오의 표정이 당장 상이라도 엎을 듯 험악해졌다. 동시에 현우의 표정 또한 차갑게 굳었다. 어디 나사 하나라도 풀린 것처럼 허허실실 잘 웃던 평소의 이현우가 아니었다.

"아니니까 하는 말이야. 내가 하도 답답해서 그런다. 애 성격상 표현도 못하고 끙끙 댄 게 벌써 언제부터야? 그렇다고 상대는 덜 해? 아는 것 같으면서도 알쏭달쏭 말도 안 하고. 더러워서 때려치우겠다. 그놈의 선후배가 뭐냐? 내가 진짜 니들이 친동생 같아 안쓰러워서 그런다."

현우가 쉴 새 없이 툴툴거리던 그때였다.

"좋아해요."

비애

윤오의 칼 같은 말이 현우의 말을 뚝 잘랐다. 어? 하는 표정으로 현우가 고개를 확 들었다. 그의 반응과 상관없이 윤오는 제 어깨에 기대 잠든 은효만 바라보고 있다.

"아주. 많이…… 사랑해."

부드럽지도, 달콤하지도, 하다못해 상대가 듣지도 못하는 고백. 현우는 은효의 머리칼을 넘기고, 그녀의 볼에 손등을 대는 윤오를 물끄러미 바라봤다. 왜일까. 입 안이 씁쓸해진다. 윤오의 고백이 너무도 갑작스런 탓일 테지. 현우는 생각했다.

"하지만…… 안 돼."

단호한 거절의 말. 듣던 현우의 눈빛이 미세하게 흠칫거렸다.

"지금 내게 은효는 사치야."

하루하루 조금씩 더, 아버지와의 싸움이 힘에 겨워지고 있다. 윤오의 눈빛이 한층 어두워졌다.

"후배인 최은효와 내 여자 최은효는 다른 얘기야."

윤오가 깊은 한숨을 목으로 넘겼다. 아주 많이 힘들게 할 것이다. 출구 하나 없이 꽉 막힌 지금, 누군가에게 화풀이를 할 수도 있다. 그것이 점점 더 두려워진다.

"아버지하고는 영 해결될 기미가 없는 거냐?"

윤오가 현우를 향해 시선을 돌려 씁쓸히 웃었다.

"해결이라면 간단하지. 날 그냥 두시면 되니까."

현우가 윤오를 물끄러미 바라보았다. 윤오와 관련된 몇 가지 일들이 떠올랐다. 붙어 놓은 대학도 휴학을 한 채 미국으로 날아가 잠적을 했던 일, 하지만 결국은 부친에게 끌려 들어온 일, 학교를 복학하고도 집에서 나와 생활하고 있는 것 등, 모두 이 몇 년 새 벌어진 일이었다. 그의 집안도 윤오의 집안도 이름을 대면 알 만한 집들이니 현우는 비교적 정확히 윤오의 사정을 짐작해낼 수 있었다.

"짜식아, 넌 10대를 어떻게 보내고 질풍노도를 지금 겪고 있냐?"

가라앉은 분위기를 환기시키려는 듯 현우가 가볍게 나무랐다. 윤오가 피식 웃었다.

"그때야 달랐겠어? 당연히 아버지랑 싸웠지."

예술대를 가겠다는 그와 경영대를 고집하던 부친의 갈등은 이미 고등학교를 진학하던 그때부터 시작되었다.

"이번에는 아버님이 강경하시다면서……."

집안의 모든 지원이 끊겼다고 들었다. 당장 집으로 들어오라는 불호령이 떨어졌다고. 그렇다고 자존심 굽힐 김윤오가 아니니 묵묵히 버티고 있다는 것만 알고 있다.

"너도 너다. 그렇다고 시위까지 해? 아버지 계열사 현장서 지게꾼이나 하고. 현장 사람들이 너 회장님 아들인 거 몰라?"

"다른 사람은 몰라도 아버지 비서는 알겠지. 인생 경험 많이 하고 있어."

윤오는 입 안이 씁쓸해졌다. 입술 끝에 희미한 웃음이 서리다 사라졌다.

비애

"사실……."

침묵이 흐르고, 굳게 다물렸던 윤오의 입술이 열렸다.

"가장 두려운 건 나 자신이야."

"왜?"

"미래에 대한 확신이 없어."

연극이 하고 싶었고, 진정한 배우가 될 거라 생각했다. 한 해, 두 해, 자신에게 그쪽으로 재능이 없다는 걸 인정하기란 그에게도 쉽지 않았다. 한 번 시작한 이상, 무엇이라도 되고 말겠다고 생각했는데, 요즘 들어 다른 생각이 들기 시작했다. 아무래도 부모에게 큰소리 쳐둔 것에 대한 자존심을 지키려 이렇게 아등바등하는 것은 아닐까.

윤오의 얘기에 현우 또한 고개를 주억거려 동의를 했다.

"무엇이든 최고가 돼야 한다는 네 성격의 문제로 보이긴 하다만……."

윤오는 부인하지 못했다. 모든 것의 최상점, 최고.

99퍼센트의 노력만으로는 완성되지 않는 1퍼센트의 능력이 필요했다. 언제나 모차르트의 그늘에 가려 있던 살리에르의 마음이 이런 것일까. 끝까지 이 길을 좋아하며 갈 수 있을까. 윤오는 지금 불안했다.

"좋아하는 걸로 밥벌이를 하기에는 세상 살기가 너무 힘들지. 두 번째로 좋아하는 것을 생업으로 삼고, 가장 좋아하는 건 미뤄두는 것도 여운 있고 좋아."

현우가 나름 진지하게 얘기했다. 군대를 다녀오더니 생각이 깊어졌다고, 듣던 윤오가 희미하게 웃었다.

"야아, 가장 큰 네 문제는 그런 게 아니다. 넌 배고픈 예술가가 되기에는 너무 이성적에다 태생이 부르주아야."

"예술가가 다 배고프다는 건 편견이다, 형."

미간을 모은 윤오는 그렇게 말했지만, 현우의 말이 예사로 들리진 않았다. 그의 부친도 비슷한 말을 하셨다.

「네놈이 배우가 돼? 배우로 성공하기 전에 배고픔이 무언지부터 경험해봐! 제 손으로 십 원 한 장 벌어본 적 없는 놈이 그런 소릴 해? 어디 그럼 네 맘대로 해! 굶어 죽어도 하겠다는지 보자.」

그럴 때의 아버지는 생판 남과 같다. 여전히 귓가에 그 말들이 남아 심장을 서늘하게 했다.

"너는 지금 배고프잖아. 당장 아파트 전기세 밀려서 끊긴다고 엄살 떤 건 누구야? 아, 그런데 배고픈 예술가한테 그 아파트는 너무 사치다. 몇 평이라고?"

"누나 거잖아. 누나가 숨겨주고 있는 거지. 아니었음 노숙자 신세였어."

현우의 너스레에 윤오가 쿡 웃었다. 그러다 이어진 현우의 질문에는 단숨에 웃음이 걷혔다.

"너 은효한테 부모님 얘기는 했냐?"

비애

윤오가 희미하게 고개를 저었다.

"은효는 아마 내가 고학생인 줄 알 거다."

"진짜 고학생은 여기 있구만. 배고픈 부르주아가 고학생 최은
효의 등골을 빼먹고 있어. 나쁜 놈."

"나쁜 놈 맞아."

윤오가 속으로 한숨을 삼켰다. 현우의 말이 틀리지 않는다. 그
러니 더욱 은효 볼 면목이 없다.

"그래서 방학되면 심심하다고 매일 방바닥하고 노는 형도 불렀
잖아. 여기 계산, 형이 하는 거지?"

"허. 이 커플 칼만 안 들었지, 완전 강도네."

현우가 입을 떡 벌리고 혀를 찼다.

"형이 젤 많이 먹었어."

말은 그렇게 해도 현우가 기꺼이 계산을 하리라는 것을 윤오는
알고 있다. 3년 선배로 과에 복학한 현우가 없었다면, 지금껏 버텨
오지도 못했다.

"은효야?"

윤오가 어깨에 기대 있는 은효의 볼을 톡톡 건드렸다. 정말 깊
게 잠들었나 보다. 눈가에 글썽거리는 눈물방울이 심장을 찌르르
울리게 한다.

이 여자를 이렇게 마음 아프게 하는 것도 자신. 으득 이를 악
문 윤오가 은효를 들쳐 업었다.

어떻게든, 어떠한 형태이든 결론을 내야 한다. 이제는.

03.

윤오가 택시를 세운 곳은 아파트 동 입구에서였다.

"은효야, 정신 좀 차려봐."

택시에서 은효를 안고 내린 윤오가 그녀를 어떡하든 세워보려 했다. 그러나 은효는 여전히 술과 잠에 취했다. 쓰러지려 하는 그녀의 몸을 윤오가 조심스럽게 잡았다. 휘청한 그녀의 몸이 가슴으로 쓰러지자 순간 윤오의 미간이 희미하게 일그러졌다. 부드럽고 말캉한 가슴이 그의 것과 맞닿은 탓이다. 저도 모르게 얼굴이 달아오르고, 심장이 쿵 내려앉았다. 훅 내쉬고 들이켠 숨끝, 상쾌해진 밤공기가 폐부로 밀려들었다.

정신이 번쩍 들었다.

하!

여간하여 심장이 진정되지 않았다. 늘씬하고 탄력 있는 은효의 몸이 그의 절제를 아슬아슬한 한계까지 밀고 있다. 윤오는 지끈 어금니를 물었다. 차라리 고개를 돌렸다. 은효를 두고 음란한 생각이라도 한 것처럼 미안해졌다. 어둠에 물든 그의 눈빛이 가뭇해졌다.

비애

지켜주고 싶다, 깨지지 않도록.

윤오가 은효를 들쳐 업었다. 무게감이 느껴지지 않는 몸. 등 뒤에 밀착된 몸이 따스하고 보드랍다. 혹 한숨을 내쉰 그가 혼잣말로 중얼거렸다.

"바보야, 내가 너 얼마나 좋아하는지 모르지."

윤오는 계단으로 올라가 자동 현관문 앞에 섰다. 같은 아파트, 같은 동. 그동안 은효가 그가 살고 있는 이 집의 위층에 살고 있다는 것을 외면하기 위해 얼마나 제 감정을 무시했던가.

「우리 어디서 정말 본 적 없어요?」

「반상회서 봤나?」

「아...... 맞다! 쓰레기 분리장에서 만난 것 같아요. 맞죠?」

그때는 그저 신기한 인연에 쿡 하고 웃었을 뿐이었다. 그런데 같은 동네 주민이란 사실이 점점 더 버거워지다니. 외면할수록 진하게 다가온다. 이 여자의 모든 것이.

12층, 은효의 집 앞에서 윤오는 갈등했다. 비밀번호를 눌러야 하는데, 그냥 깨워야 할까. 잠시의 망설임 끝, 그가 번호 네 개를 띡띡 눌렀다. 혹시, 하는 마음으로.

0513.

자신의 생일, 그리고 너무도 손쉽게 열리는 문. 윤오는 씁쓸히 웃었다.

현관을 들어와 거실을 가로지른 윤오는 자연스럽게 큰방 문을 열었다. 그곳이 침실일 거라 단정 지었는데 막상 열고나서 당황했다. 불을 켜니, 보이는 것은 한쪽 벽면에 가득 찬 식기들과 방 중앙을 차지한 나무테이블이었다. 마치 잘 꾸며진 티룸과 같았다.

후, 내가 널 너무 모르는구나.

문을 닫은 그가 그대로 거실로 나와 은효를 소파 위에 내려놓았다. 안아 제대로 눕힌 후 이제는 그녀의 얼굴을 찬찬히 살폈다. 땀으로 젖어 볼에 붙은 머리카락도 조심스런 손길로 넘겼다. 이런 가벼운 손길에도 심장이 아릿해졌다. 찰나 멈칫거렸지만, 이내 포기한 듯 윤오는 손바닥으로 그녀의 볼을 감싸 어루만졌다.

"은효야."

"응……."

"집에 왔어. 정신 좀 들지? 물 갖다 줘?"

은효는 대답하지 않았다. 사실 집에 올 때까지 자다 깨다 한 덕에 정신이 많이 돌아왔다. 그녀의 대답을 듣지 않고 주방서 돌아온 윤오가 그녀를 안아 일으켰다.

"마셔."

"속이 안 좋아."

"그러게 못 마시는 술은 왜 자꾸 마셔. 오빠가 넌 술 마시면 안 된다니까."

은효의 검은 눈동자가 물끄러미 윤오를 향했다. 검고도 깊은,

비애

그러면서도 흔들림 없는 눈동자는 무언가를 체념한 듯 고독해 보였다. 마주한 윤오의 심장을 흔들리게 했다.

"힘들고 속상해서……"

은효의 눈에서 눈물이 투둑 떨어졌다. 하얀 볼 위로 흐르자, 당황한 그녀가 두 손으로 닦아 냈다. 바라보던 윤오의 심장이 쿵 발밑까지 떨어졌다.

"마음이…… 내 맘대로 안 돼."

무슨 말인지, 어떤 의미인지 윤오는 알고 있다. 그가 은효의 얼굴을 두 손으로 부여잡았다. 똑바로 시선을 마주하고, 엄지손가락으로 그녀의 볼을 부드럽게 닦아냈다.

"너 많이 아껴."

"알아. 그런데 오빠도 알아야 돼. 오빠는 후배도, 동생도 다 아껴. 여자건 남자건."

은효의 목소리는 체념이 가득했다. 바라보는 윤오의 눈매가 가늘어졌다.

"겁쟁이."

은효가 윤오의 팔을 잡아 내리려 했다. 또렷해지고 분명해지는 윤오의 눈빛을 당돌히 마주했다.

"나는 모르겠어. 우리 문제가 무엇인지. 오빠, 나 좋아한댔지? 무섭고 두려운 건 뭐야?"

윤오의 눈매가 일그러졌다. 다 들은 건가.

"그냥…… 그만할래. 나는 이제 지쳐서 못하겠어. 오빠 보기만

해도 가슴이 턱턱 막혀서…… 이 마음 버리지 않으면 더는 견딜 수가 없어. 버리는 것밖에 출구를 모르겠어. 누군가를 이렇게 깊게 생각하고, 아플 만큼 좋아해본 적이 없어서……."

은효의 눈에 다시 눈물이 왈칵 차올랐다. 똑바로 바라보는 윤오의 눈동자를 외면했다.

"사이좋은 선후배…… 사양이야. 이렇게 아플 거면 차라리……!"

그 순간이었다. 얼굴을 부여잡은 그대로 윤오의 얼굴이 덮쳐 그녀와 입술을 부딪쳤다. 말캉한 은효의 입술을 그대로 빨아 삼켰다.

뜨거운 숨결이 입술을 덮었다. 흡! 놀란 은효의 두 눈이 흐릿한 전등 아래에서도 커다랗게 빛났다. 혀끝으로 그녀의 입술을 핥던 윤오의 혀가 치아를 가르고 침입했을 때 은효는 온몸이 마비된 듯 저릿한 감각에 숨을 쉴 수 없었다. 발끝에, 손가락에 저도 모르게 힘이 들어가 어디든 움켜쥐었다. 윤오의 힘에 밀리고 또 밀려 뒤로 가고 싶었지만, 그녀의 몸은 소파 등받이에 막혔다.

숨도 쉴 수 없었다. 겁도 없이 침입한 그의 혀가 그녀의 것을 옭아매고 빨아들였다. 롤러코스터를 탄 것보다 빠르게 사위가 울렁거렸다.

흡! 결국 은효는 참지 못해 윤오의 팔뚝을 탁, 그러쥐었다. 얼굴과 목을 쓰다듬는 손길에는 소름이 돋았다. 이제 모든 것이 분명해졌다. 다시는 좋은 선후배 사이로 돌아갈 수는 없을 것이다.

비애

이 관능의 쾌락을 알아버린 이상, 더 이상의 것을 원하는 이상.

"은효……."

윤오가 은효와 이마를 맞대었다. 그의 커다란 손이 목을 감쌌고, 헉헉 내쉬는 낯선 숨결이 얽혔다.

"나는 말이다. 지금 아무것도 약속할 수 없어. 나는……."

윤오가 지끈 눈을 감았다 떴다. 남자로서 진정 하기 싫던 얘기지만 지금은 해야 할 듯하다. 그가 은효의 두 눈을 뚫어질 듯 바라봤다.

"그것이 겁났다. 그런데 내 인내심은 이 정도였어. 바닥이다."

와락 밀려든 남자의 향기에 은효는 입술을 꽉 물었다. 어지럽다. 윤오의 팔을 잡고 그녀는 간신히 버텼다. 그와 자신의 몸 사이, 공간은 사라지고, 마치 원래는 한 몸이었던 듯 꼭 붙었다. 거세게 뛰는 상대의 심장 소리까지 들리는 듯했다.

"여기까지야. 이제 되돌릴 수 없다."

오빠…….

은효의 입술이 달싹이는 순간이었다. 솜사탕처럼 감미롭던 입맞춤이 어느새 격렬해졌다. 거칠게 맞붙은 입술 새로 신음이 흘렀다. 윤오의 한 손이 티셔츠 속으로 미끄러져 들어와 그녀의 가는 허리를 배회했다. 아랫배에 가까운 민감한 곳을 스치자, 그녀의 몸이 움찔거렸다. 그리고 동시에 윤오의 손길이 멈췄다. 그의 눈빛이 어두워졌다.

이건…… 아니야. 이럴 순 없어.

윤오가 힘겹게 몸을 떼려던 순간이었다. 그의 팔을 은효의 손이 잡았다. 바라보는 눈빛이 반짝거렸다.

너는…….

윤오의 심장이 미친 듯이 뛰어 가슴까지 들썩거렸다. 그가 그녀의 얼굴을 쓰다듬고, 귓가에 속삭였다.

"미안하다. 나도 취했나 봐."

그가 할 수 있는 마지막 인내였다. 그런데 그 순간 은효가 아니라고 고개를 저었다. 후회하지 않아. 그만 들리게 속삭였다.

"오빠가 못하면 내가…… 가질 거야."

어디부터 생긴 용기일까. 은효가 또렷한 목소리로 입을 열었다.

"내가 오빠한테 주는 마지막 기회야. 도망가고 싶으면 지금 가요. 난 두려움 따위 없으니까."

쏘아보듯 그녀를 바라보던 윤오가 피식 웃었다.

"바보야, 그건 남자가 해야 할 말이지."

"누구든 두려움 없는 사람이 하면 되지."

윤오의 입가에서 웃음이 점점 사라졌다. 심장이 평소보다 몇 배는 빨리 뛰고 있다.

사랑한다.

윤오의 입술이 희미하게 움찔거렸다. 어느 순간 꽂히듯 그녀의 입술을 물었다. 조심스럽던 감정이 가려지고, 정신이라도 잃은 듯 상대를 격렬하게 탐했다. 강렬한, 너무도 뜨거운 열기에 싸여 정신이 몽롱해졌다. 눈앞이 희미해졌다.

비애

어떻게 침대로 올라왔는지 은효는 기억이 나질 않았다. 오로지 감각되는 것은 강철처럼 단단한 윤오의 몸. 매끄럽고 넓은 가슴이 온몸을 압박하는 것 같았다. 그가 그녀의 몸을 한껏 끌어안았다. 수줍게 드러난 하얀 젖가슴을 욕망에 못 이겨 거칠게 움켜쥐었다.

"훗!"

"은효야."

낯선 감각에 은효의 몸이 솟구쳤다. 그녀의 얼굴을 감싸 안은 윤오가 귓가에 입 맞추다 그녀의 이름을 불렀다. 그의 손끝 또한 미세하게 떨었다.

"사랑해."

윤오의 목소리가 깊게 가라앉았다. 수줍음과 생소한 감각에 몸을 떤 은효가 몽롱한 시선으로 윤오를 올려다보았다.

"뭐라…… 했어?"

윤오의 눈매가 살짝 일그러졌다. 들었지만 확인하고 싶은 것이다. 충분히 알고 있는 마음. 그가 다시 은효의 귓가에 속삭였다.

"사랑해, 최은효."

윤오가 희미하게 웃었다. 부드럽게 입맞춤한 뒤, 입매를 늘려 웃었다.

"오빠, 믿지?"

윤오의 눈가에 슬쩍 악동 같은 짓궂음이 스쳤다. 올려다보는 은효의 몸속 깊은 곳에서도 웃음이 보글거렸다. 심장이 쉴 새 없이 두근거렸다.

"응."

"늦기 전에 말할 수 있어 다행이다. 내가 너 오래도록 좋아했어."

"알아. 나 업고 오며 하던 말 다 들었어."

"다?"

"음, 좋아한다는 말만."

은효가 활짝 웃으며 윤오의 목을 두 팔로 꽉 끌어당겨 안았다. 첫 경험. 수줍고 겁나던 마음이 봄볕이라도 만난 듯 스르르 녹아내렸다.

"혼자 좋아하는 줄 알았어. 오빠한테 나는 착한 후배이자 동생일 뿐이었잖아. 나는 그게 너무 힘들었어."

"절대 그렇지 않아. 내가 미안하다."

"응. 이제 믿어. 나도 사랑해. 많이, 아주 많이."

이렇게도 사랑스러운 이를 외면했다니. 윤오의 눈빛이 미안함과 사랑, 그리고 격정을 담아 깊어졌다.

"사랑한다, 최은효."

윤오가 은효와 이마를 맞댔다. 코끝이 닿고, 숨결이 얽혔다. 쪽. 가볍게 나누던 키스가 어느새 깊어졌다. 잠시 주춤하던 열기가 확 번져 나갔다. 은효의 가슴을 쓰다듬던 그의 손이 허리를 지나 허벅다리를 스쳤다. 파르르 떠는 그녀의 다리를 벌린 손끝이 촉촉이 젖어든 중심을 어루만졌다. 서로에 대해 처음 알아가는 생경한 느낌. 경험 없이 본능으로만 따라가야 한다. 그것이 두려우면서도

비애

더욱 상대에게 몰입하게 만들었다.

그의 손끝이 은효의 다리 사이를 파고들었다.

"아앗!"

비명을 지른 은효의 몸이 뒤로 휘었다. 윤오 또한 숨결이 격해졌다. 이제는 그 또한 한계. 참을 수 없었다.

"미안하다."

윤오가 은효의 입술에 맞대어 입술을 비비다 혀끝으로 핥았다. 그도 은효도 처음이라 이렇게 떨고 있는 것이라 생각했다. 전희가 필요했지만, 그것은 지금 서로에게 불가능했다. 욕망은 터질듯 팽배했고, 그만큼 윤오는 저돌적이었다. 머릿속에는 오로지 한가지 생각뿐, 아직은 배려할 여유가 없었다. 입술을 빨아들이고, 본능적으로 꽉 붙은 은효의 다리 사이를 그가 무릎으로 밀어 벌렸다.

"은효야!"

윤오가 은효의 귓가에 속삭였다. 손끝으로 자신의 남성과 그녀의 입구를 가늠하고는 그대로 힘껏 허리를 움직였다. 단 한 번의 몸짓, 은효의 깊은 곳에 그를 묻었다.

"아!"

은효의 외마디 비명에 윤오 또한 몸이 굳었다. 마치 낙뢰에 맞은 듯. 이것은 결코 예상치 못했던 강렬한 열기이다. 그것이 그와 은효의 머리부터 발끝까지 휘감아 그들을 한 덩이로 만들었다. 저릿한 쾌감에 몸을 떨게 했다. 움직일 수도 없이 좁은 곳은 윤오의 눈앞을 어지럽게 만들었다. 그리고 동시에 은효의 아픔을 느끼게 했다. 그의 심장을 흔들었다.

"나 잡아. 은효야?"

입술을 지끈 깨문 은효의 두 눈이 화등잔만 하게 커졌다. 이런 느낌일 줄이야. 당황이 스친 얼굴로 윤오가 은효의 몸을 어루만졌다. 헉헉. 거의 숨을 못 쉬다 간헐적으로 몰아쉬는 은효의 귓가에 속삭였다. 이럴 때 어떻게 해줘야 할지 잘 알지 못한다. 그녀의 눈가로 눈물이 주룩 흘러내렸다.

"미안해. 미안하다."

윤오가 아프게 웃었다. 이 말밖에 할 수 없음이 지금은 안타깝다.

은효의 안은 좁고도 뜨거웠다. 밀물같이 밀려온 쾌감에 그는 몸을 떨었지만, 은효의 떨림은 가라앉지 않았다. 더 이상 참을 수 없는 윤오가 본능적으로 몸을 움직였다.

"흣……."

은효가 두려움에 떨며 그의 팔을 잡았다. 자신의 안에서 무언가 모조리 빠져나가는 느낌, 그리고 일어난 낯선 쾌감. 처음 경험한 감정이 두려워 그녀의 얼굴이 하얗게 질렸다. 몸이 갈라지고, 터질 것 같은 뜨거운 느낌에 당장이라도 도망가고 싶었지만, 그때마다 윤오가 귓가에 속삭였다.

사랑해……, 사랑해…….

윤오의 움직임이 느껴졌다. 고통으로 온몸이 경직되었던 은효

미애

도 어느새 그를 느끼고 있었다. 그를 가졌다. 그의 숨결, 그의 손길, 그의 움직임, 그의 입맞춤…… 모두 내 것이다. 차츰 아픔과 동시에 미미한 느낌이 전해졌다. 고통을 동반한 묘한 것은 쾌감, 다리와 다리 사이의 중심을 따라 점점이 번지기 시작하여 몸서리치게 만든다.

저도 모르게 허리를 들고, 그녀 또한 움켜쥐었던 윤오의 등을 서툴게 쓰다듬었다. 점점 더 호흡이 격해졌다.

"흡!"

거친 입맞춤, 혀가 얽혔다. 타액을 빨아들였다. 쉽사리 가라앉을 것 같지 않은 격한 숨결이 서로를 삼켰다. 어느 순간부터 은효는 자연스럽게 그를 받아들이고 있다. 윤오의 땀방울이 뚝뚝 흐르고, 그의 허리짓이 빨라질수록 그녀의 흐느낌 같은 신음도 더욱 가팔라졌다. 흔들리는 몸과 몸이 뜨겁게 겹쳤다.

사랑해. 사랑해. 사랑해.

따뜻한 속삭임이 귓가에 연이어 울렸다.

04.

은효가 눈을 뜬 건 새벽녘이었다. 잘 마시지도 못하는 술을 마셔 갈증이 인 탓도 있지만, 평소와는 다른 무게감과 따스함 때문이었다.

집에 어떻게 왔지?

머릿속이 뿌옇다.

세상에, 윤오 오빠!

그러다 문득 깨달았다. 윤오가 등 뒤에서 자신의 몸을 완전히 껴안고 있다는 사실을 자각했다.

아……, 이런.

지난밤의 일이 떠오르자, 저도 모르게 얼굴이 벌게졌다. 심장이 겉으로 느껴질 만큼 두근거렸다. 거칠고 서툰 첫 경험, 그럼에도 설명 못할 만족감……. 심장이 젖어들었다.

사랑해.

은근하게 가라앉은 윤오의 목소리가 귓가에 여전히 맴돌았다. 사랑, 사랑…….

은효는 저도 모르게 배시시 웃었다. 그의 사랑고백이 참으로

비애

공교로웠지만 못 들었다 해도 상관없다. 자신의 행동에 후회는 없으니까.

맞닿은 살과 살. 남자의 살이 이렇게 매끄러울 수 있나. 털 북슬북슬한 남자들도 많던데. 윤오는 그저 근육의 단단함이 느껴질 뿐 말끔하고 부드럽다. 그와 닿은 곳의 매끄러움이 은효의 기분을 좋게 했다.

조심스럽게 발가락을 꼼지락거려봤다. 윤오의 다리가 발끝에 닿았다. 종아리 털은 그래도 까슬까슬하게 느껴진다. 그것이 신기하고 사뭇 흐뭇해서 은효는 소리죽여 킥킥 웃었다.

그리고 그때 문득 귓가에 따뜻한 숨결이 느껴져 온몸으로 자르르 전율이 퍼져갔다.

"더 자."

안 자고 있던 걸까. 그의 팔을 치우려고 조금 움직였을 뿐인데 윤오는 그새 알아차렸다. 아니다. 발끝도 움직였구나. 분명 나쁜 짓을 저지른 것도 아니건만 은효는 몰래 하던 무언가를 들킨 것처럼 얼굴이 확 벌게져버렸다.

"왜?"

윤오의 목소리는 낮게 갈라졌다. 그 느낌이 은효에게는 짜릿할 만큼 전율로 다가왔다.

"목이 말라서요."

"내가 갖다줄게."

윤오가 주저하지도 않고 몸을 일으켰다. 지난밤 어디로 벗어

던졌는지도 기억나지 않는 청바지를 찾아 입는 모습이 희미한 새벽빛에 실루엣처럼 보였다. 음영이 진 등 근육이 실룩거렸다.

오빠 키가 굉장히 컸구나.

평소에도 크다고 생각했는데, 누워서 본 탓인가. 하룻밤 새 훌쩍 큰 것 같다. 떡 벌어진 어깨는 공사판으로 아르바이트를 나가는 요즘 더 단단해진 것 같다. 침대가 놓인 작은 방이 그가 들어선 것만으로 턱없이 조그마해 보였다.

"마셔."

윤오가 물컵을 내밀었다. 얇은 여름 이불을 목 끝까지 덮고 몸을 일으킨 은효가 그가 내민 컵을 받아 꿀꺽 단숨에 삼켰다. 윤오의 심각한 눈빛이 그녀를 떠나지 않았다.

"몸은? 괜찮아?"

저도 모르게 은효의 얼굴이 벌겋게 달아올랐다. 이불에 얼굴을 묻은 채 들지 못했다. 지난밤 첫 경험의 붉은 흔적을 지워준 것도 그. 괜찮다고 생각했는데 차츰 술이 깨고, 날이 밝으니 윤오의 얼굴을 제대로 볼 수가 없었다.

"조금, 아파."

은효가 머뭇거리며 대답하자, 쿡 하는 윤오의 웃음이 들렸다. 이내 그가 두 손으로 그녀의 얼굴을 붙들고 시선을 맞췄다. 심각한 목소리로 물었다.

"왜 부끄러워해? 최은효답지 않아."

"내가 뭘."

비애

은효가 발끈하여 샐쭉한 눈매로 그를 흘겼다. 그래도 예쁘다는 생각으로 윤오가 쪽, 입술을 훔쳤다.

"오늘은 누워 있어야 하지 않아?"

은효를 배려하지 못한 것은 자신. 꾹꾹 눌렀던 욕망은 단번에 터졌고, 더불어 날짐승처럼 날뛰었다. 처음이라 더욱 길들일 수 없고 절제가 힘들었다.

"그 정도는 아니야."

윤오의 말에 반발이라도 하려는 듯 침대에서 다리를 내리려던 은효가 아앗, 작게 비명을 질렀다. 날카로운 통증이 두 다리 사이에서 시작되어 머리끝까지 치솟았다. 그러자 윤오가 바로 그녀의 몸을 이불째 번쩍 안았다. 주저함도 없었다.

"꺄아. 오빠, 놔줘!"

아무리 비명을 질러도 윤오는 아랑곳하지 않았다. 희미하게 웃을 뿐이었다.

"어디로 가?"

그저 묻는다. 반듯한 얼굴, 반듯한 표정으로, 진지하게. 저도 모르게 한숨을 내쉰 은효가 어쩔 수 없다는 듯 입을 열었다.

"화……장실. 아, 정말 창피하다. 영화 보면 아침에도 정말 로맨틱하던데 다 거짓말인가 봐."

윤오의 웃음이 크게 들렸다. 들썩이는 그의 가슴을 은효의 손끝이 호기심을 담아 어루만졌다. 윤오가 온몸을 움찔거리자 신기하다는 듯 은효의 두 눈이 커졌다.

"배에 왕(王)자가 있어. 진짜로 있는 사람 첨 봐. 신기하다."

"최은효."

윤오의 목소리가 잔뜩 가라앉았다. 욕망과 사랑이 담긴 눈빛에 빙긋 웃음이 돌았다.

"너, 지금 나 감당하지 못할 텐데?"

"어?"

은효가 화들짝 놀라 고개를 들었다. 서서히 열이 오르는 윤오의 눈빛과 마주쳤다. 은효가 바로 꼬리를 내렸다.

"그런 뜻 아니야!"

"조금 더 잘할 수는 있어. 확실해."

"아이 참, 뭘 잘해?"

능청스런 윤오의 말에 은효가 아무것도 모른다는 듯 눈빛을 빛냈다. 그가 작게 웃었다.

"학습효과 확인. 복습해야지."

"앗! 안 돼. 나 지금은 너무 아파. 그럼 나중에……."

은효의 말이 그의 입술 속으로 사라졌다. 버둥거리는 은효의 몸이 이미 윤오에게 완전히 덮였다. 달뜬 호흡이 섞였다. 순식간에 확 달아올랐다. 입술과 입술이 겹치고, 혀와 혀가 농밀하게 얽혔다. 자연스럽게 윤오의 목을 팔로 휘감은 은효의 몸에서 이불자락이 스르륵 바닥으로 떨어졌다.

세상은 지금 희뿌연 새벽빛. 거칠게 빨아들이던 호흡이 서서히 가라앉았다. 입술을 부딪쳐 가볍게 마무리한 윤오의 눈빛이 희미

비애

한 새벽빛 안에서 하얗게 빛나는 은효의 나신을 한눈에 훑었다.

"그만 봐. 저것 좀 집어주든지."

은효가 윤오의 가슴에 얼굴을 묻고 부끄럽다며 웅얼거렸다. 완전히 하나처럼 은효를 꽉 안은 윤오가 마지못해 이불자락을 집어 그녀의 나신을 가렸다. 솟구친 욕망 또한 지금은 힘겹게 눌렀다. 은효를 아이처럼 안은 팔에 조심스레 힘이 들어갔다. 너무도 소중해서 제대로 힘도 줄 수 없다.

윤오가 언뜻 들었던 잠이 깬 것은 어떤 느낌 때문이었다. 서늘하면서도 포근한, 그리고 그리운, 조금은 상반되는 그런 감각. 그후로 한껏 밀려든 것은 아마 어머니의 품이 이렇지 않을까, 하는 그런 푸근함과 달콤함. 확실히 단정은 짓지 못하겠다. 그의 기억에는 한 번도 어머니의 품이 어떤 거라는 느낌도 없고, 느껴본 적도 없으니까.

"일어나요, 오빠. 극단 가봐야 한다면서."

귓가에 작고 부드러운 음성이 들렸다. 은효다. 단박에 알아버렸다. 잠에서 깨어나는 순간에도 그녀의 목소리를 알아차려 저절로 윤오의 입술에는 미소가 스몄다.

아주 오랫동안 해온 것처럼 그가 무의식적으로, 그러나 자연스럽게 팔을 뻗어 은효의 허리를 휘어 감았다. 제 쪽으로 끌어들이고, 목덜미에 얼굴을 묻었다. 은효의 가벼운 항의도, 작은 꿈틀거림도 지금은 무시했다. 보드라움과 연약함을 그대로 느끼고 있다.

"오빠, 늦지 않아?"

"응. 잠시만 더."

윤오의 목소리가 깊게 가라앉았다. 좋다. 이런 느낌. 아침을 이렇게 시작할 수 있다면, 하루가 행복하고 분명 즐거울 것이다. 남자와 여자는 어쩌면 이런 일상의 소소한 기쁨을 나누기 위해 결혼을 하는지도 모르겠다. 자신의 부모님을 생각하면 절대 상상할 수 없는 일들이지만, 분명 나는 다를 거라고 윤오는 생각했다. 지금 안고 있는 고민들만 깔끔하게 해결된다면, 평범한 소시민으로 살더라도 가족과 살과 살을 부대끼며 살고 싶다. 사랑하는 여자와 아이들. 물론 그 안에 은효가 있다. 그녀를 완전히 제 안에 묶어두고 싶었다.

"은효야."

"응?"

얽힌 자세 그대로 은효가 대답했다. 그녀가 마주 껴안은 윤오의 등을 천천히 쓰다듬었다.

"왜 사람들이 결혼을 하고 싶어하는지 알겠어."

"결혼?"

"잘 몰랐는데, 지금은 알 것 같다."

"오빠…… 결혼하고 싶어?"

윤오는 대답하지 않았다. 그 대신 은효가 계속 말을 이었다.

"난 일찍 결혼하고 싶어."

그것보다는 가족이 갖고 싶다는 말을 은효는 하지 못했다. 혼

비애

자 사는 것이 이제는 익숙해질 만도 한데, 할머니 돌아가신 지 3년이 되어가는 지금도 적응하지 못하고 있다는 말 또한.

"누구랑?"

시침 떼듯 물어보는 윤오한테 은효는 입술을 삐죽거렸다. 내 맘도 몰라. 그녀는 흥, 고개를 돌렸다.

"당연히 남자! 자존심 같은 것 안 세우는 남자랑."

윤오가 피식 웃었다. 아직은 어떤 확신도 줄 수 없지만, 진실된 마음은 감출 수 없다.

"나랑 하자."

문득 은효의 몸이 굳었다. 무엇이 잘못된 듯 그녀는 표정도 굳어 침대에서 몸을 일으켰다.

"문제야, 김윤오."

누운 그대로 윤오가 '왜?' 하는 눈빛으로 바라봤다.

"그런 말을 정말 분위기 없게 한다."

윤오의 팔을 풀고 일어나 방문을 나서며 은효가 툴툴거렸다. 윤오가 희미하게 웃었다. 그녀의 말대로 이렇게 분위기 없고 무뚝뚝한 자신이 배우를 하겠다고 나와 있으니 이거야말로 어불성설일 수밖에.

"훗!"

아버지 당신 말이 맞을지 모르겠습니다. 내게 가장 어울리는 곳에 있어야 한다고요.

이 생활을 정리해야 할 이유가 또 생겼다. 벌떡 일어선 그가 방

문 밖으로 나갔다.

은효가 차렸다는 아침 식탁 앞이었다. 윤오는 한동안 마음이 먹먹해졌다. 따뜻한 색감의 원목식탁 위에는 김이 솔솔 오르는 갓 지은 밥과 국, 그리고 몇 가지 밑반찬과 김치들이 정갈히 놓여 있 었다. 어린 여대생 혼자 자취하는 곳이라기보다 어느 솜씨 좋은 주부가 차린 아침 식탁 같았다. 집에서는 계속 나와 살고 있었으 니 이런 아침 식탁을 본 지도 꽤 되었다.

"네가 했어?"

윤오는 은효가 그저 밥과 국을 했다라고 대답할 줄 알았다.

"응."

"다?"

"김치랑 장아찌는 시골에서 이모가 보내주셔."

"이모가…… 계셨어?"

함께 살던 할머니가 돌아가셨으니 그녀는 혈혈단신 고아라 알 고 있었다. 의외라는 듯 바라보던 윤오는 물었다. 그의 반응이 이 해된다는 듯 은효가 쓸쓸히 웃었다.

"혈연은 아니고, 고아였던 이모를 할머니가 오랫동안 거둬주셨 대. 지금은 결혼해서 잘 살고 계시지."

윤오의 맞은편에 앉은 은효가 조곤조곤 설명했다. 2년이나 알 아왔지만 새삼스럽다는 생각이 드는 건 무슨 이유일까. 빤히 바라 보는 윤오의 눈빛이 의식되자 은효가 환하게 웃었다. 아찔한 느낌

비애

마저 드는 황홀한 웃음이다.

"그래도 이 열무김치는 내가 했어. 지난 일요일에 아파트 앞에 장이 섰거든. 열무가 너무 싱싱해서 안 사올 수가 없더라고."

윤오는 맛보기를 원하여 눈빛이 반짝거리는 은효를 가만히 바라보았다.

"오빠, 그만 묻고 밥 먹어. 우리 해장해야 되잖아. 왜 계속 봐?"

"신기해서."

최은효란 스물한 살의 아가씨는 손끝에 물 한 방울 안 묻히고 자랐을 것 같았다. 그러니 아파트에서 그녀를 마주쳤을 때 당연히 다른 식구들과 함께일 거라 생각했다. 작년 가을, 할머니 기일을 알기 전까지는. 그리고 부모님이 안 계시고, 할머니 손에 컸다는 것 또한 뒤늦게 알았다.

"내가 요리하는 게 그렇게 신기해? 나 요리랑 베이킹이 취미라니까. 그동안 안 믿었구나? 해다 먹인 빵이 얼마인데! 오빠도 현우 선배처럼 사온 거라고 생각했지?"

은효의 항의에 윤오가 쿡 웃었다.

"김치까지 할 줄 몰랐다. 우리 어머니도 김치는 할 줄 모르실 거다."

방금 전까지 웃던 윤오가 무표정해졌다. 마치 자신이 어머니 얘기를 한 것이 못마땅한 듯.

"집안 분위기가 그랬어요. 할머니가 정말 음식을 잘하셨거든.

많이 만들어 사람들 부르는 것도 좋아하셨고. 난 할머니 옆에서 구경하는 게 제일 좋았고."

은효의 눈빛이 아련해졌다. 오래되지 않은 기억 속의 한 날이 눈앞을 언뜻 스쳤다. 오후 햇살이 비치는 거실, 사람들 그리고 그 가운데 부드러운 미소를 짓고 계신 할머니. 손맛이 좋으셨던 할머니는 요리를 하고, 손님을 초대해서 그 손님들이 자신이 한 것을 맛있게 먹는 것을 무엇보다 좋아하셨다.

"나도 영향을 좀 받은 거 같아. 누가 내가 만든 거, 맛있게 먹어주는 게 좋더라."

은효가 기대한 듯 은근히 눈빛을 빛냈다. 바라보던 윤오가 숟가락을 들어 국을 떠 입에 넣었다. 개운하고 깔끔한 맛이 일품이다. 설탕을 넣은 것도 아닐 텐데 국이 시원하고 달다는 느낌까지 든다.

"맛있어."

"정말?"

윤오가 대답 대신 이번에는 크게 고개를 끄덕였다. 아이처럼 좋아하는 은효를 보니 그 또한 심장 쪽이 간질거렸다.

"다른 데 가서 해장국 못 먹겠다."

"신난다. 나중에 해장국집 차려야지."

신이 난 모습이 아이 같다. 바라보던 윤오까지 저절로 미소가 스몄다.

"아, 큰방의 물건들은 그럼 할머니 유품?"

비애

"큰방?"

은효가 무심코 물었다.

"본의는 아니었는데 어젯밤 거기 좀 열었어. 침실인 줄 알고."

"어…… 내 건데?"

"그릇들이?"

윤오가 의외라는 눈빛으로 은효를 바라봤다.

"할머니가 물려주셨으니까. 밥 먹고, 내가 차 끓여줄게."

은효가 싱긋 웃었다. 그 미소에 윤오는 심장이 타버릴 것 같았다.

은효의 손놀림을 보다보면, 그녀는 천생 여자일 수밖에 없다는 생각이 들었다. 얇팍한 모양 위에 꽃무늬가 화려하게 그려진 찻잔과 티팟을 다루는 손길이 우아하고 세련되었다. 도저히 스물한 살이라 볼 수 없는 어떤 기품까지 흐른다. 하루 이틀에 익힌 솜씨가 아니었다. 마치 그녀의 일상처럼 느껴질 만하다.

"마셔봐요. 내가 제일 좋아하는 아침 홍차야."

여름이지만 아직은 서늘한 바람이 불어오는 이른 아침, 나란히 앉아 마시는 차 한 잔이 마음을 포근하게 했다.

"무슨 향이게요?"

"초코? 민트?"

"빙고! 둘 다 섞였어요. 산뜻하죠?"

윤오의 한쪽 입술 끝이 비스듬히 말렸다. 은효의 행동, 말, 그리고 표정까지 새삼 사랑스럽다. 차 한 모금을 머금은 입술은 당장 훔치고 싶을 만큼 매력적이었다. 미칠 것처럼.

"저건 다 할머님이 모으신 거야?"

윤오의 시선이 테이블 맞은편을 향했다. 앤티크 장식장에도, 그 옆에 격자로 잘 짜인 선반 위에도 갖가지 모양과 문양의 찻잔과 티팟들이 조르르 진열되어 있다. 하늘하늘 시폰 드레스처럼 여성스러운 것이 있는가 하면, 투박한 자기 같은 모양도 있다. 제각각 모양이 다르고 오래되어 보이긴 해도 하나같이 반짝반짝 빛이 난다. 한 눈에 보아도 들인 정성이 보통은 아닌 듯싶었다.

"응. 서울로 짐 옮기면서 고민 좀 했어요. 원래는 온양 집에 둬야 했는데. 쓰지 않으면, 이 아이들은 외로워하거든. 저 중엔 백 살 넘은 할머니 잔도 많아. 하루에 한 번은 나 좀 봐달라고 얼마나 애원하는데."

은효는 쿡 웃었지만, 윤오의 눈빛은 깊어졌다. 조손의 손길이 닿은 다구들이 더욱 빛나 보인다. 제집 어머니의 어느 장식장 안에서 수억대의 가격을 뽐내며 세트로 모여 있을 찻잔들을 떠올리면 더욱더.

"고향이 온양이야?"

"응. 친가가 대대로 그쪽에서 과수원을 하셨어. 부모님 모두 그쪽 분이셔."

자연스레 부모님 얘기가 나왔다. 윤오의 어조는 조심스러웠지만, 은효는 오히려 담담했다.

비애

"부모님은 언제 돌아가셨어?"

"세 살 때라고 들었어."

"많이 어렸구나."

"그렇지. 그래서 엄마, 아빠한테는 죄송하지만 기억이 거의 안나."

은효가 희미하게 웃었다. 윤오의 단단한 눈빛이 커오며 느꼈던 외로움을 위로해주는 것 같아 심장이 알싸해졌다.

"오빠. 내 소원이 말이야."

"일찍 결혼하는 거?"

"그거 말고 또."

뭔데, 하는 윤오의 눈빛에 은효가 쑥스럽게 웃었다.

"아주 좋은 엄마 되고 싶어. 충분히 그럴 수 있다고 생각해."

은효를 바라보던 윤오의 눈빛이 살짝 흐려졌다. 은효가 샐쭉 화난 표정을 지었다.

"흠. 혹시 나 혼자 컸다고 불쌍하다는 그런 생각하는 거 아니지?"

"아니야."

"할머니가 잘못 키워주셨다는 말은 아니고……."

할머니는 무척이나 그녀를 사랑하셨다. 부모 없이 자라는 손녀딸이 조금이라도 기죽을까, 언제나 할머니는 염려하셨다. 돌아가시던 날을 떠올리면 몇 년이 흐른 지금도 눈물이 핑 돈다. 은효가 코를 찡긋거렸다.

"그래. 알 것 같아. 할머니가 은효 너 많이 사랑하셨다는 거."

"응."

"계속해봐."

은효가 또다시 쑥스럽다며 희미하게 웃었다.

"남편이 술 먹고 들어오면 바가지도 좀 긁고, 아이들 말썽피우면 엉덩이도 좀 때려주고……."

너무도 평범하고 평범한 소원. 듣던 윤오의 마음으로 저릿한 기운이 밀려들었다. 웃으며 말하는 은효의 마음이 그대로 전해졌다.

"사회생활은? 공부한 거 안 아까워?"

세상이 인정하는 최고의 학부, 그것도 잘 나간다는 과에 들어오려면 얼마나 치열하게 공부를 해야 하는지, 그것은 윤오 본인이 더 잘 알고 있다.

"아까워해야 해? 주부를 넘 가볍게 보네. 가정도 일종의 경영이야."

은효가 새침한 표정을 지었다. 입꼬리를 말려 웃던 윤오가 동의한다는 듯 고개를 끄덕였다. 사실 은효가 원한다면 지금 당장이라도 결혼하고 싶은 사람은 자신이 아닌가. 현실과 이상의 경계에서 윤오는 눈을 딱 감았다.

"할머니 아니었으면 고등학교 졸업하기 전에 그냥 유학 갔을 거야."

"어디로?"

비애

"빵 만드는 거 배우러. 프랑스 제과학교로 가고 싶었어."

"지금은? 포기했어?"

"아니. 포기라기보다는 가장 하고 싶은 건 언제든 할 수 있을 테니까. 정말 하고 싶을 때 하면 되지. 그래도 내가 그런 걸 만들 수 있으니, 아이들한테 맛있는 빵도 만들어줄 수 있을 거야. 집에 돌아왔는데, 갓 구운 빵 냄새가 폴폴 풍기면 정말 마음이 두근두근한다?"

혼자만 얘기하는 것 같아 은효가 윤오를 흘끔 바라봤다. 그는 한 손으로 턱까지 괸 채 은효를 바라보고 있다. 눈빛이 다정해 은효의 심장이 쿵 내려앉았다.

"근데 얘기하다 보니 참 쑥스럽다. 오빠한테 겨, 결혼하자는 건 아니야."

은효의 얼굴이 발갛게 달아올랐다. 말까지 더듬거리자 윤오가 또 쿡 웃었다.

"항상 생각했나 봐. 계획이 구체적이다."

"할머니 돌아가신 후, 아마 계속?"

은효가 희미하게 웃었다. 외롭다는 생각이 들 때마다 항상 생각했었다. 먼 훗날 미래의 자신을. 누군가와 사랑을 하다 결혼을 하고, 그 사람의 아이들을 낳아 엄마가 되는 모습. 그 누군가가 지금 눈앞에 있는 남자라고는 절대 말하지 못하리라.

"조금 더 여유 있게 만들어 이웃하고 나누고. 할머니는 빵이랑 케이크 만들어서 고아원에 자주 가셨거든."

스물하나, 그녀가 원하는 가정의 그림이 스물둘의 남자에게 아직은 구체적인 그림이 그려지질 않았다. 그에게는 지금 아버지와의 대립이 가장 큰 일이었으니, 자신의 가정을 만든다는 것은 생각지도 못한 일일 수밖에 없다. 아직 그에게는 요원한 일.

　사실 집안에서 누군가와 마주 앉아 얘기를 나누며 밥을 먹는다는 자체도 윤오에게는 자연스럽지 않았다. 식사예절에 대해 엄격하신 부모님은 식탁 앞에서는 절대 입을 못 열게 하셨다. 가족이라는 의미 자체가 은효와 자신은 다를 거라고, 윤오는 생각했다.

　"왜요? 이상해요?"

　윤오가 바라보자, 은효가 두 눈을 크게 떴다.

　"아니, 기특해."

　윤오도 희미하게 웃었다. 아직까지도 진로를 정하지 못하고 표류하는 자신에 비하면 은효는 일찍 어른이 되었다.

　"아주 많이."

　윤오가 두 눈을 천천히 감았다 떴다. 은효의 눈동자와 마주친 순간 예상치 못한 서늘한 감정이 심장을 스쳤다. 어쩌면 이 예감 때문에 은효와의 마지막을 버렸을지 모른다. 자신이 한계에 다다른 느낌, 기어이 고집을 꺾고 원래 예정되었던 길로 돌아가야 한다는 예감. 제가 아닌 다른 이를 책임지기 위해서.

　아버지, 당신께서 이기신 것 같습니다.

　당장이라도 부친에게 달려가고 싶은 충동이 일었다. 갑작스럽게 시작한 경제적 독립에 자존심마저 산산이 부서진 것일까. 배고

비애

픈 예술가는 될 수 없을 거라던 현우의 말이 현실일까. 그렇지만 동시에 오기도 돋았다. 기필코 성공해야겠다는 열망. 이제는 자신 뿐 아니라 소박한 꿈을 꾸는 이 여자를 위해서라도.

"은효야."

"응?"

은효가 웃음을 지우지 않은 채 대답했다. 윤오의 심장으로 알싸한 감정이 퍼졌다. 그가 손을 뻗어 손끝으로 그녀의 얼굴을 쓰다듬었다. 뽀얗고 보드라운, 그래서 더 아기 같은 얼굴이다.

"너한테는 해주고 싶은 게 많아."

"다음에. 졸업도 하고, 오빠가 마음먹은 것도 다 이룬 그 다음에."

은효가 웃었다. 지금은 무엇도 바라지 않는다는 것이 그녀의 진심이라는 것을 윤오는 알고 있다. 그래서 그녀가 세상 무엇과도 비교할 수 없을 만큼 예쁘다는 사실을 부인할 수 없다. 심장이 요동친다. 진한 사랑이 감당할 수 없는 크기만큼 커졌다.

불현듯 일어선 그가 은효의 얼굴을 두 손으로 붙들었다. 연이어 거칠게 입술을 부딪쳤다. 은효가 들고 있던 찻잔이 달그락 작은 소리를 내며 테이블 위로 떨어졌다. 말갛게 반짝이는 얼굴 위에 윤오는 폭풍처럼 키스를 퍼부었다.

사랑한다.

지금은 이렇게.

네게 다 줄게.

05.

대강의실, 전공 선택 과목의 2학기 첫 번째 수업이 끝난 후였다. 교수님과 무슨 말인가 주고받던 현우가 뒤쪽에 앉아 있던 은효를 발견하고 다가왔다.

"껌댕이 은효, 뭐 해?"

"선배님!"

반가운 얼굴이라 은효의 표정까지 환해졌다.

"선배님도 심리통계학 들어요?"

다음 수업까지는 여유가 있다. 은효가 정리하던 노트북 화면을 끄고는 현우를 향해 환하게 웃었다. 전공으로 인정은 되었지만, 타학과이기에 듣는 이가 없는 줄 알았다.

"내가 사람의 심리에 관심이 많아."

현우가 싱긋 웃었다. 하얗고 사람 좋은 얼굴은 언제나처럼 싱글싱글 웃음이 떠나지 않았다.

"정말 오랜만이다. 연락도 안 되고, 어디 다녀오셨어요?"

"여행."

동글동글 웃음이 감돌던 현우의 얼굴에 희미한 쓸쓸함이 스

비애

치듯 사라졌다.

"혼자요? 어디?"

"여기저기."

"그렇다고 휴대전화도 안 돼요?"

"문명의 이기를 몽땅 끊었지."

현우가 익살스럽게 웃었다.

"윤오는?"

제 질문에 대한 답은 정확히 내놓지도 않고, 대뜸 윤오의 이름부터 나온다. 은효의 입술이 샐쭉 늘려졌다.

"다른 수업 들어요."

"오호, 웬일이야? 학교 있을 때 떨어져도 지내고."

현우는 이제 은효의 옆 자리에 털썩 주저앉았다. 다음 시간은 빈 강의실이라 그런지 썰물처럼 학생들이 빠져나간 공간은 작은 말소리에도 웅웅 울렸다. 강의실 문 밖 복도에서 떠드는 이들의 목소리가 아주 먼 곳에서처럼 들렸다.

"관심 분야가 다를 수도 있죠. 선배님까지 우릴 세트로 취급해요?"

"세트 맞잖아. 아니었어? 아니야?"

현우가 너스레를 떨었다. 눈을 흘기는 은효조차 좋다고 싱글거렸다.

"솔직히 말해봐. 그날 이후 아무 변화 없어? 여전히 그대로야?"

현우가 은효의 옆구리를 살짝 찔렀다. 동시에 은효의 표정이 난감해지기 시작했다.

뭐라 해야 할까. 아직은 조심스러워 모두에게 말할 수 없는 비밀이 생긴 것 같다. 은효는 그저 애매한 미소만 지었다. 바라보던 현우의 눈매가 얄팍해졌다.

"어째 수상하다. 요즘 윤오 정말 좋아 보이던데."

"어떻게요?"

이런 것은 또 궁금해진다. 은효의 눈빛이 반짝거렸다.

"완전 해피모드. 콧노래 부르던데?"

"오빠가 그래요?"

아닌 척하면서도 은효의 감정은 표정으로 다 보였다. 저도 모르게 배시시 웃는다. 그 모습이 어쩐지 무언가 있는 듯해 현우 또한 웃음을 지우지 않았다.

"윤오 녀석, 과에 정 못 붙여서 올해도 학교 오는 게 고역이었을 거다."

그나마 진즉 때려치우지 않고 다닐 수 있던 것은 은효 때문이었다는 것을 현우는 지금 말하지 않았다.

"어쨌든 요즘 날아다녀. 너희 사귀는 거 맞지?"

은효가 대답 대신 배시시 웃었다. 긍정도 부정도 하지 않았다. 사실 설명이 난감한 탓이었다. 연인은 맞는 것 같은데, 워낙 친한 선후배로 지냈으니, 그 미묘한 변화를 누구에게도 따로 설명하지 않은 탓이기도 했다.

비애

그날 이후 윤오와의 사이는 분위기가 참 묘하다. 같은 공간에 있으면, 야릇한 설렘을 동반한 흥분을 느끼게 된다. 만지고 싶고, 안고 싶고, 조금 더 친밀한 접촉을 하고 싶은 충동. 그것은 가장 친한 선배라는 현우에게도 말하지 못할 윤오와 자신 사이의 은밀한 일이었다. 지난 밤, 그가 얼마나 뜨거운 연인이었는지 저도 모르게 떠오르면 은효는 얼굴이 벌겋게 달아올랐다.

그래서 가끔은 윤오와 함께 있는 것을 자제해보려 해도 그것이 마음만큼 쉽지가 않다. 극단 일로 밤을 지새우기 일쑤인 윤오가 집으로 오는 것도 아주 드물었으니, 그 시간만큼은 함께 있고 싶고, 하나라도 더 해주고 싶고, 그 시간을 온전히 누리고 싶은 마음뿐이었다.

"아직 나이가 있긴 해도 윤오나 너, 가벼운 사람들 아니니까 잘 처신할 거라 믿어, 나는."

어떤 짐작을 한 것일까. 현우의 말이 의미심장하게 들렸다. 은효가 심장이 덜컥 내려앉은 표정으로 바라보았지만 현우는 이내 표정을 감췄다.

"야아, 최은효."

무언가 더 할 말이 있어 보였지만, 그는 평소의 이현우로 재빨리 돌아갔다. 노트북을 가방에 넣던 은효가 왜 그러냐는 듯 돌아보았다.

"혹시 윤오가 다른 말 안 해?"

"무슨 말이요?"

현우의 물음이 새삼스럽다. 윤오와는 소소한 얘기들을 많이 하는 편이긴 하지만, 주로 말을 하는 쪽은 자신이었고, 윤오는 대부분 들어주는 쪽이다.

생각해보면 그에 대해 모르는 것이 많다. 그의 가족도, 집안도 자신은 제대로 모르고 있지만, 물어보면 대답 안 할 윤오는 아닐 것이다. 그렇다 해도 그녀 또한 본인이 말하지 않는 한 따로 파고들 생각은 처음부터 없었다.

"윤오 오빠한테 무슨 일 있어요?"

은효의 표정이 조금 굳었다. 현우가 진지한 것에는 이유가 있으리라.

"심각한 얘기 아니다. 긴장 풀어, 꼬맹이."

아무것도 아니라는 듯 현우가 은효의 앞머리를 쓱쓱 쓰다듬었다. 언제나 그랬던 것처럼.

"윤오가 지금 힘들잖아. 많이 도와줄 거지?"

아. 짧게 탄성을 내뱉은 은효가 고개를 끄덕였다.

"극단 오디션 본 게 잘 안 된 모양이에요. 속을 그렇게 표현하진 않는데……."

"자존심이 강해서 그래. 지고는 못 사는 성미, 너도 알잖아. 매번 일등만 하던 녀석이 어디서 떨어져본 적이 있겠냐, 좌절해본 적이 있겠냐. 그러니 죽어라 연습벌레로 사는 거고."

"혹시요, 선배님……."

현우의 말을 듣던 은효가 조심스럽게 입을 열었다.

비애

"윤오 오빠 부모님은……."

그녀가 주저하며 물었다. 비교적 예민하고 난감하여 말끝을 끌고 꿀꺽 침을 삼켰다.

"윤오 오빠도 부모님 안 계세요?"

힘들게 입을 연 은효를 현우는 물끄러미 바라보았다.

"너, 정말 아무것도 몰라?"

이 순간, 수많은 생각이 현우의 머릿속을 스쳤다.

넌 왜 사람을 믿을 줄만 아니? 한 번쯤 의심도 해야 하는데. 그래서 나는 네가 울 것 같아 걱정이 돼. 언제, 무슨 상황을 만나더라도 울지 마, 꼬맹이.

마음을 숨긴 현우가 저도 모르게 씩 웃었다. 안심하라는 듯.

"내가 윤오 오빠에 대해 많이 몰라. 좀 심하죠?"

은효가 사심 없이 현우를 따라 웃었다.

"본인이 얘기 안 하는데 별수 있나. 뒷조사하지 않는 한. 그놈이 쫌 신비주의인 척하기도 하고. 분명한 건 한 가지야. 윤오를 믿어. 흔들리지 말고."

현우의 표정이 평소와 달리 진지했다. 은효는 고개를 끄덕이면서도 은근히 밀려든 불안함에 미심쩍은 표정을 지었다. 가늘어진 눈매로 현우를 흘겨보았다.

"나 모르는 뭔가 있어. 윤오 오빠한테 비밀 있어요? 혼자만 알고 있을게. 얼른 얘기해봐요."

"비밀?"

현우가 두 눈을 크게 떴다. 순간 쿡 웃었다.

"있긴 뭐가 있어. 어른들 되라고 오랜만에 진지해봤구만."

"선배님."

은효가 이제는 현우의 얼굴 아래로 자신의 얼굴을 바짝 들이밀고 취조하듯 물었다. 심각한 목소리로 그를 불렀다.

"혹시요. 나 모르게 둘이 사귀는 건 아니죠? 어떻게 나보다 윤오 오빠에 대해 더 잘 알아요?"

현우가 저도 모르게 흠칫했다. 순간 당황하여 어이없다는 웃음까지 흘렸다.

"그런 말 함부로 하는 거 아니다. 어엿한 종갓집 종손한테 말이지."

"어머. 선배님 종갓집 종손이에요? 그 유명한? 결혼하기 힘들겠다."

은효는 걱정스러운 어조다. 사심 없이 담백하기만 한.

"너라도 시집올래?"

"헉! 제가 왜요?"

현우가 툭 던진 말에 은효가 펄쩍 뛰었다.

"얘 좀 봐. 너무 그러지 마라. 종갓집 종손 상처받는다."

현우의 표정이 가벼워졌다. 마주 보며 씩 웃으니 더 깊게 생각지 않고 하던 얘기로 화제는 옮겨갔다.

"어쨌든 선배님이 저보다 윤오 오빠에 대해 아는 게 많은 건 사실이잖아요."

비애

"이 꼬맹이 뭘 모르네. 당연한 거 아냐? 밥을 먹어도 너보다는 내가 윤오랑 더 많이 먹었다."

현우의 표정이 완전히 평소처럼 돌아갔다. 자연스럽게 은효의 앞머리카락을 흐트려 놓고는 벌떡 일어서 물었다.

"시간 비냐? 밥이나 먹자. 아침 걸러서 완전 죽겠다."

"난 윤오 오빠 만나기로 했는데요?"

"뭐야? 벌써 왕따시켜?"

"참나, 선배님은 선배님 친구들하고 노세요. 복학생 동기들 많잖아요. 찾는 후배들도 많고."

은효가 툴툴거리던 그때였다. 은효와 현우의 휴대전화가 동시에 울렸다. 서로 가보라는 눈짓을 하던 그대로 은효는 짐을 챙겨들고 빈 강의실을 나섰다.

윤오는 눈앞의 벨을 뚫기라도 하려는 듯 노려보았다. 스무 해 넘게 살아온 자신의 집이건만, 한동안 오지 않았다고 이제는 너무도 낯설다. 안에 무엇이 있는지 털끝만큼도 보이지 않는 높은 담장이 마치 그가 원하는 것을 들어보려고도 하지 않는 부모의 마음 같아 보였다. 지끈. 윤오는 심장이 시큰거렸다.

「김윤오 씨! 내일부터 안 나와도 됩니다.」

선배의 소개로 간 극단 허드렛일이라도 하겠다고 먼저 나선 것은 자신이다. 소개시켜준 이의 얼굴을 봐서라도 드러내놓고 내치지는 못할 터이니 마지막이라는 생각으로 이를 물고 노력했다. 결코 이곳에서 포기할 수 없다는 허기진 오기. 그러니 밤을 새우고 극단 창고에서 새우잠을 잔다 해도 기꺼워했다. 어쩌면 하반기에 작은 배역이지만 따낼 수 있을 거라, 모두들 그렇게 얘기했었다.

그런데 오늘, 극단 대표는 그를 불러 그렇게 말했다. 물론 윤오는 동의할 수 없었다.

「갑자기 무슨 말씀인지 설명해주십시오.」

「설명?」

극단 대표의 눈에 번뜩이던 분노를 보고 알아차렸어야 했다. 상대의 입가에 피식 쓴웃음이 서렸다.

「우리가 학생은 받지 않기로 했어. 명문대 다니잖아. 공부나 열심히 해.」

「학생 때려치우고 오면 됩니까?」

「뭐? 아참, 야! 머리 좋은 거 다 헛거야? 말귀 정말 못 알아듣네. 솔직히 말해줄까?」

윤오의 눈빛이 독하게 번뜩였다. 으스러질 듯 주먹을 쥐었다. 어떤 말이 나올지 그 또한 예감한 탓이다.

「너, 재능 있어. 있긴 있는데, 그걸로 밥 벌어 먹고 살 만큼은 아니란 말이다. 그러니 좋은 일 하는 셈치고 이 일 때려치워라. 너희집 돈 많잖아. 아버지가 이름만 대면 아는 그룹 회장이라며. 가만있으면 그 돈 다 네 꺼 되는데, 왜 기를 쓰고 덤벼? 나중에 극단 하나 인수해서 기획하고 감독해. 정 배우 포기 못 하겠으면, 취미생활로

비애

하든가.」

「대표님!」

「좋은 말로 할 때 들어. 짐 싸.」

「이대로는 못 갑니다.」

「야이, 김윤오 이 자식아! 너 따위 때문에 극단 문 닫을 일 없어. 제발 좀 꺼져! 사라지라고!」

차마 험한 말이 나오지 않은 것은 이곳을 찾아왔던 누군가가 굵은 돈뭉치라도 전했기 때문이리라. 더 이상 참지 못한 윤오가 그곳을 뛰쳐나왔다. 그리고 곧장 본가로 달려온 터였다.

두 눈을 꾹 감았다 뜬 그가 벨을 눌렀다.

"접니다, 아주머니. 어머니 계시죠?"

아주 오래전부터 집안일을 해오던 중년 여인의 목소리가 들렸다. 이내 철컹 소리 내며 열린 육중한 나무 대문을 윤오는 오래도록 쏘아 보았다. 지금 들어가면 다시는 못 돌아올 곳이라도 되는 듯.

모친 문인영 여사는 햇살이 가득 들어오는 응접실 유리창 앞에 앉아 계셨다. 늘 그렇듯이. 그녀는 지금 테이블 위에 생화를 잔뜩 늘어놓고 꽃꽂이에 심취해 있다. 응접실을 채운 마호가니빛의 고가구, 어느새 가을 느낌으로 갈아입은 패브릭들, 통유리창으로 듬뿍 들어오는 밝은 햇살, 그리고 아름다운 꽃을 꽂고 있는 여인…… 사정 모르는 이가 봤다면 아름다운 정물화나 초상화라고 할 만큼 정겨운 풍경이었다.

그러나 보는 순간 윤오는 숨이 콱 막혔다. 어릴 때부터 느껴온 그 감정이 그의 피를 은근 끓게 만들었다. 하나에서 열까지 짜 맞춘 듯 정교하지만, 이 그림에는 무언가 빠져 있다. 은효 할머니께서 모으셨다는 오래된 빈티지 그릇과 모친의 장식장을 가득 채운 반짝반짝 빛나는 그릇들이 무언가 다르듯이. 윤오가 질끈 두 눈을 감았다 떴다.

이곳에는 사람의 온기가 없다. 지금 이 순간 그가 가장 필요한 것은 사람, 그것도 은효의 온기이다.

오늘은 목요일, 어머니는 새벽같이 꽃시장에 다녀오셨을 터였다. 오전 중에는 테이블 위에 잔뜩 쌓여 있었을 꽃더미들이 이제는 몇 개의 화병과 수반에 아름답게 꽂혀 있다. 이것들 또한 조금 있으면 모두 어머니가 봉사하시는 곳으로 보내질 것이다.

"어머니십니까?"

윤오가 감정이 담기지 않은 목소리로 물었다. 그가 온 것을 분명 먼저 알았을 텐데도 문 여사는 시선을 돌리지 않았다.

"네가 이 시간에 어쩐 일이니?"

마지막 꽃가지를 수반에 꽂고서야 문 여사가 앉아 있던 자리에서 일어섰다. 오랫동안 그녀의 수발을 들었던 비서에게 눈짓을 하니 일사천리로 주변이 정리되었다. 그동안 윤오는 응접실 입구에서 문 여사 앞으로 뚜벅뚜벅 걸어갔다.

비애

"요즘 힘든가 보네. 얼굴이 반쪽이다, 아들. 공사장 나가는 시위는 끝난 것 같던데. 그런 건 조금 자제해. 아버지나 내가 아랫사람들 볼 낯이 없어."

윤오는 모친의 말에는 대답치 않았다. 그녀를 빤히 바라보았다.

"극단에 손쓰신 분, 어머니십니까, 아버지십니까?"

사이드테이블 위에 놓아두었던 찻잔을 우아한 손길로 들던 문 여사가 아들의 말에 놀란 표정을 지었다. 이내 슬픈 듯 얼굴이 일그러졌다.

"뜬금없이 무슨 소리니? 결국 극단엘 들어갔다고?"

아니라는 듯 문 여사가 고개를 저었다. 윤오가 코웃음을 속으로 삼켰다.

"아버지는 힘으로 묶어두실망정 뒤로 그러실 분은 아니시죠."

윤오가 잠시 말을 끊었다. 문 여사는 어떤 반응도 보이지 않았다.

"아무리 그래 보세요. 대한민국의 극단이 그곳뿐입니까?"

윤오의 표정이 단단했다. 말끄러미 바라보던 문 여사가 그제야 살짝 웃었다.

"네 말이 맞다. 그곳뿐이 아니라니 나도 좀 바빠지겠구나. 그래야 사는 것도 재미있지."

"어머니!"

윤오가 낮게 소리 질렀다. 분노가 실려 부들부들 떨었다.

"목소리 낮추렴. 여자애 혼자 사는 집에 드나들더니 결국 너까지 천박해져? 어디서 감히!"

순간 윤오의 눈동자가 눈에 띌 듯 커졌다. 불꽃같은 퍼런 기운이 일렁거렸다.

"사람……, 붙이셨습니까?"

"쓸데없이 사람을 왜 붙이니? 내가 너 보러 갔었어."

그때 밝고 쾌활한 목소리가 2층으로 오르는 계단 쪽에서 들렸다. 전체적으로 중후한 집안 분위기와 달라 살짝 이질적이기까지 한 가벼운 목소리이다.

"누나!"

누나인 윤주였다. 지금은 뉴욕에 있어야 할 그녀의 등장에 윤오는 잠시 말문이 막혔다. 몸에 피트된 흰 티셔츠 차림의 그녀는 보는 것만으로도 경쾌해 보였다.

"언제…… 온 거야?"

"이삼 일쯤 됐나? 계속 잠만 자서 잘 모르겠다."

윤오의 눈매가 희미하게 일그러졌다. 그 표정의 변화를 알면서도 모르는 채, 윤주는 빙긋 웃으며 모친이 앉아 있는 테이블 맞은편에 앉았다. 비서가 자연스럽게 그녀 앞에 잔을 놓고 차를 따랐다.

"윤주야, 쟤 저러고 다니는 것도 머리 아파 죽겠는데……. 창피해서 내가 살 수가 없다. 이래서 계모는 어쩔 수 없다는 소리만 듣게 하고."

"어머니는 할 만큼 하셨어요."

비애

윤주는 사교적인 성격답게 사근사근하게도 모친의 기분을 맞춰줬다. 계모와 의붓딸이라 생각할 수 없을 만큼 가까워 보인다.

"그래, 네 말이 맞다. 하지만 할 만큼 했는데도 저러니 너무 힘들지 뭐니."

"제가 얘기해볼 테니 이제 신경 쓰시지 말라니까요. 주름살 늘어요."

슬쩍 눈웃음을 웃던 윤주가 윤오를 향해 시선을 돌렸다.

"윤오야. 그동안 얘기, 대략 들었는데 집안 평화를 위해서는 너도 어느 정도 타협하는 것이 어때?"

"타협? 무조건 밀어붙이신 쪽은 아버지, 어머니야."

"왜 그렇게 비관적이야. 시위를 하려면 바깥 생활 정리하고 집으로 들어오는 것이 더 나을 것 같다. 누나 생각이야."

윤주의 목소리는 나긋나긋했다. 성을 낸다면 이쪽이 오히려 말려들 거라는 것을 윤오는 알고 있다. 그가 누나인 윤주의 성격을 모르는 것도 아니니 그는 최대한 냉정을 가장했다. 그의 입술이 쓴웃음으로 비틀렸다.

"1퍼센트의 가능성만 있어도 그렇게 했어."

윤주가 테이블에서 일어나 윤오를 향해 다가왔다. 딱 잘라 선을 긋는 동생의 어깨를 가볍게 토닥였다.

"윤오야, 일단 집으로 와. 어머니와 내가 아버지께 잘 말씀드려볼게. 설마 3년 만에 들어오는 딸 얘기까지 흘려 넘기시겠어. 그리고 이런 얘기는 얼굴을 보고 해야 해."

윤주를 바라보던 윤오의 눈빛에서 힘이 탁 풀렸다. 하, 허탈한
웃음이 바람 빠지듯 흘렀다.

이 싸움의 출구가 과연 있을까. 누나인 윤주의 말뜻은 알아들
었지만, 그녀는 최근 그의 상황을 잘 모르고 있다. 윤오의 시선이
윤주의 너머, 여전히 그림처럼 앉아 있는 모친을 향했다.

"한 가지만 알아두십시오."

윤오의 어조가 그의 눈빛만큼 어둡고 묵직했다.

"제 성격, 아버지 닮은 건 어머니가 더 잘 아실 겁니다. 제가
그 일 때려치우고 들어와도 아버지 뒤 이을 일은 결코 없을 겁니
다."

윤오가 으득 이를 물었다.

"아버지께서 쉽게 버신 돈, 모두 사회에 환원하시기 전까지는
다시 두 분 그늘로 들어올 일 없을 거란 말입니다."

윤오의 얼굴이 견고하게 굳었다.

"나는 정말 이해할 수 없구나. 네가 왜 아버지는 쉽게 성공하
셨을 거라 생각하는지 말이야. 할아버지는 기반을 닦으셨지만, 그
걸 일으켜 세운 건 네 아버지시란다."

"정정하겠습니다. 쉽게 번 돈이 아니라, 정당하지 않게 번 돈이
라고요."

문 여사가 차 한 모금을 마실 동안 윤오가 자신의 말을 정정했
다. 그러자, 문 여사는 움직임을 멈추고 윤오를 빤히 바라보았다.
설핏 옅은 한숨을 내쉬었다.

비애

"지금껏 네가 입고 먹고 커온 것이 다 아버지 돈이란 생각은 안 하니?"

"예. 그래서 지금부터 혼자 살아 보려 합니다. 그러니 어머니도 저 건드리지 마십시오."

윤오가 돌아서는 그 찰나였다.

"네가 만나는 그 아이, 다쳐도 상관없니?"

윤오의 걸음이 우뚝 멈췄다. 등골을 훑는 서늘함에 윤오는 소름이 돋았다. 머릿속이 아찔하여 눈앞이 휘청했다. 순간, 시선이 마주친 윤주가 미간을 찡그렸다.

"어머니, 얘가 아무 생각 없진 않을 거예요. 여자애랑도 그렇게 깊은 사이가 아닌 것 같은데 그렇게까지야⋯⋯. 그렇지, 윤오야? 너도 그냥 힘들어서 만나는 거잖아."

윤주가 애써 중재를 나섰다. 너도 한 발 물러서라는 눈빛의 압박을 받았지만, 윤오는 숨을 내쉬어 기어이 표정을 지웠다. 아무렇지도 않다는 듯 모친 문 여사를 바라봤다. 피식. 헛웃음이 튀어나올 것 같았다.

"체면 중시하고 우아함을 생명으로 아시는 문 여사님 입에서 나올 말씀은 아닌 것 같습니다."

문 여사는 여전히 미심쩍은 눈빛으로 윤오를 바라봤다. 남편의 전처를 닮았을 고집스런 윤오의 눈동자를 가늠하듯 바라보았다.

"누나 말처럼 제가 가볍게 만나는 여자까지 신경 쓰실 만큼 한가하십니까?"

문 여사의 눈매가 가늘어졌다. 윤오가 한 말의 진위를 파악이라도 하려는 듯.

"가볍게 만나는 거면 나로서도 다행이지."

"사회적 지위 생각해서 어지간한 것은 좀 넘어가시죠."

어깨까지 으쓱한 윤오의 말은 일견 진실로 들린다. 여자 따위 신경 쓰지 않는다. 그러니 당신도 신경 쓰지 마라. 아주 가벼운 어조이다.

"의붓자식들 앞날 걱정만으로도 편두통을 달고 사시는 분 아니십니까?"

"윤오야, 말이 심해."

윤주가 다시 끼어들었지만 윤오의 귀에는 들리지 않았다. 모친이 은효를 신경 쓰기 시작했다. 그 사실만으로 머릿속이 지끈거렸다.

"그러니 돌아와라. 아버지께 지민이랑 약혼한다고 말씀드려."

동시에 문 여사의 말이 윤오의 머릿속을 딱따구리처럼 쪼기 시작했다.

"하나씩 하세요."

더 이상 이 집안에서 숨을 쉴 수가 없었다. 윤오는 빠른 걸음으로 현관을 나서기 시작했다. 그의 뒷모습을 윤주의 복잡한 시선이 슬쩍 쫓아갔다. 안타까움과 못마땅함이 서로 섞였다.

"후."

비애

아파트 현관문 앞에 서 있던 은효가 한숨을 깊게 내쉬었다. 오늘같이 과외 아르바이트를 늦게까지 하고 돌아오는 날이면 아무리 에너지 넘치는 그녀라도 할 수 없다. 물 먹은 솜뭉치마냥 어깨가 축 늘어졌다.

"어? 오빠!"

그때였다. 은효가 현관문의 번호를 누르고 있는데, 문이 확 열렸다. 얼굴이 마주친 순간, 은효의 눈빛이 놀라움으로 커졌다.

"언제 왔어? 왜 전화도 안 돼?"

은효가 말을 마치기도 전이다. 윤오가 거친 손길로 은효의 팔을 잡아끌었다. 현관 안으로 끌려가듯 들어선 그녀의 얼굴을 부여잡고 윤오는 짙은 키스를 퍼부었다.

"오빠! 흡!"

당황한 은효의 목소리가 그의 입술에 묻혔다. 윤오는 마치 어떤 소리도 들리지 않는 듯했다. 허기와 격렬함으로 단숨에 침몰했다. 쿵, 현관문이 소리 내어 닫히고, 센서등도 어느새 빛을 잃었다. 은효가 메고 있던 가방 또한 바닥으로 떨어졌다. 들리는 것은 오로지 거친 숨결, 부둥켜안은 몸의 뜨거움. 상상을 초월한다. 그가 미친 듯이 빨아대던 입술 새로 희미한 피 내음이 느껴졌다.

"오빠……."

간헐적인 은효의 목소리는 애원처럼 들렸다. 이렇게 거칠고 저돌적인 윤오는 상상하지 못했다. 정제되지 않은 열기가 턱턱 밀려와 숨을 쉴 수 없었다. 당황한 그녀를 떨게 했다.

"핫!"

윤오의 손은 달궈진 철판처럼 뜨거웠다. 커다란 손이 은효의 남방셔츠를 힘 있게 잡아챘다. 두둑! 단추가 튕겼다. 탐스런 젖가슴을 움켜쥔 그가 온몸을 밀어붙였다.

아아!

은효는 떨었다. 그리고 신음했다. 귓가에 흐르는 격한 숨소리는 윤오의 것, 낯설고 겁났지만 그이기에 참을 수는 있다. 천천히 저항을 멈추고 은효는 윤오의 움직임에 몸을 맡겼다. 동시에 그가 그녀의 청바지 버클을 풀었고 그의 손이 거침없이 속옷 사이로 미끄러졌다. 검은 숲을 가른 손가락이 채 젖지 않은 곳을 배려 없이 헤집었다.

"아!"

놀란 은효가 비명처럼 작은 소리를 질렀다.

"아, 아파!"

아직은 준비가 되지 않았다. 누구도 아닌 윤오인데……. 견뎌야 하는데……. 그 생각이 은효를 더욱 당황케 했다. 머리가 생각하는 것과는 달리 저도 모르게 몸이 굳고 바들바들 떨었다.

이렇게는 싫어!

"오빠!"

은효가 윤오의 어깨를 꽉 붙들었다. 있는 힘을 다해 그를 밀어내고, 당황한 눈빛으로 올려다봤다. 희뿌연 어둠 속에서 마주친 검은 눈동자가 흔들리고 있다.

비애

"이러지 마. 무서워……."

짧은 시간, 채 흩어지지 않은 욕망의 거친 숨결이 둘 사이를 배회했다. 윤오의, 은효의 어깨가 크게 들썩거렸다.

"후!"

결국 윤오가 은효에게서 몸을 뗴었다. 정신없이 밀려든 미친 열기가 희미하게나마 걷히고 있다. 하! 윤오는 짧은 탄식을 내뱉었다. 차마 은효의 얼굴을 보지 못한 채 고개를 돌렸다. 한 손으로 얼굴을 거칠게 쓸어내렸다. 자신의 행동이 믿기지 않은 탓이다. 제 감정 하나 제대로 제어하지 못하다니.

이것뿐이었다. 내 자제력은.

스스로에 대한 모멸감으로 윤오의 표정은 더욱 굳었다.

"미안하다."

윤오의 억눌린 목소리가 적막을 갈랐다. 은효의 옷을 챙겨주면서도 그는 그녀의 얼굴을 제대로 볼 수 없다. 어두운 곳, 공기까지 답답하고 어색해졌다. 부끄러운 것은 제 자신. 무엇 하나 제대로 해내고 있지 못하다. 은효에게조차 이런 모습을 보이다니. 더 이상 견디지 못한 윤오가 몸을 돌렸다.

"오빠!"

현관문을 열려는 윤오의 팔목을 은효가 잡았다. 그들의 움직임에 센서등이 반짝 켜져 상대의 표정까지 환하게 드러났다. 자신의 치부를 들킨 것처럼 윤오는 더욱 은효를 바라볼 수 없었다.

"갈게."

"오빠야말로 이렇게 가는 게 어딨어!"

은효의 항의가 윤오를 짓눌렀다. 혼자 있어야 한다. 지금 가지 않으면 이 여자를 아프게 할지도 모른다. 제 고단함까지 은효를 통해 위로받으려 하고 있다. 힘겹게 그녀의 손을 떼어낸 윤오가 돌아섰다.

"은효야, 지금은……."

은효의 눈동자를 마주할수록 부끄럽다. 지금은 제 힘으로 할 수 있는 것도 없고 제 스스로도 감당하지 못하고 있다. 가만있으면 주어질 것들을 거부했다면 대항할 능력이라도 있어야 했다. 자신에 대한 지독한 혐오로 윤오는 으득 이를 물었다.

"연락할게."

무엇에 쫓기듯 윤오가 현관문을 열고 나갔다. 너무도 갑자기 벌어진 일. 다리 힘이 탁 풀린 은효가 현관 앞에 그대로 주저앉았다. 센서등이 꺼지고도 한참 동안 그녀는 움직일 수 없었다. 윤오를 부를 수도, 쫓아갈 수도 없었다.

비애

06.

전공 수업이 끝난 직후였다. 떠들썩하던 대형 강의실에서 학생들이 우르르 몰려나가기 시작했다.

"꼬맹이, 어디 아파? 왜 이러고 있어?"

앞자리에 앉았던 현우가 가방을 메고 다가왔다. 일어날 생각 없이 책상 위에 엎드린 은효의 머리를 엉클어뜨려 쓰다듬었다.

"안 아파요."

"그럼 왜?"

"아침 안 먹었더니 기운 없어서 그래요."

"꼬맹이가 아침 거를 때가 있어? 세 시간 버틴 게 용하네."

현우가 과장 섞어 너스레를 떨었다. 은효는 고개를 들었지만 그녀의 말대로 힘이 없어 보였다.

"윤오랑 싸워서 그래?"

현우가 맨 앞자리를 눈짓으로 가리켰다. 평소와 달리 그들이 멀찍이 떨어져 앉았으니 현우의 물음은 어쩌면 당연했다. 흘끔 윤오를 바라본 은효가 고개를 저었다.

"싸우지 않았어요. 오빠가 생각이 많은가 봐요."

은효가 씁쓸하게 웃었다. 그날 이후, 윤오의 연락을 기다리고 있다. 극단도 그만뒀다는 얘기를 들은 까닭에 그에게도 시간이 필요할 것 같았다.

"그렇겠지. 질풍노도의 시기니까."

현우가 싱긋 웃었다. 그러다 문득 눈빛이 변해 은효의 안색을 살폈다.

"꼬맹이 너 안색이 안 좋아."

"괜찮아요. 아침에 일어날 때부터 속이 살짝 더부룩했어요."

"지금은?"

"조금 괜찮아지긴 했어요."

"밥 먹으러 가자."

"생각 없어요. 그냥 좀 있다가 수업 갈게요."

엎드려 두꺼운 전공책을 베고 있지만 은효의 시선은 강의실 앞문으로 나가는 윤오의 뒷모습을 따라갔다. 둘을 번갈아 바라보던 현우의 눈매가 가늘어졌다.

그때, 강의실을 나가는 윤오에게 어떤 여자가 다가섰다. 찰랑이며 늘어진 머리카락, 늘씬한 몸매를 가볍게 드러낸 브라운빛 니트와 재킷 차림의 여자는 한눈에 들어오는 화려한 미인이었다. 무언가 말하고 싶은 현우의 입술이 미미하게 달싹였다.

"선배 아는 사람이에요?"

기어이 은효가 입을 열었다. 궁금한 눈빛으로 현우를 올려다봤지만, 그는 그저 은효의 머리를 엉클어뜨리며 씁쓸히 웃을 뿐이

비애

다.

"아니. 내가 아는 사람이랑 착각했어."

은효의 눈빛이 한층 가라앉았다. 윤오를 향한 여자의 웃음이 너무도 밝은 것이 왜 마음에 걸릴까.

"신경 쓰여?"

현우가 물었다. 한참 후에야 은효가 고개를 끄덕였다.

"그러지 말고 쫓아가서 물어볼까?"

시선이 마주친 현우가 불쑥 물었다. 그러나 은효는 씁쓸히 웃고 말았다.

햇살이 눈부시게 쏟아진다. 학교에서 멀지 않은 커피숍. 지민과 마주 앉은 윤오의 얼굴에는 표정이 드러나지 않았다.

"윤오야, 너 화났어?"

"아니."

지민이 몇 번이나 말을 건 후에야 윤오가 겨우 입을 열었다.

"그럼 좀 웃어. 너랑 꽤 오랜만에 봤는데 네 표정은 정말 언제나 똑같아."

기어이 앞에 앉은 지민이 농담 섞인 어조로 입을 열었다. 그럼에도 윤오의 표정은 증명이라도 하듯 변하지 않았다.

"직접 찾아와서 화났어? 너 전화도 끊겠다면서. 어쩔 수 없었어."

지민이 어떤 말을 해도 윤오의 표정은 달라지지 않았다. 그는 웃지도, 그렇다고 분노하지도 않아 마치 석상처럼 보였다. 그런 그가 감정을 고스란히 드러내야 하는 연극을 하겠다고 한 것이 처음에는 의외였지만 생각할수록 지민은 수긍이 됐다. 어떤 감정도 언제나 속으로 쌓아만 둬야 하는 그에게도 그것을 발산할 무언가가 필요했을 테니까. 아니, 그보다 윤오는 부모에게 보여주고 싶었을 것이다. 자신의 힘으로 할 수 있는 무언가를. 지민은 그렇게 생각하고 있다.

"할 얘기 있어서 온 거 아니야?"

물 한 잔을 쭉 들이켠 윤오가 더 이상 앉아 있기 싫다는 어조로 입을 열었다.

"오랜만에 귀국해서 네가 보고 싶기도 하고……. 윤오야, 너 정말 집하고 인연 끊을 거야?"

쇼윈도 바깥, 거리 쪽에 두었던 윤오의 무심한 시선이 희미하게 흔들렸다. 아직 집에 대한 얘기는 하지 않았건만 지민이 어떻게 알았는지 궁금해졌다. 윤오의 한쪽 입술이 비릿하게 말렸다.

"무슨 얘기하러 온 거니, 너?"

번뜩일 만치 윤오의 차가운 시선이 지민을 향했다. 그녀가 난감한 듯 코끝을 찡긋했다.

"너무 무섭게 그러지 마. 아버님한테 얘기 조금 들은 것뿐이야. 오기 전에 윤주 언니도 먼저 만났고."

윤오의 미간이 못마땅해 일그러졌다.

"아버지가?"

비애

윤오의 번뜩이는 시선 앞에서 지민이 살짝 말을 더듬었다.

"별 말씀 안 하셨어. 이제 네가 마음 좀 잡았으면 좋겠다고……."

"너한테까지 연락이 갈 줄은 몰랐다."

"윤오야."

지민이 나름 냉정한 목소리로 그를 불렀다.

"나는 네 진심이 궁금해. 아버지에 대한 반항이라지만 지나치잖아. 이건 손익 계산 확실한 김윤오답지도 않아."

마치 비즈니스 테이블 앞에 앉은 것처럼 지민의 말은 담담했다.

"너……."

그때, 지민이 약간은 주저하며 입을 열었다.

"소집영장 나온 거 알아?"

순간 윤오의 눈이 번쩍 커졌다. 그러다 눈매를 좁혀 지민을 바라봤다. 자신의 손으로 연기신청을 해 놨었는데, 지민의 입에서 이 얘기가 나올 줄은 예상치 못했다.

"하!"

윤오가 허탈한 한숨을 내쉬었다. 입가에 희미한 조소가 서렸다. 미치도록 분명해졌다. 상대가 숨도 못 쉴 만큼 마지막까지 몰아버리는 것은 부친의 특기니까. 기어이 말려 죽이시겠다는 뜻.

"나랑 약혼해야 한다는 건……?"

지민이 주저하며 물었다. 윤오가 이쪽으로는 완강히 거부하고 있다는 걸 알기 때문이다.

"윤지민과의 약혼, 그게 날 풀어주실 조건이냐?"

"아니, 그건 아니고."

지민이 당황하여 덧붙였다. 여기서 말 잘못했다가는 어떤 후환이 닥칠지 모른다.

"일어나."

윤오가 굳은 표정으로 일어섰다. 테이블 위에는 그들이 손도 안 댄 커피가 차갑게 식고 있었다.

"어떡하려고?"

"원하시는 대로 해드려야지."

"정말 군대 간다고? 지금? 윤오야!"

성큼 걸음으로 커피숍을 나서는 윤오의 뒤를 지민이 서둘러 쫓아 나왔다.

"윤오야, 이건 정말 너답지 않아. 객관적으로 생각하자, 우리."

"먼저 간다. 조심해서 가."

"강하면 부러진대. 여우같이 좀 해봐, 김윤오. 응? 아들이라고는 너 하나인데 나쁘게 되라 그러시는 거 아니잖아. 설마……"

지민이 앞서가는 윤오의 팔짱을 자연스럽게 꼈다. 그를 설득하려다가 커피숍 앞에서 우뚝 선 윤오를 이상하다는 듯 바라보았다.

"왜?"

"너."

"어?"

비애

윤오의 목소리가 무섭게 변했다. 지금껏 무심하고 표정이 없다 해도 이렇게 분노가 드러난 그는 처음이다. 지민은 당황했다. 그러다 제 스스로 그녀의 팔을 푼 윤오가 걸어간 곳에 서 있는 한 여자를 발견했다. 키가 작은 것은 아닌데 어리고 귀여워 보이는 인상. 누구일까, 지민이 궁금해할 사이도 없이 윤오가 상대의 손을 잡아챘다.

"놔요."

여자가 뿌리치려는 것을 윤오는 완강히 막았다.

"가."

"일행 있잖아요."

상대 여자 또한 윤오의 행동에 당황한 듯했다. 여자를 바라보는 윤오의 서늘하던 눈빛이 설핏 풀렸다.

"너, 나 때문에 나온 거 아냐? 상관없으니까 가."

윤오의 한 발 뒤에 서 있던 지민의 표정이 일그러졌다.

김윤오, 너…….

지독히도 불쾌한 감정이 확 솟구쳤다. 분명 처음 윤오를 만나러왔을 때는 이런 감정이 될 거라 예상치 못했다. 격의 없는 사이, 자신과 윤오 사이에는 어릴 때부터 함께 지내온 막역한 무언가가 있다. 그런 사이라고 자부했다. 서로 사는 곳이 달라 한동안 못 보았다고 그 감정이 희석되진 않는다. 그런데 이건 뭐지?

너한테…… 여자가 있었어?

말로 설명할 수 없을 만큼 불쾌했다. 그와 자신 사이에 다른

이, 그것도 여자가 파고든다는 것은 단 한 번도 생각해보지 못했으니까. 눈앞에서 보고 있으면서도 지민은 자신의 눈을 믿지 못했다. 윤주에게 윤오가 사귀는 여자가 있다고 들었을 때 설마 하며 코웃음 쳤다. 그가 많이 힘들구나, 안쓰러운 마음이 먼저 들었다. 그럼에도 이유 없이 불안하던 것이 이것 때문이었나. 김윤오의 눈에 찰 여자는 결코 없을 거라 자만했던 자신의 잘못이다.

지민은 입술을 짓깨물었다. 아주 오랫동안 윤오와 여자가 사라진 쪽을 바라보았다. 그러고는 가방 안에서 휴대전화를 꺼내 전화번호 하나를 정확히 눌렀다. 상대가 전화를 받자 차분한 목소리로 입을 열었다.

"정 비서님, 저예요. 어머니 계시죠?"

목소리와 달리 지민의 눈빛이 차갑게 번뜩였다.

비교적 이른 시간에 집으로 돌아와도 마찬가지였다. 이상스럽게 몸이 나른하고 힘이 없다. 그래도 무언가 해보려고 싱크대에서 밀가루를 꺼내던 은효는 그대로 싱크대 문을 닫았다.

컨디션 정말 안 좋네.

머리가 지끈거렸다. 한쪽 손으로 관자놀이를 꾹꾹 누르던 그녀가 느린 걸음으로 걸어 창가 쪽 테이블 의자에 앉았다. 이 집에서 가장 좋아하는 곳이었다. 이곳에 앉으면 우뚝 우뚝 솟은 건물 사이로 용케도 핏빛처럼 붉은 석양의 모습이 또렷이 보인다. 진한 커피라도 한 잔 내렸으면 좋겠지만 지금은 그럴 마음의 여유도, 남은

비애

힘도 없었다. 그저 무기력하게 앉아 서쪽 하늘을 물들인 선명한 노을에 시선을 빼앗겼다.

하루 종일 정신없이 멍했다. 윤오를 뿌리치고 온 터라 더 힘이 들었는지 모른다.

「나한테 함부로 하지 마요.」

집 앞까지 와서야 기어이 윤오에게 한마디 할 수 있었다. 윤오의 눈동자를 제대로 쳐다볼 순 없었지만, 그를 좋아한다는 이유 하나로 이렇게 휘둘리기는 싫었다. 막 대해지는 느낌은 결코 익숙해지지 않는다. 존중받고 싶다는 생각뿐이었다.

「가끔, 정말 모르겠어.」
「무얼 말이니.」
「우리가 정말 서로 사랑하는지. 나만 오빠 좋아하는 것 같아. 나는 오빠를…… 모르겠어.」

마지막 그 얘기는 하지 말았어야 했다. 이렇게 후회할 것을. 세상의 전부였던 할머니가 돌아가신 후 겪었던 진한 상실감이 또다시 밀려올 줄 몰랐다. 결코 두 번은 겪고 싶지 않던 그 감정. 윤오는 유일한 피붙이를 잃은 이후 처음으로 마음을 의지한 사람이라 더 그런지도 모르겠다.

나는 오빠에 대해 아는 것이 없구나.

옅은 한숨이 새어나왔다. 자신에게 무엇도 얘기하지 않는 윤오의 말과 행동이 하나같이 신경 쓰였다. 그에 민감하게 반응하는 자신 또한 마음에 들지 않기는 매한가지이다. 기분이 자꾸 쳐졌다. 끝이 없는 나락으로 떨어지는 느낌이 들어 은효는 몸서리쳤다.

"네가 더 많이 좋아해서 그래. 네가 처음부터 그랬잖아. 감당할 수 있다고. 오빠의 모든 것, 다······."

은효가 혼잣말로 중얼거렸다. 유난히 쌀쌀함을 느낀 어깨를 두 팔로 엇갈려 감쌌다. 그리고 그대로 테이블 위에 엎드렸을 때였다. 아파트의 벨이 울려 저도 모르게 깜짝 놀라 벌떡 일어섰다. 드륵 의자 밀리는 소리가 적막을 갈랐다. 심장이 이유도 없이 쿵 내려앉고, 은효의 얼굴이 벌겋게 달아올랐다.

비애

07.

7년이다. 자그마치 7년이나 지났다!

창밖 어둠을 쏘아보던 윤오가 저도 모르게 이를 악물었다. 하루가 일 년같이 길던 날도 있었지만 그것 또한 이제는 옛일이라고 윤오는 이를 악물었다. 옛 생각을 하면 순수하던 그 시절과 함께 어떤 하나의 기억도 함께 떠올라 그를 치떨리게 한다.

그날 새벽, 호텔 복도를 미친놈처럼 뛰어다녔다. 소리치고, 두드리고, 또 소리치고. 기어이 한 객실의 문이 열렸을 때 그는 경악으로 입을 열지 못했다.

「형이 왜 여기…….」

아니다. 목욕가운 차림의 현우는 시작에 불과했다.

「오빠가…… 어떻게 여길…….」

현우에게 주먹이 나갔던 그때, 침대 위에서 들린 가느다란 목소리에 윤오는 심장이 멎어버렸다.

「미안해, 오빠. 오빠한테 이런 모습까지 보여주고 싶지는 않았는데. 내가 오빠…… 사랑하지 않아. 나는 현우 선배를 사랑해. 오래

전부터 그랬어.」

　10초쯤, 세상이 멈췄다. 아버지의 사람들에게 끌려 나가면서도 그는 자신이 들은 말을 믿지 못했다.

　「맞아. 아니었어. 오빠 사랑한다는 것, 모두 거짓이야. 더 말해 줘? 나는 오빠와 현우 선배 사이에서 고민하고 있었어. 저울질했다 고! 그런데 오빠는 정말 안 되겠더라.」

　다시 한 번 쐐기를 박던 그 말들. 윤오가 두 눈을 질끈 감았다. 여전히 그날 아침의 힘없는 아우성이 귓가를 맴돌았다. 그저 끌려 갈 수밖에 없던 무력하던 자신.

　최은효, 넌 상대를 잘못 골랐어. 자그마치 7년이다. 넌 아무것 도 아닌 시간이겠지만, 내겐 아니다. 네가 알던 허점 많고 나약하 던 스물두 살의 김윤오가 아닌 것을 넌 기억해야 했어.

　우습다. 그리고 불쾌하다. 그런데 당연히 생각조차 하지 말아야 할 그 여자와의 추억을 떠올린 자신이 윤오는 섬뜩해졌다. 어두운 바깥의 한 점을 쏘아 보던 윤오가 몸을 홱 돌렸다. 벗어두었던 양 복재킷을 낚아채듯 잡아챈 그가 빠른 걸음으로 사무실을 나섰다.

　은효는 어렵지 않게 찾았다. 아침에 보았던 그녀의 차가 눈에 익은 탓도 있었지만, 그녀는 밖으로 나와 차체에 기대어 서 있었 다. 짧은 커트 머리는 윤오의 기억 속 최은효의 나이보다 훨씬 어 려 보이게도 하고, 성숙해 보이게도 한다. 진한 잿빛 정장 차림은

비애

오전과 다름없었다. 그 모습조차 새로워 보인 것은 분명 환상이었다. 줄지어 선 자동차 사이로 보이는 그녀는 빛이 나는 듯했다. 적어도 김윤오의 눈에는 그랬다.

젠장! 이건 꿈이야!

지독하고, 그리고 모욕스러운 꿈.

입 안이 쓰다. 이를 악문 윤오의 볼 근육이 실룩거렸다. 그가 그녀에게 빠르게 다가서 정면에 우뚝 섰다. 다가선 그를 발견한 은효는 놀라 올려다봤지만 그렇게 당황한 표정은 아니었다. 짧은 순간 서로의 눈빛이 마주쳤다. 묘한 안도감, 그리고 설핏 스친 처연함까지. 은효의 눈빛은 여러 가지로 복잡해 보였지만, 윤오는 상대가 말할 틈을 주지 않고 그녀의 팔목을 확 낚아챘다.

"선배!"

은효가 비명처럼 그를 불렀다. 하지만 윤오는 은효의 손목을 잡은 손에 힘을 풀지 않았다. 자신이 목적한 곳을 향해 뚜벅뚜벅 걸었다.

"어디 가요?"

"네 입장 생각하면 조용히 따라오는 게 좋을 거다."

주차장의 한쪽, 임원 전용 엘리베이터로 가던 윤오가 낮은 목소리로 입을 열었다. 결코 다정하지도, 감정이 담기지도 않았다. 그 때문인지 은효 또한 더 이상 버티지도, 입을 열지도 않았다.

엘리베이터에 올라 탄 윤오가 벽면에 얼비친 은효의 모습을 뚫어질 듯 노려보았다. 그와 다른 쪽을 바라보는 그녀의 옆모습이 너무도 초연해 보여 그의 심장을 덜컹거리게 했다. 하지만 짓씹고, 또 짓씹고, 그럼에도 이 여자의 위치는 변하지 않는다. 사학재단 바람의 유일한 며느리.

훗. 윤오는 코웃음이 터질 것 같았다. 바보가 된 건가. 제 발로 돌아와 성난 야수의 입 안에 제 머리를 처박는 꼴이라니. 윤오는 은효의 손목을 놓지 않았다. 시선이 엇갈린 채 윤오는 윤오대로, 은효는 은효대로 차례로 층수가 변하는 번호만을 바라보았다.

엘리베이터는 29층, 호텔의 스카이라운지에 멎었다. 바닥에는 발소리 한 점 들리지 않는 푹신한 카펫이 깔렸고, 낮은 조명으로 어둑한 로비를 지났다. 기어이 작은 룸으로 그녀를 밀어 넣은 윤오가 매니저를 부르고 무슨 말 몇 마디를 지시했다. 그 모습을 은효는 담담히 지켜보았다.

"윤오 선배, 제멋대로인 건 여전하군요."

사각의 테이블에 마주 앉은 은효가 쓸쓸하게 웃었다. 센터피스로 놓인 작은 수반을 그녀는 물끄러미 바라보았다. 빤히 그녀의 얼굴을 바라보던 윤오의 한쪽 입술 끝이 비릿하게 말렸다.

"네가 할 말은 아니다. 지금, 이 순간."

윤오의 말이 뚝뚝 떨어졌다. 은효와 마주친 눈빛이 고요하지만 파랗게 타올랐다.

똑…… 똑…….

침묵은 바다와 같아 손목시계의 초침소리까지 선명히 들리는

비애

듯했다.

숨소리도 멈춘 몇 초. 분명 윤오는 느꼈다. 자신의 갈망이 다시 타고 있다는 것을. 그것도 스스로 당황할 만큼 강렬히. 여자의 눈과 콧날, 입술까지 그의 시선이 타는 듯 훑었다. 그의 기억 속에 남은 것과 전혀 달라지지 않은 모든 것. 그를 향해 웃던 눈, 그를 향해 사랑을 속삭이던 입술까지. 윤오의 손끝이 움찔거렸다. 모조리 그의 것이던 그때처럼 손 뻗어 어루만지고 싶은 충동.

미친 거냐, 김윤오! 저 여자는 이제 다른 남자의 아내야!

동요를 감추기 위해 윤오는 주먹을 꽉 쥐었다. 그녀와 자신 사이에 놓인 테이블을 던져버리고 싶었다. 은효와 시선이 마주친 순간, 윤오는 숨을 멈췄다.

머릿속 회로가 빠른 속도로 7년을 되돌리고 있다. 마치 그날, 그들이 처음 하나가 되던 그날의 눈빛으로 은효가 그를 바라보고 있다. 간절히, 그리고 마지막인 것처럼. 지금 잡지 않으면 마치 연기처럼 사라질 것처럼.

똑똑.

문 두드리는 소리가 들리지 않았다면, 어떤 일이 벌어졌을지, 윤오는 아찔했다. 꿀꺽 마른침을 삼켰다. 트레이를 밀고 종업원이 들어온 순간, 그제야 활화산처럼 터질 것 같던 공기가 푸식 사그라졌다. 순식간에. 룸은 물이라도 뿌린 듯 고요로 가득 찼다. 종업원이 놓는 둔탁한 식기 소리만 간헐적으로 들릴 뿐이다.

"먹어."

테이블 위 고급스런 하얀 그릇 안에는 맛깔스럽고 먹음직스런 스파게티가 담겼다. 흘끔 그를 바라본 은효의 눈매가 윤오의 무뚝뚝한 목소리를 듣자 일그러졌다. 반듯하고 하얀 이마 또한 찡긋거리며 못마땅한 심기를 드러냈다.

"내가 스파게티 먹겠다고 했어요?"

은효의 눈매가 사뭇 도전적이었지만 윤오는 피식 웃어넘겼다.

"저녁 안 먹었잖아. 스파게티 좋아하지 않았나?"

은효가 어이없다는 표정으로 윤오를 노려봤다. 후, 가벼운 한숨을 내쉰 윤오가 먼저 포크를 들었다.

"우리나라에서 제일 몸값 비싸고, 제일 잘하는 쉐프야. 먹어."

윤오의 말이 딱 떨어졌다. 은효가 뭐라 하기도 전에 한 마디 덧붙였다.

"최은효가 했던 것을 제외하면."

심장에 남을 만큼 자괴감이 사무칠 줄 미처 몰랐다. 해주고 싶은 것이 많아도 그때는 해줄 수 없었다. 스물둘의 김윤오는 당장 자신의 일로 허덕였으니까. 끌려가듯 군대를 다녀온 후, 늘 찾아 헤맸다. 스물한 살의 최은효가 해줬던 그 맛을. 이 여자는 모른다, 모를 것이다. 결코.

"아직까지도…… 기억해요?"

문득 입을 연 은효의 목소리가 떨렸다. 윤오가 고개를 번쩍 들었다. 설핏 스친 시선, 단단하게 얼어 하얗게 굳은 은효의 얼굴을 윤오는 뚫어질 듯 바라봤다. 눈매가 가늘어지고 눈빛이 흐릿해졌

비애

다.

"불과 7년 전이야. 그 기억이 모두 사라질 만큼 머리 나쁘지 않아."

"그런 뜻은 아니에요."

윤오의 목소리는 감정 한 점 담기지 않았다. 그리고 은효 또한 말을 삼켰다. 무언가 더 할 말이 있어 보였지만, 더 이상 입을 열지는 않았다. 그 모습을 무감하게 바라보던 윤오의 입 안이 씁쓸해졌다. 입에 넣은 것의 맛이 느껴지지 않는다.

"적어도 잊고 싶은 기억은 아니었나 보군요."

윤오가 피식 웃었다. 날카로운 눈빛으로 은효를 훑어보았다. 입술이 저도 모르게 비틀렸다.

"잊고 싶어도 치가 떨리도록 잊지 못할 기억이지."

은효의 눈빛이 설핏 굳었다. 입술을 질끈 깨문 그녀가 자리에서 일어섰다. 발끈할 거라 예상한 윤오와 달리 은효는 그를 향해 희미하게 웃었다. 어찌 보면 자조처럼 보인다. 눈빛이 움찔한 윤오의 심장이 기이하게도 타들어갔다.

"다 먹었으면 일어서죠."

정작 윤오도, 은효도 스파게티에는 제대로 손을 대지 않았다. 뚫어질 듯 그녀를 바라보지만 윤오는 당장 일어서지 못했다.

호텔에서 아파트까지는 불과 차로 5분 거리이다. 그런데 그 시간이 윤오는 지난 7년보다 길게 느껴졌다. 그의 차와 달리 소형인

은효의 차는 일단 운전석과 조수석의 사이가 가깝다. 그건 운전석에 앉은 은효와 가깝게 앉아 있다는 말이 된다. 불쾌하리만큼. 어쩌면 불규칙하게 뛰는 숨소리, 혹은 심장 소리까지 상대에게 들릴지도 모른다. 자신의 모든 것이 고스란히 드러나는 것 같은 기분, 유쾌하지 않았다.

"여기 산 지 오래됐어요?"

은효가 아파트 정문 앞에서 차를 세웠다. 내리려는 그를 향해 그녀가 물었다. 문에 손을 댔던 윤오의 눈매가 못마땅함으로 가늘어졌다.

"아침에 몇 시에 출근해요?"

"최은효."

가로등 불빛으로 환한 차 안. 윤오의 눈빛이 차갑게 번뜩였다. 그의 턱이 오만하게 들렸다.

"의도가 뭐야?"

"의도…… 라뇨? 그런 거 없다고 했잖아요. 나 때문에……."

"나는 네가 이러는 게 불편해."

윤오는 은효의 말을 중간에서 딱 잘랐다. 그의 목소리가 작은 자동차 안을 사납게 울렸다.

"왜요……?"

그리고 그만큼 또렷한 은효의 목소리가 뒤를 이었다.

왜?

윤오의 눈썹이 사납게 치켜 올라갔다. 몰라 묻냐는 시선을 은

비애

효 또한 지지 않고 똑바로 바라봤다. 숨 막히는 시간이 흐르고 먼저 시선을 돌린 쪽은 윤오다.

"하!"

어이없다는 듯 큰 숨을 내쉰 그가 손바닥으로 얼굴을 쓸어내렸다.

"넌……!"

윤오가 하고픈 말을 목 뒤로 꿀꺽 넘겨 삼켰다. 볼 근육이 크게 실룩거렸다.

세상에서 사랑한 단 한 여자와 가장 의지하던 선배를 잃었다. 그날, 나는.

"내가 아는 최은효는 적어도 이 정도로 뻔뻔한 여자가 아니었어."

윤오의 얼굴이 사납게 일그러졌다. 으득 이를 악물었다. 충격이라도 받은 듯 은효는 멍한 눈빛으로 윤오를 바라보았다.

"다시는 네 얼굴, 보고 싶지 않다. 서울에 있을 건가? 동선 겹치면 서로 알아서 피해."

짓씹듯 말을 뱉은 윤오가 차문을 열고 나섰다. 은효가 어떤 표정을 하고 있는지 돌아볼 겨를도 없이 그가 빠른 걸음을 옮겼다. 그리고 은효의 차는 그곳에서 오랫동안 움직이지 않았다.

동문회가 열리는 M호텔의 연회장은 사람들이 움직이기 불편하지 않을 정도로 실내 온도가 적당했다. 음악 소리는 여유 있었고, 화려한 샹들리에 불빛 아래, 사람들의 가벼운 웃음소리가 경쾌하게 들렸다. 그럼에도 윤오는 점점 더 숨이 턱턱 막혔다. 당장이라도 목을 조른 넥타이를 풀어 던지고 싶었다.

"김 부사장, 오랜만이군."

동문회장을 맡고 있는 머리카락 희끗한 선배가 그에게 다가왔다. 이미 식순이 끝났고 모임은 파장 분위기, 동기들은 2차 모임을 얘기 중이다. 그들 틈에 섞여 있던 윤오가 슬쩍 고개를 숙였다.

"덥나? 얼굴색이 안 좋아."

회장이 묻자 윤오는 희미하게 웃었다.

"조명 때문에 그럴 겁니다. 괜찮습니다."

분명 그것은 눈부시도록 쏟아지는 조명 때문이 아니라는 것을 윤오는 알고 있다. 자꾸만 신경이 쓰인다. 신경 한 올 한 올이 모두 선배들 사이에서 웃고 떠드는 한 여자를 향해 있다. 빌어먹을 만치.

"아버님은 요즘 근황이 어떠신가? 통 연락을 못 드렸네."

"항상 바쁘시죠. 지금은 유럽 출장 중이십니다."

"언제 들어오시나?"

"한 달 예정하고 나가셨는데, 조금 더 걸릴 수도 있으신다 합니다. 공장건설 비준이 쉽지 않나 봅니다."

"계열사까지 일일이 신경 쓰시는 그분이 외아들인 자네를 호텔에만 묶어두시는 이유를 모르겠군."

윤오가 드러나지 않게 웃었다. 그도 부친의 속은 헤아릴 수 없

비애

지만, 알고 싶지 않은 것도 사실이다. 오히려 호텔은 그가 자원했다. 가능한 한 밖으로 드러나고 싶지도 않았고 부친의 눈에 띄고 싶지도 않았다.

"제가 부족한 탓입니다."

"그런 말도 할 줄 아나? 난 말이야. 김 회장님의 뒤를 이을 새끼호랑이는 자네뿐이라 생각해. 자식이니 어련하려고."

동문회장이 허허 사람 좋은 웃음을 보였다. 그가 자리를 뜨자, 억지로라도 입술을 늘여 미소를 짓던 윤오의 얼굴에서 다시 감정이 사라졌다.

"야, 쟤 원래 저런 성격이었냐?"

그때, 이진수가 윤오에게 다가와 물었다. 윤오의 시선이 그의 눈짓을 따라갔다. 많은 사람들이 모여 웅성거렸지만 그 여자, 최은효를 찾는 것은 어렵지 않았다. 남자들 사이에서 그녀는 유독 돋보였으니까. 큰 손짓과 화려한 눈웃음이 사람들의 시선을 집중시켰다.

"내 기억으로는 조용한 성격이었는데……. 성형빨 없이 참신하게 예쁘긴 했지만 그렇게 튀지는 않았지. 세월 참 무섭지 않냐? 그새 저렇게 변하네. 현우 선배와 별거한다는 소문이 맞는 거냐? 모양새가 다음 남자라도 물색하는 것 같잖아. 확실히 물 만났군."

별거?

윤오의 눈빛이 순간 움찔거렸다.

"애인 필요한가 보다."

칵테일을 홀짝이던 이진수가 입맛을 쩝쩝 다셨다. 시선은 은효를 향했다. 분명 몸매가 확연히 드러나는 검은 원피스 차림인 은효의 몸을 훑고 있을 것이다. 어쩌면 그의 눈앞에 최은효는 발가벗겨 서 있을지도 모른다. 윤오는 피가 거꾸로 솟는 듯한 느낌으로 얼굴이 확 달아올랐다.

"넌 동기한테 할 말이 그런 말밖에 없냐?"

윤오가 낮은 목소리로 이진수를 힐난했다. 흥미롭다는 표정의 이진수가 윤오를 새삼 돌아봤다.

"네가 왜 흥분해? 그리고 쟤가 내 동기는 아니지. 일 년 접고 들어간 네 동기면 모를까."

이진수가 킥킥대고 웃었다. 몸을 윤오 쪽으로 더 붙여 그의 귓가에 낮은 목소리로 속삭였다.

"너 아직 아는 척 못 했지? 사내새끼가 무슨 숫기가 그렇게 없어. 내가 가서 너 왔다고 알려줄까?"

"미친놈."

윤오의 날카로운 눈빛도 이진수는 상관없이 낄낄거렸다.

"너랑 아무 일 없었다면서. 쟤 하는 꼴 보니 말이야. 오늘 밤 남자가 필요해요, 이러잖아. 완전 달아올랐다, 야. 현우 선배가 겉보기만 멀쩡했나 봐."

윤오의 미간이 희미하게 움찔거렸다. 술에 취한 건가. 윤오가 보기에도 은효는 그가 아는 그녀의 모습을 벗어났다. 남자 선배들 사이에서 웃고 떠들고 비틀거리는 모습이 못마땅했다. 아니, 불쾌

미애

했다. 더불어 이진수의 말까지 그의 분노를 더욱 부채질한다.

"내가 장담해. 오늘 저 선배 중 하나랑 쟤 베드인 한다. 저 형이 유부녀 킬러인 줄도 모르고. 쯧쯧."

이진수가 한 선배를 가리키며 큭큭거렸다. 윤오의 눈매가 매섭게 일그러진 것도 눈치 채지 못했다.

"음, 왠지 아까운데······. 오늘 밤은 내가 대시해볼까? 여차하면 넘어오게 생겼네. 바람재단 며느님은 어떤 맛인가······!"

그때였다. 퍽, 하는 소리와 함께 이진수의 고개가 홱 돌아갔다. 그의 멱살을 단단히 움켜쥐었던 윤오가 훅 숨을 내뱉더니 아무렇지도 않은 듯 팔을 놓았다. 순식간에 일어난 일이라 턱을 얼얼하게 얻어맞은 이진수조차 얼이 빠졌다. 적당한 대꾸를 하지 못했다.

"죽고 싶지 않으면 입 닥쳐."

윤오가 낮게 으르렁거렸다. 무슨 일이냐고 모여드는 동문들의 시선에도 윤오는 표정 변화 없이 시선을 돌렸다.

"윤오야, 무슨 일이야?"

비교적 친한 쪽인 동기 윤석이 다가와 물었다.

"먼저 간다."

윤석의 질문에 대답하지 않은 윤오가 등을 돌렸다. 자신을 뚫어지게 바라보는 은효의 시선이 느껴졌지만, 그는 못 본 척 돌아서 연회장을 나섰다. 진정 기분이 불쾌하다. 이유도 알 수 없고, 결과도 알 수 없다. 무엇으로도 해갈될 수 없는 갈증, 그리고 불쾌한 마음이 윤오의 심장에 끈끈이처럼 덜컥 달라붙었다. 그를 괴롭고 미칠 것 같은 나락으로 밀었다.

여름밤은 열과 습기를 머금어 후덥지근했다. 밤 10시가 가까워진 시각. 저녁 내 부산하던 호텔 주변도 조용해졌다. 방금 전 투어를 마친 관광객 한 무리가 들어간 후, 호텔의 정문 쪽은 한산해졌다. 드나드는 손님도 거의 없으니, 무료함을 쫓으려는 듯 홀로 선 도어맨이 천천히 오른쪽으로, 다시 왼쪽으로 왔다 갔다 하는 모습이 보였다.

호텔의 로비가 정면으로 보이는 지상 주차장이다. 주차되었던 차가 거의 빠진 그곳에 윤오의 차가 서 있었다. 운전석에 앉아 있던 윤오가 흘끔 손목시계를 바라봤다. 그가 동문회장을 나온 후, 30분이 채 지나지 않았다.

빗나가질 않는군.

은효를 발견한 윤오의 눈매가 가늘어졌다. 못마땅한 마음이 드러나 미간이 일그러졌다.

비교적 멀리서도 윤오는 은효를 정확히 알아봤다. 로비로 통하는 중앙계단을 통해 그녀는 내려오고 있었다. 검은 원피스 자락이 나풀거릴 때마다 윤오의 눈매는 더욱 가늘어졌다.

은효는 술에 취한 듯했다. 함께 내려오던 남자의 팔에 기대 비틀거렸다. 이진수의 예상대로다. 상대는 유부녀 킬러라고 그가 킬킬대던 그 선배. 그 남자의 팔이 은효의 허리를 꽉 붙잡은 것을 본

비애

순간, 운전석에 앉아 있던 윤오는 어금니를 악물었다. 피가 거꾸로 솟나, 눈앞이 아찔해졌다. 당장이라도 차 문을 열고 나가 주먹질이라도 할 것 같은 충동에 시달렸다. 다행인 것은 회전문 앞까지 온 그들 중 남자가 순간 사라진 것이다.

바라보고 있던 윤오가 천천히 두 눈을 감았다가 번쩍 떴다. 감정을 누른 채, 그는 조용히 차문을 열고 몇 개의 계단을 올라가 이제 막 밖으로 나온 은효에게 가까이 다가섰다. 빠르게.

"선배!"

윤오가 그와는 반대편으로 몸을 돌리던 은효의 팔목을 낚아챘다. 그녀의 팔목은 그가 기억하는 것보다도 가늘었다. 꽉 쥐면 으스러질 것 같은 두려움, 그래서 윤오는 생각과 달리 그녀의 팔목을 힘껏 움켜쥐지 못했다. 우습다. 이 순간까지도 이 여자가 부서질 것 같아 두렵다니. 그래서 그의 표정은 더욱 험악해졌다. 바라보던 은효의 표정 또한 당황한 듯 일그러졌다.

"왜 이래요, 선배!"

"내가 이러길 바라지 않았나?"

윤오의 목소리는 나직했지만, 싸움을 앞둔 맹수처럼 으르렁거렸다. 그 순간, 은효의 눈매가 움찔거렸다. 아랫입술을 질끈 깨물어 낮게 소리쳤다.

"난 집으로 가려던 길이었어요."

"내가 쫓아오길 바랐겠지. 마음도 없이 여러 남자들 틈에서 시시덕거리면서. 나 보라는 것 아니었나?"

윤오가 차갑게 비웃었다. 날카로운 눈빛으로 은효를 노려봤다. 상대의 숨결까지 느껴지는 거리. 그녀의 숨결에선 알코올기가 다분히 묻어났다. 윤오의 미간이 일그러졌다.

"착각도 우습군요. 그런 적 없어요."

은효의 음성은 또렷했다. 비틀거렸다는 것이 의심스러울 정도로.

"그래? 그럼 아쉽게 됐군. 정훈 선배라도 다시 불러줄까?"

윤오가 조롱하듯 방금 사라진 남자의 이름을 꺼냈다. 그리고 이내 대꾸도 못한 채 씩씩대는 은효를 데리고 계단을 내려왔다.

"이것 놔요. 나는 내 차로 갈 거예요."

"술 마시고 운전까지 하려 했다고?"

"대리 부르려고 했어요."

자신의 차 앞에서 우뚝 선 윤오가 어이없는 웃음을 터트렸다.

"하, 여러 가지로 놀라게 하는군. 술 취한 여자가 대리를?"

"술, 안 취했어요!"

윤오가 으르렁대듯 물었다. 그의 행동을 두 눈을 부릅뜨고 바라보던 은효가 발끈했다. 질끈 문 입술이 가로등 불빛 아래 더욱 도발적으로 보였다. 심장을 뛰게 하는 붉은 빛. 윤오는 시선을 돌렸다. 목이 바짝 갈라지고 타는 듯한 갈증이 동반됐다.

최은효, 최은효!

지난밤 그를 잠 한숨 못 자게 한 원인이 눈앞에 있다.

"내가 어떻게 가든 상관없잖아요? 알아서 피하자고 한 사람은

비애

선배였어요."

　말을 끝낸 은효가 그의 손을 뿌리쳤다. 윤오의 신경이 분산된 틈이었다. 그에게서 빠져나온 은효가 홱 몸을 돌렸지만, 이내 윤오는 그녀의 손목을 다시 낚아챘다.

　그 반동으로 은효의 몸이 튕기듯 그에게 가깝게 붙었다. 놀라 부릅뜬 은효의 두 눈이 윤오의 것과 마주쳤다. 탁탁 튀어 당장이라도 불꽃이 터질 것 같다. 누그러들지 않은 날카로운 시선이 허공에서 엇갈렸다.

　"놔줘요. 사람들이 봐요."

　결국 침묵을 견디지 못한 은효의 입술이 바르르 떨며 열렸다. 그녀의 말대로 지나는 사람들이 그들을 흘끔대고 있다. 그들 중에는 분명 아는 사람들도 있을 것이다. 하지만 윤오는 지금 무엇도 보이지 않았다. 숨이 턱턱 막혔다. 가슴이 답답해졌다. 숨을 쉬고 싶었다. 간절해지도록!

　"놔…… 흡!"

　허공을 맴돌던 매가 정확히 목표물을 덮치듯, 윤오의 입술이 순식간에 은효의 입술을 덮었다. 다른 한 손이 놀라 떨어지려는 그녀의 뒷머리를 눌러 제게로 밀착시켰다. 동시에 그녀의 입술을 가르고 거침없이 침입한 혀가 정확히 그녀의 것을 얽어맸다. 숨도 쉬지 못하게 빨아들였다. 거칠게 물어뜯었다. 숨결 한 올조차 모조리 흡입했다.

　순간, 세상의 모든 것은 멈췄다. 존재하는 존재는 그와 그녀.

오로지 김윤오와 최은효, 남자와 여자 둘뿐이다. 감미롭고, 달콤하고…… 그럼에도 씁쓸하고 추악한 것. 윤오는 미친 듯이 은효를 탐했다. 그녀의 타액을 한껏 빨아들이고, 입 안 깊숙이 침입해 제 것처럼 헤집었다.

잊지 않았다. 이 감각, 이 느낌, 온전히 제 것이라 생각했던 이 여자의 모든 것, 다시금 손아귀에 움켜쥐고 싶어 그를 나락으로 밀고 있는 그 감각. 은효의 등을 쓰다듬던 윤오의 손이 움찔 멈췄다. 한낱 한 줌도 안 될 천 쪼가리. 모조리 찢어버리고 싶은 충동을 윤오는 안간힘을 다해 눌렀다. 대신 부드럽게 누르던 입술을 허기지게 빨았다.

"하……."

은효의 저항이 누그러지기 시작하자, 그가 입술을 뗐다. 그녀의 가슴 위에서 기적적으로 멎은 손도 거둬들였다. 겨우 숨을 제대로 쉬기 시작한 은효의 가슴이 크게 들썩거렸다.

"싸구려처럼 굴지 마. 매력 없다."

비웃듯 말을 내뱉은 윤오가 몸을 바로 했다. 무어라 항변을 기대한 그와 달리 입술을 꽉 깨문 은효는 더 이상 대꾸하지 않았다. 그와 시선도 마주치지 않았다. 들썩이는 숨결이 후텁지근한 여름 밤공기와 섞여 흩어졌다. 제대로 풀지 못한 욕망이 그들 사이를 떠돌았다. 누구의 것인지 불분명해 윤오는 혼란스러웠다.

"타."

이제 은효는 그가 이끄는 대로 순순히 따라왔다. 그의 차 조수

비애

석에 얌전히 앉는 것을 본 후, 그 또한 차 앞을 돌아 운전석에 올랐다. 이내 윤오의 차가 호텔 주차장을 벗어나기 시작했다.

윤오의 차가 은효가 말한 곳에 섰다. 한 아파트 단지의 출입구가 보이는 정문 앞 도로였다.

"왜 여기 살지?"

윤오가 의아한 눈빛으로 은효를 바라봤다.

"왜라뇨?"

당연할 만큼 은효가 반문했다.

"성북동 아니야?"

성북동은 현우의 본가가 있는 곳이다. 아주 당연히 그곳으로 갈 거라 생각했는데, 은효가 말한 곳은 서초동, 그것도 그와 그녀가 살던 그 아파트 입구였다. 은효를 바라보는 윤오의 눈빛이 험악하게 빛났다.

"내 집은 여기예요."

"술 취해서 집까지 헷갈릴 정도는 아니잖아?"

"술 안 취했다고 했어요."

"그럼 왜 여기냐고!"

윤오는 계속 험악한 목소리로 물었지만, 은효는 대답하지 않았다. 다만 그대로 문을 열고 차 밖으로 나갔을 뿐이었다. 미간을 일그러뜨린 윤오가 서둘러 차 밖으로 나와 그녀의 뒤를 따랐다. 뒤도 돌아보지 않고 은효는 아파트 정문으로 들어섰다.

"최은효!"

윤오가 은효의 어깨를 잡아챘다. 그 순간, 억센 그의 손힘에 은효의 몸이 휘청거렸다. 반사적으로 그녀의 몸을 잡아챈 윤오가 은효를 품에 안았다. 안기고, 안은 채 누구도 움직이지 않았다.

쿵. 윤오의 심장이 내려앉았다. 그가 기억하는 그녀보다 더 마르고 여윈 몸. 원피스의 얇은 옷감 사이로 은효가 느껴진다. 그를 떨게 했다. 지끈. 볼 안쪽을 깨물어 지독한 감정을 이기려 했지만 이 순간만큼은 윤오도 그녀를 밀어내지 못했다. 지독한 그날 이후, 결코 단 한 번도 움직이지 않던 심장이 다시 뛰기 시작했다. 습기 찬 밤바람이 얼굴을 스쳤지만 화끈 달아오른 열기는 쉽게 식지 않았다.

"말해. 네 입으로."

윤오가 은효의 얼굴을 한 손으로 감싸 들어올렸다. 턱을 붙들어 기어이 그와 시선을 맞추게 했다.

"이혼했나? 아니면 별거?"

윤오의 눈빛이 꿰뚫듯 은효를 바라봤다. 그녀의 시선이 순간 희미하게 흔들렸다. 분명 그것은 분노와 닿아 파릇한 시선. 그것이 윤오를 당황케 했다. 잘못 본 듯 순식간에 사라져 더욱 궁금하게 만든다.

"편한 쪽으로 생각해요. 중요한 건 그게 아니니까."

"중요한지, 안 중요한지는 내가 판단해. 말해, 이혼했나? 별거야?"

비애

윤오가 다그치듯 으르렁댔지만, 은효의 입술은 굳게 닫혔다. 다시 열리지 않았다. 비교적 오랜 침묵이 흐른 뒤에야 그녀가 한숨 쉬듯 작게 탄식했다.

"제발 묻지 마요."

윤오의 시선을 피한 그녀가 그의 손도 잡아 내렸다. 그러다 이내 그를 똑바로 올려다봤다.

"윤오 선배."

은효의 눈빛이 또렷해졌다. 입술을 꾹 깨물었던 그녀가 망설임도 없이 다음 말을 이었다. 반짝거림이 남은 입술이 바르르 떨었다. 유혹의 한숨이 살짝 실렸다.

"들어가서 한잔 더 할래요?"

순간, 윤오의 심장이 툭 내려앉았다. 결코 이해할 수 없다는 눈빛으로 은효를 내려다봤다. 하, 코웃음이 터졌다.

"이혼은 했는지 안 했는지 알 것 없지만, 남자는 필요하다?"

한순간이나마 여자의 진심을 믿고 싶었다.

미친놈.

윤오의 눈빛에 경멸이 서렸다.

"알겠어. 바람재단 외며느님은 그저 남자가 필요한 거군."

윤오가 단정 짓듯 말하자, 은효는 저도 모르게 입술을 깨물었다.

"그런 의미 아니에요. 서로 반가워할 처지는 아니란 거……, 선배 말대로 충분히 알았고, 밖에서는 사람들 눈이 있으니……!"

순간 은효가 놀라 거친 숨을 들이켰다. 윤오가 그녀의 가는 허리를 움켜쥐고 자신의 하체에 바짝 당겨 안은 탓이었다. 천과 천 사이, 정제되지 않은 순수한 욕망이 적나라하게 꿈틀거렸다. 속옷 안에 갇힌 그것이 터질 듯 불거졌다. 후끈 달아오른 열기가 몸을 타게 했다.

"최은효."

그녀의 귓가에 입술을 댄 윤오가 낮게 속삭였다. 은효는 숨을 쉴 수가 없었다. 목줄을 조이는 듯 숨통이 턱턱 막혔다.

"후회하기 싫다면 솔직해져. 남자가 필요하다고. 그것이 더 최은효답다."

윤오의 음성에는 감정이 실리지 않았다. 그러니 더욱 은효의 얼굴을 벌겋게 달아오르게 했다.

"네가 솔직해지면, 나는 이 자리에서도 네 옷을 벗길 수 있어. 단 한 번이라도……."

윤오의 눈빛이 흔들렸다. 자신을 바라보는 눈빛 안에서 낯선 감정을 느꼈다. 칼처럼 날이 서 그의 심장을 베고 있다. 그가 더 밀어붙인다면, 그도 이 여자도 동시에 상처 입을 거라고 그의 머릿속에서 누군가 경고했다.

"그만하자."

"선배!"

윤오가 그녀를 놓고 돌아서던 순간이었다. 그녀가 그의 팔을 다급하게 움켜잡았다. 윤오의 미간이 일그러졌다. 의혹이 담긴 눈

비애

매가 가늘어졌다. 심장이 쿵쿵 정신없이 날뛰고 있다.

가로등 불빛 아래 드러난 은효의 시선이 물결처럼 흔들린다. 할 말 많은 눈빛이 일렁거렸다. 무언가 할 말이 있는 듯 입술이 달싹거렸다.

"나는……."

순간 은효의 눈가가 벌게지고 눈물이 뚝 떨어져 바라보던 윤오를 당황하게 했다. 이번에는 은효가 제 스스로 윤오의 품에 안겼다. 놀란 윤오의 몸이 우뚝 굳었다.

"지금은…… 가지 마. 함께 있어줘."

은효가 속삭였다. 사람들이 지나가는 것도 잊은 듯, 그녀는 윤오의 가슴을 시나브로 파고들었다. 세차게 소용돌이치는 그의 욕망을 노골적으로 자극했다.

너……!

사납게 번뜩인 윤오의 눈빛이 은효를 노려봤다. 무어라 말하고 싶은 입술이 차마 열리지 않았다. 두서없이 뛰는 심장. 그가 으득 이를 물었다. 지난 시간을 무위로 돌리는 험난한 욕망, 이대로 이 여자를 무너뜨리고 싶은 충동…… 윤오는 치열하게 저항했다.

순간 현우의 얼굴이 떠올랐다. 그를 향해 득의만만한 표정을 짓던 그날 아침의 이현우.

그날 새벽, 미친놈처럼 호텔 복도를 뛰어다녔다. '최은효'라는 이름을 듣는 순간부터 그에게 남은 이성은 없었다.

「문 열어. 문 열라고, 최은효!」

호텔의 한 객실 문 앞에서 윤오는 거세게 문을 두드렸다. 아침 6시, 요란한 소리에 몇몇 객실 문이 열리고, 밖을 내다보는 사람들이 생길 무렵 그가 두드리던 문이 결국 열렸다.

「형!」

윤오의 두 눈이 경악으로 커졌다.

「형이 왜 여기…….」

목욕가운 차림으로 문을 연 상대를 노려보았다. 너무도 놀라 소리조차 나오지 않았다. 그것은 상대인 현우도 마찬가지인 듯싶었다.

「너야말로 왜 여기 있어. 오늘 입대일 아니야?」

「은효가 집에 없어. 며칠 전 어머니를 만났다는데……. 누가 어제 이 호텔로 들어가는 걸 봤다 해서…….」

윤오가 두서없이 이어지던 말을 삼켰다. 자신이 왜 현우 앞에서 이런 변명 같은 말을 늘어놓는지 알 수 없다. 순간 욱 감정이 치민 그가 현우의 어깨를 밀치고 안으로 들어서려 했다.

「윤주한테…….」

그 순간이다. 윤오의 걸음이 멈췄다. 현우가 그의 팔을 잡은 탓이었다.

「은효와 함께 있다고 말한 사람이…… 나야. 네가 직접 찾아오리라고는 생각하지 못했다.」

윤오가 뒤돌아 현우의 얼굴을 바라봤다. 난감해하는 그의 얼굴을 무서운 표정으로 쏘아봤다.

비애

「왜? 내 눈앞에서 놀아날 만큼 얼굴이 두껍진 않아?」

윤오가 거친 손길로 현우의 손길을 뿌리쳤다. 문을 쾅 열어젖히고, 성큼 걸음으로 안으로 들어섰다.

「은효야!」

큰 소리로 은효의 이름을 불렀다. 갇혀 지내던 며칠. 너무도 애가 탔던 이름을 이런 곳에서 불러야 될 줄은 꿈에도 생각지 못했다.

「깨우지 마.」

쫓아 와 그를 붙든 현우의 말과 상관없이 윤오는 입을 닫았다. 숨을 멈췄다. 침대 위 하얀 시트를 감고 누워 있는 동그란 물체에 시선이 고정됐다. 하얗고 매끈한 등과 어깨. 엎드려 얼굴은 보이지 않아도 윤오는 알 수 있다.

그의 여자다. 아버지에게 무릎을 꿇고 빌어서라도 오늘은 봐야 했던 그의 은효였다. 지난 시간 은효가 기다릴 거란 생각에 얼마나 초조했던가.

「이 새끼!」

순간 뒤돌아선 윤오가 현우의 멱살을 거머쥐었다. 동시에 주먹으로 그의 얼굴을 가격했다. 쿵, 소리와 함께 현우가 바닥을 굴렀다.

「똑바로 말해. 무슨 수작이야!」

윤오의 얼굴이 야수처럼 일그러졌다. 눈빛이 불꽃처럼 이글거렸다. 현우의 옷자락을 틀어쥐고 진실을 토해내라 포효했다.

「김윤오, 진정해.」

「진정?」

윤오가 비웃었다. 어느 때보다 진지한 현우를 뚫어질 듯 노려봤다.

「네가 보길 바란 건 아니지만, 이젠 어쩔 수 없네. 그래, 인정할게. 우리 이런 사이였어. 너만 모르고 있었다.」

「뭐?」

윤오의 두 눈에서 불똥이 확 튀었다.

「솔직해져 봐. 네가 은효한테 해줄 수 있는 게 있어? 없잖아. 지금도 그래. 네가 여길 온 건 아마 윤주가 본인보다는 네 눈으로 직접 보길 바란 것 같은데. 여기도 너 몰래 왔지? 밖에서 네 아버지 사람들이 너 찾지 않아?」

「그게 지금 이 상황과 무슨 상관이야!」

윤오는 부들부들 떨었다. 바라보던 현우가 피가 스민 입가를 손등으로 훔치며 피식 웃었다.

「넌 지금 은효한테 해줄 수 있는 것이 없어! 오히려 짐이고, 부담이야.」

「그렇다고 후배 여자를 가로채? 이렇게 비열하고 더럽게?」

「나도 은효 사랑해!」

결국 현우도 맞서 고함을 버럭 질렀다. 그때였다.

「윤오 오빠!」

은효의 목소리가 날카롭게 들렸다. 마치 비명처럼. 다시 한 번 허공으로 치솟던 윤오의 주먹이 움찔거렸다. 홱 고개 돌린 그의 동공이 한순간 굳었다.

비애

「최은효!」

윤오가 으득 이를 갈았다. 은효는 침대에서 일어나 앉아 있었다. 하얀 시트를 둘둘 만 모습이 낯설지 않아 윤오의 가슴이 쿵쿵 뛰었다. 믿을 수 없다. 그를, 김윤오를 자신의 전부라고 말하던 최은효가 다른 남자와 밤을 지낸 모습으로 왜 자신의 눈앞에 있는지. 가늘고 청초한 그녀의 목을 당장이라도 달려들어 꺾고 싶은 충동을 윤오는 이를 악물어 넘겼다. 물기마저 찰랑거리는 그녀의 눈이 가증스러워 견딜 수 없었다.

「오빠가…… 어떻게 여길…….」

은효가 한 손으로 급히 입을 막아 넘어오려는 울음을 꾹꾹 눌렀다.

「해명해. 무슨 사정 있었지?」

그래도 한 번쯤은 기회를 주고 싶었다. 묻는 윤오의 어금니가 떨림으로 딱딱 소리를 냈다.

「오빠는? 오빠는 그동안 어디 있었어? 이렇게 올 수 있었으면서…….」

투둑. 은효의 굵은 눈물이 하얀 시트 위로 떨어져 짙은 무늬를 만들었다.

「오빠, 나는…….」

「은효야.」

윤오를 바라보는 은효의 눈빛이 멈칫한 순간, 현우의 차분한 목소리가 들렸다. 은효는 고개를 푹 떨어뜨렸고, 그녀의 가는 어깨가 바르르 떨렸다. 차분히 숨을 몰아 쉰 그녀가 천천히 고개를 들었다.

일그러진 윤오의 표정과 정면으로 마주했다.

「미안해, 오빠. 오빠한테 이런 모습까지 보여주고 싶지는 않았는데. 내가 오빠…… 사랑하지 않아. 나는 현우 선배를 사랑해. 오래 전부터 그랬어.」

10초쯤, 세상이 멈췄다. 윤오는 숨도 쉬지 못한 채, 시선을 돌린 은효를 뚫어지게 바라봤다. 점점 더 차가워진 그녀의 말을 윤오는 믿지 못했다.

「아니야. 너 뭔가 숨기고 있지. 다 말해! 다시 말하라고!」

「오빠 좋아한 적 없다고! 오빠는 나한테 해줄 수 있는 게 없잖아! 그런데 뭘 더 말해!」

은효의 앙칼진 목소리가 침실을 울렸다. 윤오의 표정이 우뚝 굳었다.

「아니라고 말해!」

제발……, 은효야.

그의 바람과 달리 은효의 표정은 견고해졌다. 이제 모두 체념한 듯.

「맞아. 아니었어. 오빠 사랑한다는 것, 모두 거짓이야. 더 말해줘? 나는 오빠와 현우 선배 사이에서 고민하고 있었어. 저울질했다고! 그런데 오빠는 정말 안 되겠더라. 날 믿은 적도 없고, 믿을 수도 없어. 현우 선배는 모든 걸 이해해주는데. 군대 간다면서? 이렇게까지 잔인하고 싶진 않았어. 마지막까지 몰랐으면 했는데, 안타깝다.」

망연한 눈빛의 윤오가 그녀를 향해 한 발 한 발 다가설 때였다. 활짝 열린 객실 문으로 건장한 체격의 남자들이 들이닥쳤다.

비애

「가시죠, 도련님.」

「놔!」

남자들은 윤오의 양팔을 잡아끌었다. 온몸으로 저항했지만, 역부족이었다.

「가셔야 합니다.」

「놔! 놓아, 이 새끼들아!」

그를 배신한 그날 아침, 이 여자는 말간 얼굴로 그에게 말했다. 그저 그와 선배 사이에서 저울질을 하고 있었을 뿐이라고. 당신은 내게 해줄 수 있는 것이 없지 않느냐고. 다른 남자의 체취를 온몸에 묻힌 채 이 여자는 당돌하게 선언했다.

윤오는 힘겹게 은효의 몸을 밀어냈다. 그녀를 외면하고 고개를 돌렸다.

"취했다. 들어가."

윤오의 목소리는 잔뜩 가라앉았다. 다시 붙잡는다면, 그때는 자신의 행동을 기약할 수 없다. 발이 떨어지지 않을지도 모른다. 그러니 그는 돌아서서 뒤도 돌아보지 않고 빠르게 그 자리를 벗어났다. 은효의 눈빛이 절망으로 변하여 제자리에 주저앉는 것을 윤오는 보지 못했다.

08.

　새벽 1시가 가까워진 시각. 클럽은 조용했다. 푸르스름한 조명으로 빛나는 간판을 흘끔 본 지민이 클럽 문을 밀고 들어갔다. 이미 안면이 있는 매니저가 그녀를 알아보고 다가왔다.

　"이쪽으로."

　매니저가 그녀를 안쪽 룸으로 안내했다. 문을 여니 어지럽게 술병이 널린 테이블 위에 엎어진 윤오의 모습이 눈에 들어왔다. 20분 전 그녀가 전화를 받은 그대로인 듯싶었다.

　"언제부터, 얼마나 마셨죠?"

　"두 시간 전쯤 오셔서 두 병 이상 드셨습니다."

　지민의 미간이 눈에 띄게 일그러졌다.

　"바로 연락하셨어야죠."

　그녀의 목소리에는 비난이 섞였다.

　"죄송합니다. 제가 자리를 비운 사이 오신 거라……."

　매니저가 당황하여 변명을 했다. 항상 윤오가 오면 제일 먼저 지민에게 연락을 한다는 것이 그들의 암묵적인 협약이었다.

　"……효."

비애

그때였다. 윤오의 목소리가 설핏 들렸다.

"부를 때까지 들어오지 말아요."

"예."

허리까지 굽힌 매니저가 룸을 나가자, 지민이 윤오의 곁에 다가 앉았다. 무슨 소리를 낸 것 같았지만, 여전히 그는 인사불성이다. 눈 감은 얼굴을 바라보던 지민의 이마가 설핏 일그러졌다.

자그마치 아홉 살. 그 이후 20년이 넘도록 알아온 김윤오다. 그런데 이렇게 이성을 잃은 그는 그녀에게도 낯설다. 아니, 섬뜩한 어떤 기억을 떠올리게 한다. 7년 전 그때, 한 여자로 인해 상처받 았던 그날 이후 김윤오는 결코 이런 모습을 보인 적이 없다. 더 잘 살고 있다는 것을 오기로라도 보여주려는 듯 그는 그의 아버지가 원하는 위치로 돌아왔다. 강하고 두려울 것 없는 영해그룹 장남의 자리로.

그런데 이게 뭐야?

지민은 슬쩍 스민 불안으로 입술을 짓깨물었다.

너 왜 이래. 혹시 그 여자 귀국했다는 거 알았어?

섣부른 예감. 신경이 곤두서고, 표정이 독해졌다.

아니야. 안다 해서 달라질 건 없어.

이미 결혼한 여자이다. 사학재벌이라 불릴 만큼 돈 많고 명망 있는 집안의 며느리 자리를 꿰 찬 그 여자와 김윤오가 엮일 일은 영원히 없다. 윤오도, 자신도 그때만큼 어리지 않다. 그렇게도 벗 어나려 하던 부친의 그늘로 다시 돌아온 것을 봐도 김윤오는 이

세계를 박차고 나가지 못한다. 그래서 지민은 마음을 놓고 있었다.

"윤오야."

지민이 그의 어깨를 살짝 흔들었다. 윤오의 감은 눈이 괴롭다는 듯 잔뜩 일그러졌다. 그 얼굴에 지민의 시선이 움찔 멈췄다. 심장이 미친 듯이 방망이질 친다.

다 너 때문이야.

선이 굵지만 하얀 얼굴, 또렷한 눈썹과 반듯한 이마, 그리고 굴곡 하나 없이 쭉 뻗은 콧날. 볼 때마다 새롭다. 숨이 멎을 것 같다.

지민의 얼굴이 윤오의 얼굴에 더 가까이 다가갔다. 아홉 살, 윤오를 처음 봤던 그날부터 자신의 것이라 여겼다. 아니, 처음 날 때부터 그렇게 키워졌다고 믿었다.

남자답게 검은 눈썹, 그리고 길고 숱 많은 속눈썹이 눈 아래 그늘을 만들고 있다. 남자답다고 느끼지만 이럴 때 보면 또한 섬세해 보였다. 희미하게 떨린 윤오의 입술이 옅은 한숨을 내쉬었다. 충분히 유혹적이게. 눈매가 가늘어진 지민이 고개를 숙였다. 그녀의 입술이 거의 윤오의 입술에 닿는 순간이었다.

"……은효…… 너…… 가지 마."

윤오의 입술이 달싹거렸다. 그리고 어떤 단어가 들린 순간, 지민의 심장이 뚝 내려앉았다.

은효?

"최은효……."

그리고 다시 그 이름을 들었다. 순간 지민이 몸을 똑바로 일으

비애

켰다. 두 눈꼬리가 날카롭게 치켜 올라갔다.

지금…… 최은효라 그랬어?

지민의 모골이 송연해졌다. 아찔해진 눈앞에 해사한 얼굴 하나가 떠올랐다. 그리고 그 얼굴이 하얗게 질리던 어떤 장면 하나도. 지민은 입술을 지그시 물었다.

너도 정말 지독하다.

자신도 모르게 터질 것 같은 한숨을 지민은 꾹 눌렀다. 윤오를 향한 눈빛이 섬뜩하게 반짝였다.

김윤오, 나는 너 놓지 않아. 결국은 너도 알아야 할 거다. 내 인내가 너보다 독하거든. 난 내 평생을 걸었어. 그때나 지금이나 넌 내 인내를 시험하지만, 난 결코 포기하지 않아.

"윤오야, 일어나."

윤오의 어깨를 흔들던 지민이 그의 어깨를 안으려 했다. 그때, 깊은 숨을 내쉰 윤오가 피식 웃었다.

"너…… 돌아오지 마……."

윤오가 혼잣말처럼 중얼거렸다.

"내가…… 널…… 죽일 거다."

중얼거리던 윤오가 그대로 테이블 위로 쓰러졌다. 경악으로 얼굴이 하얗게 질린 지민은 한동안 움직이지 못한 채 그를 바라봤다.

투둑투둑. 두꺼운 유리창을 뚫고 빗소리가 들린다. 새벽부터 내린 비가 하루 종일 이어졌다. 모처럼 쉬는 휴일. 윤오는 숙취와 빗소리로 새벽을 맞았다. 이른 시각 잠이 깬 윤오가 에스프레소 한 잔을 뽑아 들고 거실 창 앞에 섰다. 멀리 빗자욱에 희미해진 한강이 흐르는 모습이 보였다.

잠이 깬 새벽 이후 다시 잠들지 못했다. 운동을 하면 좀 나아질까, 한바탕 땀을 흘렸지만 그것도 별 소용이 없다. 심장이 사라졌나. 아무 느낌이 없는 듯해 귀 기울이면 어느새 저 깊은 밑바닥에서 쿵쿵 신호를 보낸다. 미치겠다고, 네 마음의 소리를 들으라고.

「지금은…… 가지 마. 함께 있어줘.」

최은효의 목소리가 여전히 귓가를 맴돌았다. 그의 피를 소용돌이치게 만든다. 그에게도 남자로서의 욕망과 욕구가 남아 있었다고 격렬히 그를 일깨우고 있다. 그녀가 그의 앞에 나타날 때마다 그 감정이 짙어져 윤오는 혼란스러웠다.

네가 원하는 게 뭐야.

겨우 찾은 인생의 평온이 깨질 것 같은 두려움. 한 여자가 그의 일상을 단숨에 뒤집었다. 뇌가 어떻게 된 걸까. 하루 종일 한 여자 생각뿐이다. 머릿속이 복잡한 것 같으면서도 단순해졌다. 최. 은. 효. 그 이름 하나로 귀결되고 있다. 우습지만 명쾌하게.

젠장!

창 밖 허공을 쏘아보던 윤오의 눈매가 매처럼 날카로워졌다.

비애

그리고 그 순간, 거실 테이블 위에 두었던 휴대전화가 울렸다. 뚜벅뚜벅 걸어간 그가 발신인을 확인하고 통화 버튼을 눌렀다.

- 살아났네?

지민의 목소리다. 화가 난 듯 굳었던 윤오의 눈매가 설핏 풀렸다.

- 이제 9시인데 벌써 일어났어? 어제 상황 봐서는 오후까지 뻗어 있을 줄 알았다.

"네가 데려왔냐?"

- 어머, 그럼 나 말고 또 누가 있어?

윤오의 입술 끝이 희미하게 말렸다. 어느 정도는 사실이다. 윤지민이 다른 여자들과 조금이라도 닮았다면, 그를 조금이라도 이성으로 바라봤다면 곁에 두지도 않았다. 집안에서 지민과의 결혼을 밀어붙이지만 않는다면 더욱 편한 상대가 될 텐데. 그런 생각이 언뜻 윤오의 뇌리를 스쳤다.

- 나올래? 해장 못 했지?

지민의 목소리는 가볍고 경쾌했다. 공이 통통 튀는 듯한 느낌. 순간, 심장의 통증을 느낀 윤오가 미간을 일그러뜨렸다.

「다른 데 가서 해장국 못 먹겠다.」
「신난다. 나중에 해장국집 차려야지.」

은효의 목소리가 귓가를 울렸다. 결혼, 아이, 그리고 현모양처. 소박한 꿈을 꾸던 스물한 살의 여자. 그 아침, 그에게 해장국을 끓여주며 수줍게 웃던 은효가 환영처럼 눈앞에 어른거렸다.

사라져!

윤오는 두 눈을 꾹 감았다 떴다. 언뜻 떠오른 환영마저도 그의 심장을 숨도 못 쉴 만큼 옥죄게 했다. 지겹게도 지독한 감정.

"생각 없다. 나중에 전화할게."

휴대전화를 끊은 윤오가 들고 있던 커피를 한 번에 들이켰다. 이미 식은 커피가 빈속을 알싸하게 긁어내렸다. 그리고 그때, 손에 들고 있던 휴대전화에 메시지가 들어왔다.

- 아파트 앞이에요. 우리 만나요. 할 말이 있어요. -

은효였다. 짧은 메시지가 해독이 안 되는 듯 윤오는 그 글자들을 한 자 한 자 눈으로 더듬었다.

- 무슨 일이지? -

- 만나서 얘기해요. -

다시 돌아온 은효의 문자를 윤오는 한동안 노려보았다. 그러고는 천천히 자신의 말을 옮겨 적었다.

- 미안하지만, 오늘은 안 돼. -

- 기다릴게요. -

그리 길지 않은 시간, 또 한 번의 문자가 오갔다. 거실 창 쪽으로 다가간 윤오가 아래를 내려다봤다. 아파트 정문 쪽을 가늠하는 눈매가 저도 모르게 날카로워졌다.

할 말이…… 있다?

그의 머릿속이 복잡해졌다. 어쩌면 그가 궁금해하던 얘기를

비애

들을 수 있을지도 모른다. 당장이라도 튀어나가고 싶은 마음을 윤오는 꾹 눌렀다.

다시는 바보처럼 굴지 마라, 김윤오. 그 여자 농간에 넘어가는 것은 한 번으로 충분해.

"젠장!"

윤오가 한 손으로 거칠게 얼굴을 쓸어내렸다.

기다려? 누구 맘대로!

욱하고 치민 감정이 널을 뛰었다. 훅. 숨을 내쉰 그가 거친 숨을 가다듬었다.

기다리든 말든 무슨 상관이야!

윤오가 몸을 홱 돌렸다. 테이블 위에 놓여 있던 자동차 열쇠를 집어 들고, 동시에 방금 끊었던 전화의 발신을 눌렀다.

"어디로 가면 돼? 해장하자."

집을 나온 윤오가 뒤도 돌아보지 않고 엘리베이터에 올랐다. 수화기 저쪽에서 지민의 웃음소리가 가볍게 들렸다.

지민과 함께 찾은 곳은 학생 때부터 종종 다니던 단골 해장국집이었다. 김이 모락모락 오르는 그릇을 앞에 두었지만, 정작 몇 숟가락 뜨지 못했다. 해장을 하긴커녕 입 안이 더욱 씁쓸하고 깔깔해졌다.

"왜?"

지민이 물었다. 하지만 윤오는 입술 끝을 희미하게 올렸을 뿐

시원하게 대답하지 못했다.

"속에서 안 받는다."

"그거 말고. 김윤오, 너 고민 있지?"

자신의 몫을 금방 비운 지민이 물었다. 전형적 도시여자처럼 늘씬하고 세련된 외모와 달리 윤오가 알고 있는 윤지민은 털털한 성격이다. 그래서 결혼 얘기가 나온다 해도 곁에 두기 부담 없다. 서로의 진심을 알고 있으니까. 의미 없는 결혼은 서로에게 불필요하다는 걸 알고 있으니까. 적어도 김윤오에게는 그렇다. 그가 피식 웃었다.

"고민 없는 사람 있나?"

비교적 가볍게 털 듯 말한 윤오가 숟가락을 들었을 때였다.

"최은효…… 소식 알아?"

지민이 묻는 순간, 윤오의 움직임이 딱 멈췄다. 지민과 마주치지 않은 눈매가 꿈틀거렸다.

"한국 들어왔다더라."

대답하는 윤오의 목소리는 언뜻 들으면 평상시와 같았다. 반면 지민의 심장은 바닥으로 쿵 내려앉았다.

"알고 있었어?"

"어제 동문회서 들었어."

지민의 눈썹이 못마땅한 듯 꿈틀거렸다.

"누가 뭐래? 김윤오답지 않게 부연설명씩이나."

윤오가 아무렇지도 않은 표정으로 지민을 바라봤다. 그녀의

비애

두 눈이 둥글게 호선을 그렸다. 나이답지 않게 순진해 보였다.

"무슨 얘기하려고?"

"별 일 아냐. 나도 어쩌다 보니 들어왔단 소식 들었는데 그거 때문에 네가 고민인가 해서."

윤오의 눈매가 가늠을 하듯 가늘어졌다. 무슨 말이라도 흘린 것인가. 간밤 술에 만취하긴 했어도, 특별히 어떤 기억이 떠오르진 않았다.

"어제 내가…… 뭐라 했니?"

"아니, 그런 건 아니고."

지민 또한 아무렇지도 않은 듯 대꾸했다.

"내 노파심이야. 7년이나 지났어도 네가 여간 충격을 받았어야지. 이제 겨우 제대로 사나 싶은데. 그 여자 귀국해서 네가 신경 쓰일까 봐 물어봤어."

지민이 어깨를 으쓱해 보였다.

"상관없어. 아무것도."

"그게 보통 일이었니. 현우 오빠는 너뿐 아니라 나도 가장 믿던 사람이다. 그 오빠가 그렇게 뒤통수칠 줄 상상이나 했어? 아, 역시 생각만으로도 불쾌해."

"그 얘기, 안 하는 게 좋겠다. 다 먹었음 가자."

윤오가 지민의 말을 잘랐다. 밖에는 여전히 비가 오고 있었고, 기다린다고 했던 은효의 메시지가 머릿속에 어른거렸다. 지민과의 대화에 집중할 수가 없다.

"정말 잊었지? 너 가장 힘들 때 곁에 있어주지도 못한 여자 따위……."

따위……? 순간 지민을 향한 윤오의 눈빛이 날카로워졌다.

너도 모른다. 내게 최은효가 어떤 존재였는지.

그가 가장 힘들었을 때 곁에 있던 여자는 최은효이다. 그의 방황을 가장 가까이에서 지켜봤던 여자 또한. 적어도 그것만은 사실이었다.

"그 얘기, 그만해. 앞으로도."

윤오의 목소리가 경직된 것을 지민은 알아차렸다. 이 일에 대해서는 거의 입을 열지 않는 윤오지만, 그렇다고 여자에 대한 타인의 비난까지 용납하지는 않았다.

"알았어. 속상하니 말이 막 나오네. 두 사람이야 자기들 좋아 그랬다지만 남은 사람은 뭐가 돼. 그러니 너도 제발 이 일로 더는 힘들어하지 마라."

지민이 애교 있게 싱긋 웃었다.

"알았지, 친구?"

윤오가 피식 웃었다. 대답 없이 먼저 일어서 계산을 하러 나갔다. 그 뒷모습을 못마땅한 얼굴로 바라보던 지민이 가방을 챙겨 빠르게 따라 나갔다. 격의 없이 윤오의 팔짱을 끼고 그에게 매달렸다. 가벼운 차림으로 나온 둘은 다른 사람의 눈에는 연인으로 보일 법했다.

"우리 어디 갈까? 오랜만에 나왔는데."

비애

가게의 입구에서 밖을 흘끔 보던 윤오의 눈빛이 어두워졌다. 평소라면 매달린 지민을 여지없이 밀어냈을 텐데 지금은 머릿속이 한 가지 생각으로 가득 차 그녀가 하는 대로 두고 있다. 굵게 내리는 장대비가 그의 눈빛을 흐릿하게 했다.

"윤지민."

"응?"

"현우 선배……."

윤오가 기어이 목구멍에 막혔던 단어 한 개를 밀어냈다. 하지만 말은 더 이상 이어지지 않았다.

"선배는 들어왔단 말 없어. 아직 프랑스에 있을 거야."

그 정도야 너도 알고 있지 않냐는 듯 지민이 윤오를 빤히 바라봤다.

"거기서 계속 공부 중이라잖아."

현우는 전통민속학으로 전공도 바꾼 채 계속 공부 중이다. 부모의 반대도 무릅쓰고 근본 없는 여자와 외국에서 저들끼리 결혼을 했다. 그로 인해 집안과의 연도 끊은 채 살고 있는 막돼먹은 놈이 그들만의 세상에 알려진 이현우였다.

전통 있는 명문가의 종손. 누대로 이어오는 명망 있는 교육자 집안에서, 게다가 하나뿐인 아들의 짝으로 천애고아라 할 수 있는 여자를 인정하기란 녹록치 않을 터였다. 부모는 현우가 계속 공부하여 학자가 되기를 바란 것은 사실이지만 그 안에 반대하는 결혼을, 그것도 저들끼리 해치우리라고는 상상치 못했다. 그러니 부모의 분노는 여간한 게 아니었고, 지금도 여자를 며느리로 인정하지 않는 분위기라 했었다. 아들인 현우의 자존심 또한 만만치 않아 제 결혼에 반대한 부모에게 반발하여 거의 한국에 들어오지 않았다. 그것이 말 많은 이 동네서 떠도는 얘기이다.

"왜?"

지민의 말에 대답하지 않은 윤오가 화제를 바꿨다. 지금 가슴을 묵직하게 짓누르는 모든 것들을 무시하고 또 무시했다. 지금 불행하지 않기 위해선 어쩔 수 없다. 집착을 놓을 수밖에.

"차 가져 올 테니 기다려. 데려다 줄게."

윤오가 건물 뒤 주차장으로 가려고 몸을 돌렸다. 바로 지민의 볼멘 목소리가 따라왔다.

"이봐, 친구! 겨우 밥만 먹고 끝이야?"

"밥 먹으러 나왔잖아."

"야아, 그런 게 어딨어. 지금 들어가면 그냥 휴일 끝이잖니. 뭐라도 하나 해야지. 응? 윤오야!"

윤오는 호호 웃으며 자신의 팔짱을 껴는 지민을 물끄러미 바라봤다.

"왜? 뭐라도 묻었어?"

아니라고 대답했지만 지민이 새삼스러운 건 어쩔 수 없었다. 언제나 친구라고 생각한 윤지민이 요즘 들어 종종 이렇게 매달렸다. 그럴 때마다 윤오는 불편해졌다. 당장 자르지 않는 것은 윤지민 스스로 알아서 처신할 것을 믿고 있기 때문이다. 그때, 윤오의

비애

휴대전화가 울렸다.

- 김윤오, 어제 즐거웠냐? 집에는 잘 들어갔고?

이진수였다. 윤오의 눈매가 살짝 일그러졌다.

"무슨 일이야?"

윤오의 목소리는 친절하지 않았다. 용건만 말하라고 상대를 다
그쳤다.

- 이거 왜 또 생까고 그러시나? 벌건 대낮은 아니래도 볼 사람은
다 봤구만. 그래, 재미 좋았냐?

윤오의 인상이 험악하게 변했다. 이진수가 지금 어젯밤 얘기를
하고 있다는 것은 묻지 않아도 알 수 있었다.

- 야, 천만다행으로 알어. 술에 떡이 된 정훈 선배는 화장실서
쓰러지는 바람에 그 꼴 안 봤으니까. 그 선배 눈에 띄었으면, 동네
방네 소문 다 났다. 네 차 회색 벤츠 아냐? 어젠 검은색 끌고 왔지?
내가 너랑 최은효 아니라고 연막 좀 쳤다. 그거 아무나 하는 거 아
니다. 다 나니까 믿지.

이진수가 일견 으스대며 툴툴거렸다. 듣고 있던 윤오가 한 손
으로 얼굴을 쓸어내렸다. 상대의 말이 사실이든 거짓이든 지금 그
는 신경 쓰고 싶지 않았다.

"이진수."

윤오의 목소리가 위압적으로 깊게 가라앉았다. 상대가 움찔할
만큼.

"할 일 없어? 그런 연막 필요 없으니까, 할 일 없으면 봉사라도

155

나가서 밥이라도 푸지 그래?"

　신랄한 윤오의 말이었지만, 이진수는 낄낄대고 웃어젖혔다.

　- 안 그래도 오후에 나갈 거다, 새끼야. 너, 내가 얼마나 봉사정
신이 투철한지 모르지! 알려줄 것 있어서 전화한지도 모르고.

　가벼운 욕설을 섞어 투덜거리던 이진수가 흠흠, 목소리를 가다
듬었다.

　- 야, 최은효 별거 중이라는 소문 있었댔잖아. 시댁에서 걔 이혼
시키려 한다고. 너 진짜 사고 쳤다 해도 마음 놔라. 이미 오래전부터
별거 중이란다. 이건 내가 어제 확실히 들었다. 거의 돌싱인데, 뭐 어
때? 새끼, 그 얘기해주려고 전화한 것도 모르고.

　윤오의 안색이 어두워졌다. 더 이상 듣고 있는 것이 무의미하
다. 그는 이진수의 전화를 그대로 끊어버렸다.

비애

09.

비는 하루 종일 내렸다. 오후가 되면서 한여름 장대비처럼 거세지고 간혹 바람까지 휘몰아쳤다. 그 빗속에 은효는 서 있었다.

아아.

소리 없이 울었다.

「가. 선택의 여지가 없어. 이건 망설임의 문제가 아니야. 은효야, 제발.」

현우가 한 말 때문이 아니었다. 다시 고민하고 또다시 생각해도 이럴 수밖에 없는 것이, 이 방법밖에 남지 않았음이 그녀를 더욱더 시커먼 절망의 구덩이로 밀어 넣고 있다. 꾸역꾸역 희망을 꿈꾸는 것은 그래도 김윤오, 그를 만날 수 있었기 때문이었다. 아직까지는 그에게 실낱같은 희망을 걸어보고 있다. 그로 인해 세상이 그녀를 욕해도, 미쳤다 해도 은효는 견딜 수 있다. 지금 이 순간을.

괜찮아, 이런 것쯤. 어떻게 지켰는데. 더한 치욕도 견뎠잖아.

157

괜찮다고!

처음부터 두려워할 필요가 없었어. 넌 그때처럼 나약하지 않잖아!

누군가 심장을 쥐어짜는 듯했다. 1초, 그리고 또 1초. 시간이 흐르는 것이 온몸으로 느껴진다. 자신의 목숨 줄을 끊어서라도 그 시간을 잡고 싶다.

하느님, 나의…… 하느님!

하늘을 쳐다본 은효는 저도 모르게 쓰고 있던 우산을 던졌다. 우산은 발치 아래로 굴렀고, 굵은 빗줄기가 세차게 마른 그녀의 몸을 때렸다. 몸 전체가 당장이라도 부서질 것 같았다.

아아아.

목구멍에서 통곡이 터질 것 같았지만, 은효는 참았다. 누군가 자기 대신 피울음을 울어 달라 빌었다. 또 빌었다.

지금은 울지 마. 네 선택에 책임을 져.

은효는 으득 이를 악물었다. 아침 일찍 윤오를 기다리며 서 있던 그 자리 그대로였다. 하늘을 바라보던 시선이 고층 아파트 어느 곳을 헤맸다. 찬 빗물에 섞여 주르륵 뜨거운 것이 흘렀다. 빗줄기에 가려 타인은 볼 수 없는 그것.

한번쯤…… 당신을 용서할 수 있게 해줘. 내게 희망을 보여줘.

은효의 입술이 달싹거렸다. 온힘을 다해 억누른 울음이 저도 모르게 희미하게 흘러나왔다. 그런 시간이 얼마나 흘렀는지 모른다. 주위는 점점 더 어둑해졌고, 빗줄기는 여전히 그녀의 몸을 때

비애

렸다. 멍한 시선, 그리고 감각 없는 몸. 제가 선 곳이 어딘지 은효는 잠시 멍했다.

끝난…… 거야? 정말?

차라리 잘됐다고, 은효는 미친 사람처럼 웃었다. 김윤오와 자신의 악연을 비웃으며 그녀가 몸을 돌린 순간이었다. 누군가 그녀의 팔을 낚아채듯 움켜쥐었다.

흡!

은효가 급하게 숨을 들이켰다. 비에 젖어 파랗게 질린 입술이 달싹거렸다.

"선배……."

갑자기 나타난 윤오를 은효는 멍하니 바라보았다. 불현듯 눈앞에 우뚝 산이 솟은 것처럼. 힘이 빠져 휘청거리는 몸을 그가 잡았다. 내리던 비는 그가 씌운 우산으로 그쳤지만 그녀의 볼 위로 흐르던 물기는 쉽게 마르지 않았다. 그녀를 바라보는 윤오의 눈매는 차갑게 굳었다. 주위가 어둑해서 그의 표정이 잘 보이지 않았다. 화가 난 것 같기도 하고, 그냥 무표정해 보이기도 했다.

"할 말이 뭐야. 그 대단한 말……."

윤오가 말을 끊었다. 파랗게 질려 바들바들 떠는 은효의 입술을 뚫어져라 바라봤다. 훅. 거친 한숨이 터졌다.

"할 말을 여기서 그 꼴로 하려 했나?"

윤오가 은효의 팔을 잡아끌었다. 여자는 마른 검불처럼 힘없이 따라왔다. 아니, 완전히 윤오의 품으로 쓰러졌다. 마치 작정이라도 한 듯.

하!

쓴웃음을 넘기던 윤오가 우뚝 굳었다. 은효는 정말 힘이 한 톨도 남지 않은 듯 그의 미세한 움직임에도 따라 움직인다. 몸은 얼음처럼 차가워 마치 작은 얼음인형 같았다. 힘주어 안는다면 당장이라도 부서져 사라질 것 같다. 윤오의 온몸이 전기라도 맞은 듯 저릿해졌다. 으득 이를 물었다.

젠장! 이제 돌이킬 수 없다, 너.

한 여자에게만 느꼈던 욕망은 오래전 사라졌었다. 그렇다고 믿었다. 그런데 이 순간, 믿을 수 없게도 화산처럼 끓어올랐다. 움켜쥐면 한 줌도 되지 않을 여자의 허리를 당장이라도 으스러뜨리고 싶었다.

"너, 도대체 여기 얼마를 있었던 거야!"

윤오가 자신도 모르게 버럭 소리를 질렀다. 바들바들 떠는 작은 몸을 억세게 움켜쥐었다.

외면하고 또 외면했다. 지민을 데려다 주고 사무실에도 나갔다. 그러나 속수무책, 점점 더 굵어지는 빗소리에 떠오르는 것은 한 여자뿐이다. 미치도록 난잡하고도 어지러운 심상. 그런 여자를 기어이 만나러 나왔건만 윤오는 그저 화가 났다. 미련하다 욕하고 싶었다.

처음 만났을 때부터 이 여자는 그랬다. 무언가 하나를 생각하면 맹목적이다. 그에 대한 사랑도 그랬다. 무조건인 사랑을 퍼부

비애

었으니까. 아니, 그렇다고 그가 믿었으니까. 하나밖에 모른다고 생각할 만큼 순수해 보였으니까. 흑, 깊은 숨을 내쉰 윤오가 자신이 쓰고 있던 우산도 내던졌다. 그대로 은효의 몸을 번쩍 안아들고 아파트 입구를 향해 걸었다.

윤오는 은효를 자신의 집 현관 앞에 내려놓았다. 문을 열려는 그의 손을 이번에는 은효가 잡았다. 그의 커다란 손 위에 겹친 은효의 작은 손은 몸서리쳐질 만큼 차가웠다. 센서등도 꺼진 어둑한 현관문 앞, 마주친 윤오의 눈빛이 섬광처럼 번뜩였다. 여자의 눈빛이 흑요석처럼 빛났다. 그리고 물에 젖은 모습은 뇌쇄적이기까지 하여 윤오를 숨 막히게 했다. 이 게임은 이 여자의 일방적인 승리, 이미 전세는 뒤집을 수 없다.

"할 말이…… 있어요. 내게 기회를 줄 건가요?"

은효의 말소리가 가늘게 떨렸다. 뚫어질 듯 바라보던 그가 입을 열었다.

"네 의도, 알고 싶은 생각 따위 없지만 물어는 봐야겠어. 진짜 날 유혹이라도 하려는 건가?"

윤오의 말은 느릿했다. 그의 손끝이 천천히 비에 젖은 그녀의 젖은 셔츠 단추를 하나씩 타고 올라갔다. 손끝이 봉긋 솟은 가슴 부근을 야릇하게 스쳤다. 흡, 숨을 멈춘 은효가 그의 손을 꽉 잡았다. 마주친 눈빛이 묘하게 반짝였다.

"한다면, 넘어가…… 줄 건가요?"

은효의 목소리가 매끄럽게 흘러나왔다. 그리고 윤오는 은효의 목소리에 묻은 물기를 알아차리지 못했다. 그저 누군가에 대한 의리가 손톱 끝만큼 남아 떨고 있다고 생각했을 뿐이다.

손이 겹쳐진 그대로 윤오는 한참이나 움직이지 않았다. 새카만 은효의 눈동자를 뚫어질 듯 바라봤다. 그곳에 거짓이 들어 있나, 감정이라도 하는 듯. 그러다 그의 얼굴이 은효 가까이 바짝 다가왔다.

"언제나 유혹은…… 네가 먼저였다. 그때도, 지금도."

어둠 속에서 윤오가 속삭였다. 닿을 듯 말듯 숨결이 스쳤다.

"버티지 못해 넘어가던 것은 나였고."

남자와 여자. 불규칙적이고 뜨거운 숨결이 섞였다. 호흡이 멈추고, 공기의 흐름도 느껴지지 않았다. 심장이 고속으로 질주하고 있다. 훅! 거친 숨결이 단숨에 터지고, 폭발하듯 심장의 박동이 빨라졌다. 눈빛이 번뜩인 윤오가 힘껏 현관문을 열었고, 은효를 안은 채 빨리듯 그 안으로 들어섰다.

실내는 어둑했고, 거센 빗소리는 멀리서 들렸다. 방금 전까지 윤오가 어지럽고 사나운 심정을 누르려고 걸어 둔 장엄한 첼로 선율의 절정 부분이 거실을 가득 채웠다. 마치 심장 박동과 같이 선율이 격렬했다.

쿵. 윤오의 억센 손힘에 밀린 은효의 몸이 나무 벽에 닿아 작은 소리를 냈다.

비애

"흡!"

무자비하다, 라고 은효는 느꼈다. 윤오에게는 한 치의 배려도 느껴지지 않았지만 그것을 뭐라 할 틈도 없었다. 그녀의 젖은 얼굴을 두 손으로 부여잡은 윤오가 거칠게 입술을 맞췄다. 비 내음 사이로 날카로운 상대의 호흡이 용광로처럼 섞였다.

하……!

은효는 절망했다. 우습게도 윤오와 입술이 마주친 순간, 심장이 움찔거렸다. 아마 그것은 몇 차례 아슬아슬하게 스쳤던 그와의 접촉으로 인한 본능일지 모른다. 언제나 그녀에겐 오롯이 '남자'였던 이 남자. 오로지 그의 여자이길 바랐던 치기 어린 순정이 어디에 남았던 걸까. 그 감정이 떠올라 그녀를 괴롭혔다. 그녀를 '여자'로 만드는 한 남자를 만나 잠시나마 모든 것을 잊고 '여자'가 되고 싶다 하는 본능적인 반응. 그럼에도 경멸할 수밖에 없다.

안 돼! 정신 차려! 넘어가지 마!

비열할 만큼의 모멸감이 밀려들었다.

싫어! 당신 따위!

하지만 이율배반. 치열한 자기 분노가 일어나고 있음에도 상대를 향해 웃어야 한다. 지금 이 순간만큼은.

괜찮아……. 더한 것도 넌 견뎠어. 이 정도는 아무렇지도 않아.

은효는 몸부림쳤다. 마음을 감추기 위해, 그리고 이 순간을 넘기기 위해.

"미치겠군!"

윤오의 낮은 음성이 거칠게 갈라졌다. 바라보는 눈빛이 당장이라도 타들어갈 듯 뜨거워 은효는 고개를 돌렸다. 그가 움켜쥔 젖가슴이 저릿한 둔통을 일으키고, 젖꼭지가 홧홧해졌다. 은효는 낮게 신음했다.

"여기선 싫어."

은효가 고통스럽게 속삭였다. 윤오의 눈빛에 미심쩍은 기운이 스쳤고, 이내 오만하게 턱이 들렸다. 가소롭다는 듯 코웃음 쳤다.

"훗!"

그의 숨결이 은효의 귓속으로 스몄다. 몸속 깊은 중심부터 은효는 경직되어 떨었다. 어렴풋하기만 하던 그와의 섹스가 7년이나 지난 이 순간 하나하나 구체적으로 드러나고 있다. 그는 뜨겁고, 강렬했고, 매혹적인 남자였다. 모조리 한꺼번에 움켜쥐듯 그녀를 소유하고 장악했던 김윤오의 모든 것이 여린 심장을 폭풍처럼 휘몰아쳤다. 갈퀴처럼 할퀴려고 달려들었다. 터질 것 같은 신음을 은효는 기를 쓰고 눌렀다.

이렇게 하지 마. 날 달래지 마.

은효는 외치고 싶었다. 하지만 윤오는 아무것도 허용치 않았다. 하얗게 질린 그녀의 얼굴을 바라보다 그녀의 손을 자신의 남성 위에 바짝 붙였다. 커다랗게 불거진 그의 남성이 그녀의 작은 손아래서 꿈틀거렸다. 은효의 눈빛이 움찔거린 것을 윤오는 알아채지 못했다.

"네가 원하는 대로 하지."

비애

윤오가 악문 이 새로 말을 뱉었다. 그리고 이내 더 이상 참지 못하고, 그녀의 몸을 번쩍 들어 안았다. 거실을 가로질러 자신의 침실로 들어선 그는 은효를 침대 위에 던지듯 내려놓았다. 이제 무엇도 걸릴 것이 없었다. 모든 것이 폭풍처럼 질주했다.

7년의 시간. 여인보다 소녀에 가까웠던 여자는 이제 완연한 여인이 되었다. 그때처럼 부끄러워하지도 않았고, 오히려 그를 유혹하듯 움직임이 농염했다. 윤오가 물어뜯듯 입술을 삼켜도 놀라지 않았다. 오히려 거칠게 파고든 그의 혀를 제 먼저 아프게 빨아들였다. 저 먼저 손끝으로 그의 몸을 더듬고 움켜쥐었다. 어떤 절박함마저 느껴질 만큼 그녀는 간절했다.

"하아."

지독한 쾌감에 윤오는 눈을 뜨지 못했다. 언뜻 들린 젖은 한숨이 그를 떨게 했다. 그는 미친 듯이 은효의 입술을 빨았다. 내 것이라고, 네 모든 것은 이제 그 누구의 것도 아닌 내 것이라고.

문득 정신이 든 듯 윤오가 은효를 침대로 밀어 넘어뜨렸다. 충격으로 주춤한 그녀의 셔츠 자락을 양 옆으로 힘껏 잡아챘다. 우득. 거추장스럽던 젖은 옷가지가 찢기듯 벗겨 나가고, 눈처럼 하얀 브래지어가 불룩 솟았다. 그것마저 주저 없이 밀어올린 윤오가 우악스레 움켜쥔 젖가슴을 덥석 물고 힘차게 빨았다. 단단해진 중심을 혀끝으로 굴렸다.

"아!"

은효의 몸이 펄쩍 뛰어올랐다. 그것은 스스로도 예상치 못했던 반응. 자신도 모르게 몸부림치며 은효는 윤오에게 매달렸다. 찰나의 순간, 그를 느낀 몸의 감각이 선명해졌다. 다 벗은 몸이 부끄럽다는 생각도 지금은 잊었다. 빗줄기에 식은 겉과 달리 깊은 곳부터 뜨겁게 달아올랐다.

아, 안 돼. 이럴 순 없어.

눈물이 터질 것 같아 은효는 신음을 억눌렀다. 몰래한 일이 불빛 아래 드러난 것처럼 심장이 미친 듯이 뛰고 있다. 그녀는 급하게 손 내밀어 윤오의 옷을 벗기려 했다.

"건드리지 마."

하지만 여전히 돌아온 것은 차고 냉정한 목소리. 철저히 그녀를 거부한 그가 자신의 손으로 옷을 벗어 던졌다. 그 순간이다. 은효는 냉수 한 사발을 뒤집어쓴 듯 모골이 송연해졌다. 마른 불길처럼 일어나던 추악한 욕망이 순식간에 사라지고, 눈앞이 선명해졌다. 자신이 무엇을 하고 있는지, 무얼 위해 이 자리에 있는지 또한.

김윤오, 당신은 지금도 똑같구나. 오만하고, 철저히 이기적이고. 제가 아는 것만이 전부라 생각하는.

차라리 은효는 눈을 감았다. 그의 이런 모습까지도 사랑하고 받아들일 수 있다고 믿던 스무 살의 자신. 첫사랑, 그리고 처음이자 유일하던 남자. 진정 오만한 이는 그녀 자신이다. 그의 모든 것을 받아들이고 사랑할 수 있다고 생각했으니.

"눈 떠."

윤오의 낮은 목소리가 명령처럼 들렸다. 반짝 눈을 뜬 그녀의

비애

것과 마주친 그는 타오르는 화염 같았다. 당장이라도 그녀의 몸을 태울 듯 번뜩인다. 은효는 저도 모르게 몸서리쳤다. 계획하지 못했던 두려움이 밀려들었다. 도망가고 싶다는 생각이 불쑥 일어난 그 순간이었다.

"헉!"

전혀 예상치 못했던 순간, 그의 몸이 밀고 들어왔다. 도발적이고 충격적이었다. 한순간 경직된 은효가 윤오의 상체를 움켜쥐었다.

아, 아파…….

너무도 오래된 기억으로 은효는 눈물이 날 것 같았다. 처음 그날처럼 극심한 통증으로 숨을 쉴 수 없었다. 눈물이 또르르 눈가로 흘렀다.

"믿기지 않아."

윤오의 눈썹이 꿈틀 움직였다. 혼잣말처럼 중얼거렸다.

"여전히 이럴 수 있다니."

은효의 안은 뜨겁고 좁다. 숨도 쉬지 못하게 했고, 누구도 침범하지 못한 영역처럼 그조차 밀어내려 하고 있다.

"제발…… 움직여요."

아픔에 못 이긴 은효가 속삭였다. 바들바들 떨며 그의 남성을 악물고 옭아맸다. 그 역시 다급했지만 그는 비교적 여유를 가장했다. 입가가 희미하게 뒤틀렸고, 동시에 손끝으로 그녀의 가슴을 천천히 어루만졌다. 단단하게 솟구친 젖꼭지를 손톱 끝으로 자극했다.

"그…… 만."

은효가 절규하듯 속삭였다. 아랫배에 한껏 힘이 들어가고, 그녀의 몸이 참을 수 없어 부들부들 떨었다. 더불어 윤오의 인내 또한 바닥을 드러냈다. 어금니를 악문 남자의 관자놀이로 땀방울이 설핏 흘렀다. 올려다보는 은효의 눈빛이 흔들렸다.

"똑똑히 보고 말해. 내가 누군지."

"김윤오……"

윤오의 목소리는 거칠게 갈라졌다. 동시에 은효의 입에서 가느다란 음성이 새어나왔다. 마치 신음처럼. 혹, 내뱉은 그들의 호흡이 뜨겁게 엇갈렸다.

"여전히 믿기지 않는군."

혼잣말처럼 내뱉은 윤오가 은효의 두 허벅지를 힘껏 벌렸다. 어지러운 검은 숲 사이, 자신의 것이 그녀의 중심에 정확히 맞물린 것을 뚫어질 듯 쏘아봤다.

상대가 최은효라니.

널 잊었다. 아니다. 단 한 번도 잊어본 적 없다. 널 증오하지만, 미련한 나는 너를 잊지 못했다.

은효의 몸이 저도 모르게 움찔거려 윤오의 이마에 불끈 힘줄이 섰다. 여유를 두지 않고 그가 힘껏 허리를 튕겼다.

"헉!"

은효가 짧게 숨을 내뱉었다. 참을 수 없다. 이런 감각, 생각을

비애

못 한 것은 아니지만 예상했던 것과 차원이 달랐다. 견딜 수 있을 거라 생각했는데, 다른 생각이 스멀스멀 차고 있는 머릿속이 제대로 생각할 수 없게 한다. 아니, 더 정확히는 밀려드는 감각으로 눈앞이 혼미해지고 있어 은효는 더럭 겁이 밀려들었다. 잘한 걸까. 순간 갈등이 파고들어 은효는 저도 모르게 어금니를 악물었다. 윤오의 팔뚝을 힘껏 움켜쥐었다.

윤오 오빠…….

만약 그가 자신이 사랑했던 그 남자가 맞다면, 애원하고 싶었다. 여기서 그만두라고. 하지만 은효는 그럴 수 없었고, 윤오는 사정을 두지 않았다. 깊게, 더 깊게. 그녀의 몸통을 꿰뚫기라도 하려는 듯 그의 힘이 더해졌다. 액이 흘러 젖은 살과 살이 부딪치는 색정적인 소리가 규칙적으로 들리고, 흐느낌과 같은 여자의 신음이 간간이 흘렀다. 견딜 수 없어 은효는 격렬히 고개를 저었다.

"윤오 씨……."

그만해요. 제발. 이건 아니야. 이건 죄라고.

은효의 부름과 상관없이 윤오는 고개를 숙여 거칠게 그녀의 입술을 물어뜯듯 삼켜버렸다. 달뜬 숨결과 타액이 섞일수록 욕망은 거세지고, 쾌감은 묘해졌다. 맞닿은 육체는 거침없이 엉키고, 막을 수 없이 신음했다.

아아, 그만…….

윤오의 질주는 은효를 짓이기기라도 하려는 듯 여유를 두지 않았다. 억눌린 신음, 그리고 절정. 아주 오랜만에 느낀 쾌락과 욕망 앞에서 그는 기어이 탄성을 터트렸다.

아마 세상이 미쳐버렸을 거라고…… 은효는 생각했다. 그가 깊숙한 곳에 자신의 모든 것을 흩뿌리는 뜨거운 느낌으로 그녀는 전율했다.

그리고 은효의 눈물이 흐른 순간, 윤오가 그대로 그녀의 몸 위로 엎어졌다.

윤오가 번쩍 눈을 떴을 때, 제일 처음 느낀 것은 텅 빈 상실과 허무감이었다.

"최은효!"

윤오가 한 손으로 얼굴을 쓸어내리며 침대에서 상체를 일으켰다. 신음처럼 그녀의 이름을 꺼내 불렀다. 하지만 대답은 없었고, 이내 집 안을 둘러 본 그는 이미 은효가 이 집을 나갔다는 것을 깨달아야 했다. 휴대전화를 누르려던 윤오가 그대로 전화를 움켜쥐었다.

"젠장!"

훅, 한숨을 내 쉰 그가 거실 소파에 깊숙이 몸을 뉘였다. 지난밤의 일들이 눈앞을 어지럽게 스쳐갔다.

최은효, 최은효, 최은효!

미친 걸까. 꿈이었나? 윤오는 이를 악물었다. 결코 꿈일 수도 없는 일. 은효는 새벽까지 그와 함께 있었다. 고스란히 그의 품 안에. 그의 기억으로는 분명 그러했다.

비애

돌아와. 적어도 내 이성이 남아 있을 때.

은효가 돌아온 것은 우습게도 그가 다음 행보를 결정하기 전이었다. 그가 눈을 뜬 지 두 시간이 흐른 뒤였다. 오전이 채 지나지 않은 것은 최은효에게도, 그에게도 다행이라면 다행이었다.

"말없이 사라지려 했나?"

윤오는 소파에 앉아 있었고, 그 앞으로 다가온 은효를 향해 물었다.

"일주일만 함께 있어줘요."

은효는 그의 말에 대답하지 않았다. 오히려 도발적인 눈빛과 제안으로 그를 자극했다.

"일주일?"

물론 그는 피식 비웃으며 은효를 뚫어지게 바라봤다. 감정의 동요가 보이지 않는 눈빛이 허공에서 부딪쳤다. 그러다 순식간에 윤오의 눈빛이 변했다.

"최은효."

거실 소파에 앉아 있던 그가 자신 앞에 섰던 은효의 허리를 와락 잡아당겼다. 그대로 밀어 소파 위로 넘어뜨렸다. 검은 빛 소파 위에 그녀의 하얀 블라우스가 눈부시게 빛이 났다. 목이라도 조를 것처럼 윤오의 손이 그녀의 가는 목을 감싸 쥐었다. 마주친 은효의 눈빛이 파르르 빛나자, 그의 한쪽 입술 끝이 비릿하게 말려 올라갔다.

"내가 여전히 우스운 모양이다, 너."

윤오가 엄지손가락 끝으로 그녀의 살결을 부드럽게 문질렀다. 매끄럽고 하얀 피부 위에 조금씩 그의 손자국이 나기 시작했다. 그녀의 얼굴을 내려다보는 눈빛이 서늘하게 번뜩였다.

"제안? 네 얘기는 기어이 안 하면서 기껏 한다는 소리가 제안이라고?"

윤오의 눈매가 가늘어졌다. 흠칫 굳은 은효의 눈빛을 분석이라도 하듯 쏘아봤다.

"집에 다녀왔어요. 옷도 갈아입어야 했고."

"그 얘기가 아니잖아."

"별로 얘기하고 싶은 게 없으니까 하지 않을 뿐이에요."

은효가 아무렇지도 않은 듯 짧은 앞머리를 한 손으로 쓸어 올렸다.

"일주일의 의미는 뭐야? 다시 프랑스로 가기라도 한다는 말인가?"

은효를 내려다보는 윤오의 볼 근육이 꿈틀거렸다.

"이혼해."

그리고 연이어 한 마디를 툭 던지자, 은효의 눈빛이 흔들렸다. 하하, 소리 내어 웃고 싶은 것을 기어이 참았다. 오만한 눈빛, 그리고 제멋대로인 명령. 은효의 눈빛에 설핏 비웃음이 스쳤다.

"이혼하면 달라질 것이 있나요? 어차피……."

어차피? 윤오의 눈매가 실룩거렸다. 말문이 닫힌 그녀 대신 윤

비애

오가 입을 열었다.

"이 관계에 대한 결정권은 나한테 있어. 네가 얘기하지 않으면 내가 처리할 수밖에……"

윤오를 바라보는 은효의 눈빛이 흔들렸다. 눈빛 깊은 곳에서 희미한 아픔이 번져 나왔다.

"이런 단호함…… 그때도 한번쯤 보여주지 그랬어요."

윤오의 눈빛이 의혹으로 번뜩였다. 은효의 어조는 그를 비난하는 것이 아니었다. 오히려 체념에 가까운 것이라 윤오의 심기를 뒤틀리게 했다.

"날 믿지 못한 쪽은 너 아니었나?"

윤오가 천천히 자신의 가운을 벗어 소파 밑으로 떨어뜨렸다. 직선으로 뻗은 어깨와 군살 하나 없이 다듬어진 복근이 꿈틀거렸다. 그의 한 손이 은효의 어깨를 부드럽게 감쌌고, 다른 쪽 손은 느릿하게 블라우스 단추를 풀어헤쳤다. 분노와 달리 손에는 어떤 거침도 실리지 않았다.

"그런가요?"

은효가 힘없는 목소리로 중얼거렸다.

"하긴. 믿음 같은 건 존재하지 않으니, 중요하지도 않겠죠. 그러니 긴 시간은 바라지 않아. 일주일이면…… 돼요."

순간, 윤오의 손길이 우뚝 멎었다. 내려다보는 눈빛이 의심으로 번뜩였다.

"내가 싫다하면?"

"당신은 선택의 여지가 없어요."

은효가 한 팔로 그의 목을 감았다. 손끝이 닿은 곳을 천천히 쓰다듬었다. 감각적으로, 그리고 유혹적으로. 윤오의 숨결이 흐트러지는 것을 즐기기라도 하려는 듯.

"이미 넘어왔잖아요."

윤오의 눈매가 가늘어졌다. 뚫어질 것처럼 은효를 바라봤다.

"이유라도 말해."

"그냥…… 재미있지 않아요? 시간이 정해지면, 상대에 대한 몰입이 깊어지죠."

"그래서 일주일이라고?"

윤오의 입술이 비틀렸다. 그 끝에 비웃음이 서렸다.

"일주일이 지났다고 달라질 건 없을 텐데."

"자신하지 말아요. 누군가의 흥미가 떨어질 수도 있죠. 나나, 선배나……."

윤오는 잠시나마 은효의 말에 흔들렸다. 이 지독한 욕망이 모두 채워진다면, 아무 일 없었다는 듯 각자의 위치로 돌아갈 수 있을까.

"이대로가 좋아요. 나는 어떤 변화도 바라지 않아요."

커튼이 쳐진 무대. 어떤 것이 펼쳐질지 모르는 무대를 눈앞에 둔 느낌이다. 그 위에서 무엇이 벌어질 것은 분명한데, 정작 무엇인지 윤오는 짐작도 가지 않았다.

의심이 뱀처럼 고개를 쳐들었다. 그럼에도 윤오의 생각은 그곳

비애

에서 멈췄다. 그의 목을 감싼 은효의 손길이 더 이상의 생각을 불가능하게 했다. 차갑게 얼어붙은 심장을 단숨에 뜨거운 불로 만든다. 중요한 것은 지금 이 순간, 지웠다 생각한 그 여자가 제 품에 안긴 사실 한 가지. 그것이 어떤 결과로 나타날지 윤오는 당장은 생각하지 않기로 했다.

단 며칠, 몇 시간만이라도 아무 생각 없이 살 수만 있다면. 처음과 마찬가지로 이 여자에게 빠져들고 있다. 깊은 수렁처럼, 거침없이.

번개처럼 빠르게 윤오는 은효의 입술을 파고들었다. 읍. 급하게 들이켠 숨결에 서로의 혀가 얽혔다. 서늘하던 입술이 단번에 뜨거워졌다. 그런데 그의 몸을 끌어당기는 은효를 느낄수록 윤오는 의외로 느긋해졌다. 머릿속이 점점 더 선명해졌다. 그녀를 안달이라도 나게 할 만큼 입술을 비비고 머금는 속도가 느려졌다.

흥미라고? 훗!

단순한 흥미와 욕망이었다면, 이런 짓은 하지 않았다. 섶을 지고 불구덩이로 뛰어들었다는 것은 윤오 자신이 더 잘 알고 있다.

다시는 너 놓지 않아. 네가 느낄 쾌락도 괴로움도 모두 내 것이다. 나로 인함이다.

윤오는 은효의 얼굴에서 시선을 떼지 않았다. 그의 커다란 손이 길게 드러난 은효의 가늘고 하얀 허벅지를 더듬어 올라갔다.

으읏.

입술을 깨물어 신음을 참는 여자가 그를 자극한다. 도발하진

175

않아도 유혹은 은근했다. 더 치명적이었다. 은효는 7년 전과 달라진 것 없이 수줍어했고, 부끄러워했다. 어떤 의심도 들 수 없게 그의 이성을 휘감았다. 그에게 오로지 중요한 것은 지금, 여기, 제 곁에 최은효가 존재한다는 사실 한 가지.

윤오가 흐릿해진 눈빛으로 그녀를 쏘아보듯 내려다봤다.

네가 내게 원하는 것이 뭘까. 아무래도 좋아. 아직은 충분히 속아줄 수 있으니까.

윤오의 눈빛이 파릇하게 빛났다. 은효의 연약한 두 다리를 활짝 벌린 그가 고개를 숙였다. 파르르 떨리는 검은 숲을 입술로 헤치자 그녀의 허리가 펄쩍 들렸다.

"하지⋯⋯."

은효가 윤오의 머릿속에 깊게 손을 넣어 잡아당겼다. 뜨거운 숨결이 닿은 것만으로도 온몸이 파들파들 떨렸다. 애원하고 싶었다. 하지 말라고. 제발 이렇게까지 자신을 벼랑 끝까지 몰아대지 말라고. 그러나 시작도 못 한 애원은 묵살됐다. 그는 그의 남성을 미친 듯이 빨아 당기던 중심을 탐닉하기 시작했다. 그의 혀끝이 분홍빛 살점을 핥아 올리더니 그대로 입술로 삼켰다. 혀끝이 부드러운 곳을 끊임없이 자극했다.

"아홋⋯⋯ 아아, 홋!"

윤오의 손이 부드럽게 은효의 엉덩이를 움켜쥐었다. 천천히 다리 사이의 중심을 따라 쓰다듬을수록 경직되었던 그곳이 서서히 부드러워지기 시작했다. 그녀의 몸이 후드득 떨리며 촉촉하게 물기

비애

를 머금기 시작했다.

잊지 마. 다시 널 잃는 일 따위 없어.

비는 여전히 쏟아졌고, 열락은 끝이 없었다.

검푸른 새벽빛이 내린 창밖을 윤오는 오랫동안 거실 창가에 서
서 바라보았다. 아주 어두웠을 때부터였으니, 이미 한참을 서 있던
셈이었다.

머릿속이 쪼개질 듯 아팠다. 생각은 끊임없이 떠오르지만, 실마
리를 찾을 수 없어 윤오의 머릿속은 복잡했다. 지끈거리는 관자놀
이를 손가락으로 꾹꾹 누르던 그의 눈매가 희미하게 움찔거렸다.

「일주일만 함께 있어줘요.」

일주일……, 일주일? 하!

창 밖을 쏘아보는 윤오의 눈매가 점점 더 날카로워졌다. 잠을
못 잤지만 머릿속은 점점 더 선명해졌다. 생각이 길고 깊어질수록
어이가 없어졌다.

「자신하지 말아요. 누군가의 흥미가 떨어질 수도 있죠. 나나, 선
배나…….」

기껏 한다는 소리가.

윤오가 으득 이를 물었다.

최은효…… 이현우…….

이제 최은효를 떠올릴 때마다 자동적으로 함께일 수밖에 없는 남자의 이름이 그를 분노케 했다.

비애

10.

　입고 있던 티셔츠 위로 물이 쏟아졌다. 샤워기의 물줄기가 차갑고 거셌다. 그러나 은효는 수압 조절을 할 생각도 하지 못한 채, 제자리에 털썩 주저앉았다. 손에 쥐고 있던 것을 멍하니 바라보던 눈이 시큰거렸다. 결국 뚝뚝 눈물이 흘러 그녀의 몸 위로 세차게 쏟아지던 물줄기와 섞였다.

　미안해. 미안해……. 하지만 너도 알지? 7년 전으로 다시 돌아가도 내 선택은 같아. 널 만난 것을 후회하지 않아. 정말이야.

　은효가 두 손으로 얼굴을 가렸다. 기어코 억눌린 울음이 조금씩 새어나왔다.

　7년 전 그날. 은효의 생각이 자신의 아파트 현관문을 열던 그날로 되돌아갔다. 문 앞에 선 낯선 두 여자 앞에 그녀가 힘없이 섰다. 스물한 살의 초라한 최은효가 놀란 얼굴로 그들을 맞이했다.

　"최은효 씨인가요? 김윤오 알죠?"

179

40대쯤 됐을까. 한 눈에 보기에도 값비싸고 세련돼 보이는 차림의 여자였다. 결코 쉽게 접근할 수 없을 만큼 차가운 인상과 그만큼의 어조로 여자가 그녀에게 물었다.

"김윤오 엄마 되는 사람입니다. 잠시 얘기 좀 할까요?"

은효의 두 눈이 흠칫 커졌다. 윤오에게 부모 얘기를 듣지 못한 터라, 그녀의 놀람은 더욱 클 수밖에 없다. 그러고 보니 옆에 있는 젊은 여자는 낮에 윤오와 함께 있던 여자이다. 은효의 마음이 원인 모를 불안함으로 두근거리기 시작했다.

"들어가도 되죠?"

거절할 새도 없이 윤오의 모친, 문 여사는 이미 은효의 집 안까지 들어섰다. 당황한 은효가 그녀를 거실 쪽으로 안내했다.

"여기 혼자 살아요?"

아파트 실내를 훑어보듯 둘러 본 문 여사가 트레이에 음료를 받쳐 들고 온 은효를 향해 물었다. 그녀는 방금 전까지 은효가 앉아 석양을 바라보던 그 자리에 앉아 있었다.

"네."

"언제부터?"

"대학교 입학했을 때 이사 왔어요."

"그래요? 벌써 2년이 넘었다는 얘기네?"

문 여사 앞에 음료 잔을 조심스럽게 놓은 은효가 적어도 겉보기에는 담담히 대답했다. 하지만 속은 정반대다. 갑작스레 맞닥뜨린 문 여사가 당황스러워 손 안에 땀이 맺힐 정도였다. 심장이 조

비애

금 전보다 더 크게 둥둥 울리고 있다.

"연락 없이 찾아 와서 미안해요. 놀랐죠?"

문 여사가 이번에는 사람 좋게 웃었다. 은효의 긴장을 풀어주기라도 하려는 듯. 조금 전 들어설 때와는 전혀 다른 인상으로 보였다. 비영리법인인 영해재단 이사장의 알려진 모습대로 그녀는 우아했고, 처음 보는 사람은 설핏 속을 만큼 다정스러웠다. 그런데 은효는 상대의 이런 모습에 오히려 마음이 불안해졌다. 점점 더 손 안에 땀이 차기 시작했다. 바짝 바짝 입 안이 말랐다.

"괜찮습니다. 윤오 오빠가 부모님 얘기는 안 해서……"

"그래요. 안 했을 거야. 내가 그럴 줄 알았어."

문 여사가 깊게 한숨을 쉬었다. 미안함과 안쓰러움이 가득한 눈빛으로 은효를 바라봤다. 경멸은 잠시 감췄다.

"은효 양, 부모님 안 계시죠? 정말 내 딸처럼 생각해서 이렇게 왔어요. 나도 딸이 있거든. 윤오한테는 누나가 되지."

은효의 표정에 희미한 균열이 가기 시작했다. 섣부른 예감이 덜컥 심장을 내려앉게 했다.

"거봐라, 지민아. 함께 오길 잘했지? 나만 왔으면 내가 거짓말 하는 줄 알았을 거 아니니."

"네, 어머니."

은효의 시선이 문 여사와 함께 들어온 여자를 향했다. 처음 봤을 때부터 궁금했었다. 그녀 앞에서 윤오가 자신을 데리고 나왔었는데, 어떤 사이일까, 걱정도 했었다.

"내가 단도직입적으로 말할게요. 윤오가 지금 이래저래 상황이 많이 안 좋아. 제 부친과 의견이 좀 달라서."

은효는 차마 문 여사의 얼굴을 바라보지 못했다. 테이블을 향한 그녀의 눈빛이 어두워졌다.

"네, 들어서 알고 있어요."

"윤오가 살던 여기 아랫집은 제 누나 명의고. 경제적 지원이 다 끊긴 지는 오래라서. 학교 등록금이고, 생활비고, 지금까지 어찌어찌 버틴 모양인데. 고생 모르고 자란 애라 세상 어려운 걸 몰라요."

은효는 문 여사의 말을 묵묵히 들었다. 무슨 얘기를 하려는 걸까, 심장이 쿵쿵 뛰었다.

"윤오랑 어디까지 갔니? 윤오가 여기 드나들었지?"

은효의 눈빛이 움찔 굳었다. 문 여사의 어조는 달라지지 않았지만, 마치 비난처럼 은효의 심장을 찔렀다. 저도 모르게 얼굴이 화끈 달아올랐다. 게다가 젊은 여자의 시선이 견딜 수 없이 따가웠다. 지끈 입술을 문 은효가 간신히 입술을 열었다.

"그 대답은…… 하지 않겠습니다. 한 가지만 말씀드리면 오빠와 저…… 사랑하고 있어요."

"후."

문 여사가 짧은 한숨을 쉬었다. 난감하다는 듯 우아하고 매끈한 손으로 턱을 쓰다듬었다.

"은효 양, 내가 정말 걱정되어 하는 말이야. 혹시 주변에 의지

비애

할 어른 없어? 이렇게 어린 아가씨를 어떻게 혼자 내버려둘 수가 있지? 지금 세상이 어떤데…….”

은효의 눈빛이 어두워졌다. 부모님이 안 계셔서 막 자랐다는 소리였다. 심장이 밖으로 튀어나올 것처럼 쿵쿵 뛰었다.

“어머님.”

심호흡을 한 은효가 단정한 목소리로 문 여사를 향해 입을 열었다.

“저, 그렇게 본데없이 크지 않았습니다. 제가 어머님께 이런 말씀 들을 이유가 없어요. 저도, 오빠도 성인입니다. 어머님이 걱정하는 일, 없도록 할게요.”

“아니지.”

문 여사가 단호하게 은효의 말을 끊었다. 아래로 내리깐 시선으로 은효를 바라봤다. 설핏 말귀를 못 알아듣는다는 귀찮음과 무시가 눈빛에 드러났다.

“은효 양이 그럴 수 있었다면 처음부터 윤오를 말렸어야지. 내가 우리 지민이 볼 면목이 없어.”

우리 지민이? 시선이 아래를 향했던 은효의 눈썹이 움찔 움직였다.

“윤오가 약혼녀 있다는 말도 안 했죠? 얘들 졸업하면 바로 결혼한다는 말도 당연히 안 했을 테고.”

은효의 눈빛이 우뚝 굳었다. 심장이 콱 막혔다. 저도 모르게 윤오의 약혼녀라는 여자를 돌아보았다. 차분하고 이지적인 눈매가 그녀를 쏘아보고 있다. 견딜 수 없이 따갑게 느껴지던 그 눈빛. 은효의 심장이 무엇이라도 콱 찔린 듯 욱신대기 시작했다.

"좋아. 아무 일 없었다고 믿을 게요. 그게 서로에게 좋기도 하고."

은효가 입술을 짓깨물었다. 모멸감이 덮쳐 당장 입을 열 수가 없었다.

"그럼 이쯤에서 은효 양이 선을 좀 그어줘요. 아무리 가볍게 만난다 해도 이건 둘한테 모두 좋지 않아."

은효가 시선을 들어 문 여사를 바라봤다. 얼굴빛이 눈에 띄게 달라졌다. 호흡이 급격히 가빠지기 시작했다.

"가볍게…… 만난 적 없어요. 오빠도, 저도."

"그래요? 윤오는 그런 것 같지 않던데."

문 여사의 눈매가 둥글게 굴려졌다. 입술이 빙긋 호선을 그렸다.

"어린 아가씨한테 이런 말까지 하고 싶지 않았지만, 주변에 어른이 없으니 나라도 해야겠어. 남자 믿지 마요. 내 아들이지만 윤오도 남자야. 당장 자기 좋다고 쫓아다니는 여자를 왜 마다해?"

은효의 숨이 턱 막혔다. 흡, 들이켠 숨을 채 뱉어내지도 못했다. 꽉 움켜쥔 주먹이 바르르 떨렸다.

"그래도 얘들 머릿속에는 결국 누가 자기 짝인지 다 들어 있지. 우리 지민이만 봐도 그래. 결국 방황은 잠시라는 걸 아니까 기다리지. 안 그러니, 지민아?"

"그럼요, 어머니."

비애

문 여사가 아무렇지도 않게 묻자, 지민이 생긋 웃으며 대답했다. 그리고 문 여사의 말이 이어질수록 은효의 얼굴빛은 사색이 되었다.

"모두를 위해 은효 양이 이쯤에서 정리하는 것이 좋겠어. 다른 생각 갖지 말고……."

문 여사가 테이블 위에 봉투 한 개를 꺼내놓았다. 바라보는 은효의 시선이 어지럽게 흔들렸다.

"상처는 모두가 받았으니, 혼자 받았다고 생각하지 말아요. 이걸로 어디 여행이라도 다녀와요."

문 여사와 여자는 그 말을 끝으로 일어섰다. 여전히 그녀는 우아한 미소를 잃지 않았다. 은효는 그녀가 놓고 나간 황금빛 봉투를 오랫동안 바라보았다.

도무지 이 상황이 이해가 가질 않았다. 부글부글 끓는 속을 진정시키려 안간힘을 써도 지민은 그럴 수 없었다.

김윤오, 너 정말 여자가 있다고? 네가 나한테 이럴 수 있어? 네가 감히……!

운전대를 움켜쥔 지민의 손이 부들부들 떨렸다. 마르고 하얀 손등 위로 힘줄이 툭 불거졌다. 아무리 곱씹어 생각해도 김윤오에게 여자가 있다는 사실을 인정할 수 없었다. 어릴 때부터 은연 중 결혼할 사이로 정해져 그렇게 알고 자랐다. 자신이 한국에 없는 동안 아무리 상황이 어려웠다고 해도 윤오에게 틈이 생겼다는 것을, 그 틈을 타 여자가 생겼다는 사실을 받아들일 수 없었다.

윤오와 함께 있을 때는 차마 자신의 눈을 믿지 못했다. 그런데 지금 이 상황은 완전히 쐐기를 박은 꼴이잖나.

뭐? 사랑? 쫓아다니면 다 사랑이니? 아니야. 다 약아빠진 그년 때문이야. 윤오가 힘든 걸 알고 파고들었어. 고아에 가진 것도 없는 것이. 감히 제 주제를 알아야지!

지민이 으득 이를 갈았다. 분을 참지 못한 어깨가 들썩거렸다. 살면서 이런 모멸감은 처음 느꼈다.

어디서 감히 주제도 모르고 설쳐!

그때다. 그녀가 주시하고 있던 앞쪽 아파트 입구에서 누군가 걸어 나왔다. 상대를 뚫어져라 보던 지민이 들고 있던 휴대전화의 번호를 꾹 눌렀다. 방금 전 통화한 상대의 거칠고 굵은 목소리가 수화기를 통해 들렸다.

- 나오는 것, 확인했습니다.

상대는 전화를 건 그녀가 누구인지 단번에 알아차렸다.

"위협만 할 거야. 가볍게 해."

- 알겠습니다. 다시 연락드리겠습니다.

상대의 말소리는 그대로 끊겼다. 지민의 시선이 방금 한 여자가 지나간 거리 위를 스산하게 흘렀다.

삐요삐요.

앰뷸런스 소리가 요란하게 들렸다. 사람들의 부산한 뜀박질 소리와 고함이 한꺼번에 응급실 입구 쪽으로 향했다. 그 뒤를 이어 커다란 울음소리가 부산함을 날카롭게 갈랐다.

"선생님, 제발 좀 살려주세요! 우리 남편 좀 살려줘요!"

남편이 다쳤나 보다. 한 여자의 큰 목소리가 너른 응급실 안을 술렁이게 했다. 줄맞춰 놓인 종합병원 응급실 침상. 그중 한 곳에 누워 있던 은효의 시선도 입구 쪽을 향하다 저도 모르게 안도의 한숨을 내쉬었다.

까딱 잘못했다면, 큰 사고로 이어질 뻔했던 자신도 있지 않나. 교통사고라지만 검사결과로는 특별한 이상이 없고, 가벼운 찰과상 으로 마무리된 것이 천만다행이다. 속이 조금 울렁거리는 느낌은 컨디션 때문이리라, 은효는 대수롭지 않게 여겼다.

"어? 보호자 분 어디 가셨나요?"

그때 검사결과를 알려줬던 응급실 레지던트가 은효를 향해 다 가왔다. 긴 머리채를 질끈 묶은 응급의학과 레지던트였다. 한 가지 더 알아볼 것이 있다 하더니 이제 돌아온 터였다.

"전화한다고 잠시 나가셨어요. 그냥 저한테 말씀하셔도 돼요."

그녀가 찾는 보호자는 은효와 부딪쳐 가벼운 찰과상을 입힌 자동차 운전자였다. 40대로 보이는 그는 괜찮다는 그녀를 굳이 종 합병원까지 데려와 검사를 받게 했다.

"음…… 혹시 최은효 씨, 임신 사실 알고 있었어요?"

"네……?"

순간 은효의 눈이 커졌다. 지금 들은 말이 마치 다른 나라 말인 듯 제대로 알아듣지 못했다. 나이라도 가늠하려는 듯 그녀의 얼굴을 빤히 들여다보던 레지던트가 설핏 한숨을 내쉬었다.

"뭐라 그러셨어요?"

떨리는 목소리로 은효가 되물었지만, 레지던트는 대답하지 않았다. 그저 침상을 가리기 위해 커튼을 둘러쳤다. 촤르륵, 레일 소리가 들리고 그곳은 은효와 레지던트, 둘만의 공간이 되었다. 부산한 소음은 멀리서 들려왔다.

"피검사 결과로는 임신이 맞아요. 초음파 좀 볼게요."

레지던트가 침상 곁의 기기를 만지더니, 은효 앞으로 다가 앉았다. 그녀를 멍하게 바라보던 은효의 입술이 바르르 떨렸다.

"선생님, 전……."

목소리가 불안으로 흔들렸다. 레지던트가 그런 은효를 빤히 바라보았다. 가볍게 다시 한숨을 내쉬더니 앞머리를 쓸어 올렸다.

"몰랐나 보군요."

대답 대신 은효는 희미하게 고개를 끄덕였다. 바라보던 레지던트가 따뜻하게 입술을 올렸다. 마치 큰언니처럼 다독거렸다. 은효의 떨림을 모두 알고 있다는 듯.

"일단 정확히 확인부터 해요. 그리고 무엇을 해야 하나는 그 이후에 결정해요."

레지던트를 바라보는 은효의 눈빛이 흔들렸다. 두근대는 심장만큼 불안이 가득했다.

그녀, 윤지민이 응급실로 찾아온 것은 검사를 끝낸 레지던트

비애

가 자리를 뜬 직후였다.

「8주 정도 됐군요. 섣불리 생각하지 말고 남자친구와 상의해요. 우선 맞던 링거는 다 맞고.」

레지던트는 싱긋 웃으며 나름 위로를 했지만, 그런 말들이 은효의 귀에는 들어오지 않았다. 당장 지금도 누구와 연락을 해야할지, 그녀는 마음을 정하지 못했다. 침상에 누워 있긴 했어도 머릿속이 어지러웠다.

아이? 윤오와 자신의 아이라니.

너무도 생경한 단어. 시간이 갈수록 낯설고 두려워 은효는 몸서리를 쳤다. 언젠가, 라고 막연히 생각은 했지만, 이렇게 빨리, 이렇게 경황없이 덜컥 다가올 줄은 상상치 못했다. 은효의 심장이 옆 사람도 들릴 만큼 크게 뛰었다.

무얼 먼저 해야 해. 윤오 오빠한테…… 알려야겠지?

은효는 주저했다. 그의 어머니와 대동했던 한 여자의 얼굴이 떠올랐다.

약혼녀라니.

"하……"

어디에 숨겨져 있었는지 모를 진한 상실감이 깊숙이 밀려들었다. 어떤 얘기든 윤오에게 직접 물어야 하고, 이 얘기도 알려야 하는데, 그는 지금 연락할 방법이 없다. 들고 있던 휴대전화 속 윤오의 번호를 은효는 내내 들여다보았다.

왜 연락이 없어, 윤오 오빠.

은효의 온몸이 떨리기 시작했다. 막연한 불안이 밀려와 견딜 수 없었다. 그의 어머니의 등장, 그리고 생각지도 못한 아이의 소식. 만약 윤오가 그 얘기를 함께 들었다면 그는 뭐라 했을까, 은효는 궁금해졌다. 윤오가 연락한다 하고 나갔던 그날로부터 벌써 이틀이 지났다. 그는 어디서 무얼 하고 있는 걸까. 이런저런 생각으로 머리가 터질 것 같았다.

"견딜 만한가 봐? 너무 가벼웠나?"

그때, 크지도 작지도 않은 목소리가 들렸다. 응급실의 웅성거림 속에서 그 소리는 비교적 또렷하게 들렸다. 동시에 누워 있는 그녀를 향해 그림자가 다가왔다. 문득 시선을 돌린 은효의 눈빛이 흠칫 굳었다. 누구인가 생각할 틈도 없이 상대의 미소와 마주치자, 은효는 저도 모르게 몸서리쳤다. 그녀의 미간이 잔뜩 일그러졌다.

그 여자다. 지민이라 했던가. 윤오의 어머니가 그의 약혼녀라 말했던 여자.

"어떻게 여길……"

은효의 안색이 하얗게 질렸다. 그 틈을 놓치지 않고 가까이 다가온 지민이 그녀에게만 들릴 정도의 목소리로 입을 열었다.

"경고해주러 왔어."

은효의 눈빛이 흠칫 굳었다. 무슨 경고? 저도 모르게 경계를

비애

하며 몸을 움츠렸다. 덮고 있던 얇은 시트 안에서 손으로 배를 가렸다. 본능적인 반응이었다.

"오늘 사고, 너는 우연이라고 생각하니?"

지민은 희미하게 웃었지만, 은효의 표정은 완벽하게 굳었다. 무슨 말인지 알아듣지 못했다는 표정으로 지민을 쏘아봤다.

"우연 아니야. 경고만 한 거야. 그것도 가볍게. 아프지도 않지?"

지민의 표정은 당장 유쾌한 웃음이라도 쏟을 것처럼 일상적이었다. 하얗게 질린 은효와는 대조적이다.

"이 정도로라도 알아들었을 거라고 생각해. 좋게 말할 때 김윤오한테서 떨어져."

가볍게 말한 지민이 몸을 똑바로 세웠다. 놀라 눈은 커졌지만 입을 닫은 은효를 가소롭다는 듯 바라보았다.

"너 같은 것 주려고 내가 윤오 옆에서 아무 말 않고 계속 기다리는 줄 알아?"

지민의 눈에서 독한 빛이 번뜩이다 순식간에 사라졌다. 누워 올려다보던 은효 또한 아랫입술을 꾹 깨물었다. 천천히 몸을 일으킨 은효가 지민을 똑바로 쏘아보았다.

"그쪽은 윤오 오빠를 사람으로 생각하지 않나 봐요? 물건도 아닌데 준다는 소리나 하고……."

은효의 목소리에 질린다는 감정이 다분히 실렸다. 자신에게 이렇게 독하게 구는 지민이 이해가 되진 않았다. 심지어 불쌍하다는 생각이 들 정도다.

"얼마나 스스로에 대한 자신이 없으면……."

은효가 무서워하기는커녕 정곡을 찌르자 지민의 눈매가 단박에 매서워졌다.

"너 뭐 믿고 까불어? 윤오가 아무리 잘났어도 지금은 부모님 말 들어야 한다는 거 몰라? 소집영장 나와서 당장 훈련소로 들어가야 해. 가지 않을 방법이야 흘러넘치는데 걔가 왜! 하필! 지금 군대를 가야 하지? 이게 다 너 때문인 건 알아?"

지민이 몇 몇 단어에 힘을 주며 얄밉게 이죽거렸다. 은효는 동요를 감추기 위해 이를 악물었다.

입대해야 한다고?

새로운 사실을 들을수록 마음 한 구석이 또다시 무너졌다. 지민의 말대로 윤오가 입대해야 한다는 사실도 자신은 몰랐다. 은효의 눈앞이 순간 아득해졌다.

"윤오 오빠, 어디 있어요?"

"그것도 모르니? 확실히 김윤오한테 너란 존재는 별것 아니긴 하네."

지민의 입술이 얄밉게 말렸다. 핏, 가소롭다는 듯 웃었다. 바라보는 은효의 눈빛도 무겁게 가라앉았다.

"어디 있냐 물었어요."

"이봐. 모르잖아. 정말 별것 아닌가 봐, 너. 알려주고 싶지도 않네."

비애

웃던 지민의 얼굴 표정이 싹 바뀌었다. 은효를 표독하게 노려봤다.

"이게 마지막 경고야. 더 이상 윤오 앞에서 알짱대지 마. 다음 번은……."

지민의 눈빛이 독하게 반짝였다. 한 템포 느린 어조로 입을 열었다.

"진짜 죽여버릴 테니까……."

그 눈빛과 똑바로 마주친 은효가 밀리지 않기 위해 이를 악물었다. 눈앞이 빙글빙글 세상이 어지러웠다.

욕을 퍼붓고 싶었다. 그렇게까지밖에 하지 못한 스물한 살의 최은효에게, 그리고 여전히 나약한 스물여덟의 최은효에게도. 먼 기억 속 스물한 살의 최은효가 그랬듯, 7년이나 지난 지금의 은효 또한 그날은 생각만으로도 눈앞이 어지럽고 머릿속이 지끈거렸다.

"하!"

결국 견디지 못한 은효가 욕실 바닥에 엎드렸다. 그녀의 몸 위로 차가운 물줄기는 사정없이 쏟아졌다. 매섭게 몸을 때리지만 은효는 느끼지 못했다.

그날 이후 언제나 이렇다. 통증을 느끼지 못한다. 그날의 기억을 떠올린 몸을 으스러뜨리고 싶었다. 통곡을 한다 해도 돌이킬 수 없는 시간들.

"미안해, 미안해⋯⋯. 엄마가⋯⋯ 너무⋯⋯ 나약했어. 널 지키고 싶었을 뿐인데⋯⋯."

흐느낌 속에서 은효가 중얼거렸다. 물소리가, 빗소리가 그녀의 목소리를 완벽히 가렸다. 아니, 가릴 거라 생각했다.

욕실 문이 '쾅' 하며 열린 것은 그때였다. 두 손으로 입을 막고 울던 은효도, 막상 욕실 문을 열었지만 이렇게 큰 소리가 날 거라 생각지 못한 윤오도 한동안 어떤 말도 하지 못했다. 그저 놀란 시선이 허공에서 얽혔다. 이내 바라보던 윤오의 시선이 아연하게 뒤틀렸다.

너⋯⋯!

정신을 차린 것은 윤오가 먼저였다. 그는 머뭇거리지도 않고 큰 걸음으로 욕실로 들어왔다. 세차게 쏟아지는 샤워기를 잠그고, 은효를 안아 일으켰다. 가는 몸이 휘청거렸지만, 윤오는 거침없었다. 그녀를 벽으로 밀어붙인 채, 그는 의심으로 번뜩이는 눈빛으로 은효를 노려봤다.

"말해. 네가 내게 숨기는 거."

윤오의 음성은 나직하고 단조로웠지만 사나움을 감추지 못했다. 칼날을 품고 있는 눈빛이 파랗게 번뜩였다.

은효가 '일주일'이라는 시간을 제안했을 때부터 끝까지 의심해야 했다. 최은효를 다시 만난 후, 그가 번민하는 만큼 그녀 또한 그런 마음일 거라고 왜 막연히 그런 생각을 했을까. 뻔뻔하리만치

비애

빤한 얼굴로 7년 만에 다시 나타난 여자가 욕실에 몰래 숨어들어와 울고 있을 거라고 생각이나 할 수 있었나.

"그런 것 따위 없어."

파랗게 질린 입술로 은효가 대답했다. 자신의 감정을 이기지 못해 그녀의 입술이 파들파들 떨었다.

"대체 숨기는 게 뭐냐고!"

윤오의 얼굴이 확 일그러졌다. 저도 모르게 으르렁거렸다. 꽉 쥔 은효의 손에서 무언가 뺏으려고 그는 힘을 줬고, 은효는 뺏기지 않으려 기를 썼다. 그를 향한 은효의 입술이 비웃듯 비틀렸다.

"숨기는 거? 그런 거 없어!"

윤오의 목소리가 거친 만큼, 은효 또한 온몸에 가시가 돋친 듯했다. 마치 적을 앞에 둔 고슴도치 어미처럼 온 신경이, 감정이 곤두서 보였다.

"그런 거……."

은효의 심장이 울컥댔다. 수백, 수천 가닥으로 쪼개진 감정의 갈래들이 몰려들어 그곳을 엉망으로 휘저었다. 그중 하나가 울컥 목구멍으로 치밀어 그녀의 눈앞을 뿌옇게 만들었다. 아마 그것은 분노, 원망, 그리움, 안타까움……, 그리고 절망. 지난 7년 동안 은효를 지탱해온 그런 것들이 기어코 당사자인 김윤오를 앞에 두고 몰려들었다. 당장이라도 주저앉고 싶은 감정을 누르고 또 눌렀다. 두 눈이 새빨갛게 변했지만, 그녀는 용케도 감정을 눌렀다.

"없어."

은효의 목소리가 억눌려 새나왔다. 물기에 젖은 것인가, 의문이 들 찰나 그녀는 감정을 지웠다. 절망의 밑바닥에서 겨우 감정을 다잡고 추슬렀다. 감정이 사라진 얼굴 위로 설핏 웃음이 스쳤다. 언제나 울기 대신 웃어야 했던 몸이 본능적으로 움직였다. 은효의 입술에서 감정을 잊은 차가운 말이 냉랭하게 흘러나왔다.

"있을 리가 없잖아?"

그렇다고 단정 짓는 어조가 뚝 떨어졌다. 냉정이 지나쳐 오히려 부자연스러울 만큼 그녀는 경직됐다. 마치 밀랍인형처럼 하얗게 굳어 바라보던 윤오의 심장을 쿵 울리게 했다. 윤오의 눈매에 힘이 들어갔다.

"당신과 나, 욕망에 미친 대로 이 순간을 즐기면 돼. 그게 전부야. 생각할 필요 따위 없어. 간단하잖아."

은효의 어조는 가벼웠다. 어깨까지 으쓱거렸지만, 윤오의 눈빛은 변하지 않았다. 그는 은효의 얼굴을 뚫어질 듯 바라봤다. 눈가에 찰랑이는 물빛이 그의 심장을 쿵쿵 울리게 만든다.

"그게 다야? 이게 무언지 설명해."

어느새 은효가 쥐고 있던 것이 윤오의 손에 들렸다. 흠칫. 은효가 온몸으로 동요했다. 동시에 그녀의 손에서 힘이 쑥 빠져나가고 그녀의 어깨 또한 툭 떨어졌다. 눈빛이 멈칫한 그 순간, 생명의 빛이 꺼진 듯 그녀의 눈빛은 잿빛으로 변했다. 발뺌할 수 없는 순간, 은효가 두 눈을 꾹 감았다 떴다.

"임신테스트기."

비애

은효가 순순히 대답했다. 듣던 윤오의 눈썹이 움찔거렸다. 굵은 그의 목소리가 욕실 안을 낮게 울렸다.

"네 의도가 뭐야. 무슨 생각하는 거냐."

동시에 반발처럼 은효가 고개를 홱 들어 그를 노려봤다.

"생각 없어. 의도가 있을 만큼 난 영악하지 못해."

"그래?"

윤오가 은효의 말을 비웃었다.

"내가 알고 있는 것과 상당히 다르네. 그럼 왜 이걸 꺼내 들고 있는지 말해. 왜 숨어 울고 있는지 말하라고!"

벽에 닿아 뒤로 갈 수 없는 은효의 몸이 바들바들 떨었다. 윤오를 바라보는 눈빛이 마지막 힘을 내듯 화륵 타오르다 일시에 꺼졌다.

"임신 여부 확인했어."

단호한 목소리만큼 은효의 태도가 너무도 분명하고 당당했다. 그래서 윤오는 더욱 혼란스러웠다.

"당신도 나도 피임 같은 거 하지 않았잖아."

너무도 똑부러지는 말이라 한순간 윤오는 말문이 막혔다. 기분이 묘하게 뒤틀렸다.

"왜? 임신했으면 사후처방이라도 받으려고?"

순간, 윤오가 으득 이를 물었다.

"억지로 당했다는 말보다 더 기분 더럽군. 최은효."

윤오가 은효의 이름을 뚝뚝 끊어지게 발음했다.

"이 욕망엔 너도 함께 뛰어든 거야! 알아?"

윤오가 쥐고 있던 은효의 두 팔에 힘을 가했다. 그녀의 표정이 확 일그러졌다.

"그래서 확인하려고! 당신 약혼녀한테도 예의가 아니니까!"

"약혼녀?"

윤오의 눈빛이 사납게 번뜩였다. 엉겁결에 말을 뱉어둔 은효 또한 흠칫 몸을 떨었지만, 이내 시선을 돌렸다. 하지만 윤오의 손이 그녀의 턱을 잡아 돌렸다. 똑바로 바라보는 시선이 이글거렸다. 폭발할 듯 부딪쳤다.

"내 약혼녀? 무슨 소리야! 누가 내 약혼녀야!"

은효는 더 이상 말을 할 수 없었다. 윤오의 눈빛이 강철이라도 뚫을 듯 강렬해 마주 보는 것만으로도 힘에 부쳤다. 목이라도 졸리는 듯 숨이 꺽꺽 막혔다.

"다시 한 번 말하지만!"

은효가 이를 아득 물어야 할 만큼 윤오의 어조가 강했다. 눈빛은 파란 불꽃이 튈 것 같았다. 으득 문 잇새로 한 음절 한 음절이 뚝뚝 끊겨 흘러 나왔다.

"내게 여자는 너뿐이었어. 처음부터 지금까지! 그런 날 믿지 못하고 배신한 건 너야!"

은효의 눈이 점점 커졌다. 그러다 한계에 다다른 순간, 우뚝 굳었다. 동시에 화산이 폭발한 듯 흔들리기 시작했다.

"거짓말."

비애

은효가 씹듯이 말을 뱉어냈다. 불안하게 흔들리는 눈동자가 결국에는 윤오의 눈동자를 똑바로 응시했다.

"오빠는……!"

은효 또한 이를 으득 물었다. '선배'라는 호칭 대신 튀어나온 '오빠'라는 말을 의식할 틈도 없었다.

"하나도 변하지 않았어. 아니, 결코 변할 수 없겠지. 언제나 자기밖에 모르는 이기주의자! 당신은 내게 뭐랄 자격이 없어!"

은효의 눈빛이 파르르 떨었다. 그녀의 감정이 밖으로 분출되자 윤오는 오히려 여유로운 표정이 됐다.

"그래. 더해봐. 처음부터 이랬어야 해. 어설픈 유혹 따위를 감상할 게 아니라. 넌 처음부터 내게 하고 싶은 얘기가 많아 보였어."

"아니, 없어. 없어, 없다고!"

속으로만 꾹꾹 눌렀던 은효의 울음이 왁 하고 터졌다. 강하게 고개를 저었다.

"최은효!"

윤오에게 붙들린 두 손에 힘을 줘 은효는 그의 가슴을 팡팡 쳤다. 아무리 그래도 그는 흔들리지 않았고, 대신 그녀의 몸이 휘청거렸다.

당신이 그때도 이랬다면, 얼마나 좋았을까. 바람에 흔들리지도 말고, 버텨줄 수 있었다면. 그를 바라보는 은효의 두 눈에서 눈물이 주르륵 흘러내렸다. 앙다문 입술로 은효가 말을 내뱉었다.

"증오해. 당신을 좋아한다고, 당신의 모든 것을 감당할 수 있다며 쫓아다니던 스무 살의 나도! 몽상에 젖어 무엇도 책임질 수 없던 그때의 당신도! 모두 증오해!"

"은효야! 최은효!"

한꺼번에 감정이 몰렸다. 은효가 윤오의 품 안에서 벗어나려고 몸부림쳤다. 가까스로 그에게 잡힌 팔을 빼낸 그녀가 윤오의 몸을 힘껏 밀었다.

"비켜! 더 이상 당신 볼 일 없어! 처음부터 이건 아니었어! 당신한텐 기대할 게 없었어!"

"진정해, 최은효!"

불시에 일어난 일이다. 잡으려던 윤오와 그의 팔 안에서 빠져나가려던 은효 사이. 그를 피해 욕실을 뛰어 나가던 은효가 물기에 미끄러졌다. 쿵 소리와 함께 단발의 비명을 지른 그녀가 바닥에 주저앉았다. 초점 없는 두 눈이 저도 모르게 감겼다.

"은효야!"

당황한 윤오가 그녀를 번쩍 들어 안았다. 더 지체할 시간이 없다. 열린 문에 부딪친 그녀의 이마에서 흐른 피가 젖은 옷가지를 붉게 물들이기 시작했다.

비애

11.

하얀 벽 앞에 현우는 서 있었다. 사방 막혀 숨조차 쉴 수 없는 공간이 그의 숨통을 콱 막았다. 결국 버티지 못한 현우가 한 손으로 벽을 짚고, 다른 한 손으로는 입을 막았다. 오열이라도 쏟을까, 두려워졌다. 울 수 없다. 아직은 포기할 수 없으니까.

흡, 큰 숨을 들이켠 현우가 몸을 똑바로 폈다. 벽을 돌고, 또 돌면 맞닥뜨릴 곳에서 홀로 외로운 숨을 쉬고 있을 한 아이를 떠올렸다.

「빨리 와요. 나 안 보고 싶어?」

전화를 할 때마다 보채던 아이. 깔깔대며 웃는 아이의 웃음소리가 마치 천둥처럼 현우의 귓가를 울렸다. 그가 천천히 입을 열었다.

"왜……, 갑자기……. 어제도 이렇게까지는 아니었잖습니까."

현우의 눈빛이 절망으로 꺾였다. 시간이 있다고 판단했다. 하루하루 위태로웠지만 그래도 아이는 버틸 힘과 의지를 보였으니까. 그래서 움직이지 않는 은효를 내몰 수 있었다.

하지만 이 주말 동안 아이의 상태는 최악으로 치달았다. 아니, 아니다. 훨씬 이전부터 상황이 이렇다는 것은 알고 있었다. 의학에 기댈 수 없게 된 지는 이미 오래지 않나. 기필코 고치겠다고 데려갔던 미국에서도 더 이상의 방법은 찾지 못했다. 그러니 지금 와서 다른 방법이 튀어나올 리 만무했다. 어쩌면 당연한 수순이었을 테지만 그 시간이 너무도 빨리 왔다.

"최선을 다했지만……, 현재로선 더 이상의 방법이 없습니다. 죄송합니다."

오래도록 아이를 담당했던 주치의의 의학적 설명이 어제에 이어 오늘도 끝났다. 그럼에도 현우의 귀에는 단어 한 개도 들어오지 않았다. 그저 원하는 대로 해주겠다는 주치의의 말만 알아들었을 뿐이었다. 긴 밤을 잠 한숨 자지 못했던 현우가 깊게 가라앉은 목소리로 입을 열었다. 결심이 선 듯 표정이 결연했다.

"퇴원…… 하겠습니다."

깊은 침묵이 하얀 벽으로 막힌 복도에 떠다녔다. 그 안에 현우는 오랫동안 망연자실 서 있었다. 하얀 벽을 스크린을 삼은 듯 7년 전 그날들이 눈앞을 스쳐갔다.

가을을 재촉하는 비가 스산하게 내렸다. 깊이 다가온 가을, 심

비애

장이 서늘하고 서글퍼진다.

현우는 방금까지 통화를 하던 휴대전화와 진한 에스프레소 한 잔을 들고 창가로 다가섰다. 빗줄기는 세차게 유리를 때려 바깥 풍경조차 제대로 보이지 않았다. 저녁이 다 된 것처럼 어두컴컴한 바깥 풍경 위로 수심에 잠긴 그의 얼굴이 흐릿하게 떠올랐다. 지끈거리는 두통을 이를 꽉 물어 넘긴 그의 얼굴이 경련을 하는 듯 꿈틀거렸다.

「왜 그러니, 현우야. 아버지 말씀 들어. 바로 결혼하라는 것도 아니고, 약혼이라도 하고 가라는 건데. 아무리 집안끼리 나섰다지만, 그 아가씨도 너도 유학이 길어질 것 같으니까 에미도 걱정이 돼.」

어머니의 말씀이 현우의 머릿속을 울렸다. 명망 있는 유교학자이자, 교육자 집안의 장손. 그가 이행해야 할 의무인 대를 위해서라면, 어쩌면 지금의 나이도 늦은 것인지 모른다. 하지만 그는 선뜻 부모님 말씀을 따르겠노라, 입을 열 수 없었다. 몇 번 본 것이 다일뿐인 상대에게도 이것은 못할 짓이었다.

「마음에 둔 아이라도 있는 것이냐? 아니면, 혹시 다른 문제라도…….」

어머니는 기어이 주저하며 물으셨다. 겉보기에 멀쩡한 그가 이 나이가 되도록 애인은커녕 여자친구 하나 없었으니, 어쩌면 당연한 궁금증이시다.

「걱정하지 말고, 말해봐. 엄마가 함께 병원 가줄 테니까.」

「병원요?」

「비뇨기과라도 가야 되는 거 아니냐고.」

나이 드신 어머니의 걱정이 엉뚱하다는 생각으로 현우는 설핏 웃었다. 이내 그것이 부모님의 진지한 고민이라는 것을 깨달았다. 순간, 그는 하지 말아야 할 말을 입 밖으로 꺼냈다.

「말도 안 되는 걱정이세요. 사실은요. 저 사랑하는 사람 있어요.」

「정말? 아이고, 그럼 그렇지. 어디 네가 무턱대고 부모 말 안 들을 아이였냐. 그래, 어떤 아인데? 부모님 다 살아 계시고?」

현우의 심장이 철렁 내려앉았다. 어머니의 낯선 걱정에 그의 경계가 풀린 탓이었다. 상당히 오랜 시간 드러내지 않던 한 마디가 저도 모르게 튀어 나왔다.

「어머니, 그게…….」

결국은 끝까지 얘기하지 못했다. 말은 일파만파가 되어, 당장이라도 데리고 오라는 부친의 불호령이 떨어졌지만, 그는 뭐라 대답해야 할지 모를 곤란함에 빠졌다. 부모에게 거짓도 아니면서 거짓을 알린 자식이 돼버렸다.

거짓도 진실도 아닌 모호한 경계.

마음에 둔 사람이 있다. 그 사람과 지금 사랑하고 있다. 미치도록, 치열하게. 자신을 부정하고 싶을 만큼. 세상이 일반이라 부르는 사랑이 아니라 대답할 수 없었을 뿐이다.

어른이 되기 전까지, 그는 자신이 지극히 평범한 사람이라고 생각했다. 비록 여자에게는 관심조차 없을지언정. 자신과 같은 성을 가진 남자에게 관심 갖는 제 자신이 말할 수 없이 한심스럽다

비애

생각하면서도. 그래서 여자들을 더 챙겼을 것이다. 두 배, 세 배의 관심을 보이는 척하면서.

운명은 언제나 제 의지와 상관없이 다가왔다. 제대 후 복학을 앞둔 가을, 훌쩍 떠난 유럽 배낭여행에서 그를 만났다. 가을이 익어가던 포도농장에서.

「Je t'aimerai toujours.」

그날 밤, 그의 목소리가 지금도 생생하게 떠오른다. 무수히 많은 시간을 부정하고, 또 부정했지만, 끝내 받아들일 수밖에 없었다. 아니면, 살 수 없었을 테니까. 마음을 잿빛으로 죽인 채, 세상을 살아내기란 제게도 가혹한 일일 테니까.

죄송합니다, 아버지…… 어머니…….

"하."

창밖을 바라보던 현우가 시선을 돌렸다. 유학 관련한 서류가 잔뜩 놓인 책상 위에 언뜻 시선이 머물다가 그대로 표정이 사라졌다. 짙은 한숨이 목 끝에 걸렸다.

「당장은 사정이 있고요. 조만간 데려오겠습니다.」

급한 대로 미봉책을 썼지만, 언제까지 부모님을 속일 수 있을지는 모른다. 현재로선 이것이 최선이다. 적어도 끝까지 부모님은 모르셔야 한다. 혹시 알더라도 아주아주 훗날이길. 최소한의 시간이길.

현우는 들고 있던 휴대전화로 저장번호 검색을 시작했다. '컨설팅'이라고 저장된 번호를 찾아내고는 통화버튼에 손끝이 닿았다.

그러나 한참 동안 그는 그대로 움직이지 않았다.

「입금만 하시면 바로 결혼진행 가능합니다. 절대 비밀보장하고요. 계약된 기간 내에서는 그쪽도 최대한 선생님께서 원하는 것을 맞춰줄 겁니다. 절대 도망 안 가고. 뭐, 마음 바뀌시면 계속 살아도 되고. 사전에 만나서 서로 익숙해지실 시간이 좀 필요하고요.」

그가 한국에 없는 동안, 이곳에서 그의 아내 역할을 해줄 여자와 익숙해질 시간…….

이건 누구도 손해 보지 않을 거래였다. 그런데 왜 망설일까. 현우가 두 눈을 꾹 감았다 떴다.

눈매를 가늘게 뜬 그가 통화 버튼을 누르려던 그때였다. 그가 들고 있던 휴대전화의 진동이 울렸다. 은효라고 뜬 발신인을 확인한 현우의 미간이 슬쩍 일그러졌다. 어제 본 은효의 안색이 안 좋았던 것이 못내 마음에 걸리던 차이다.

"어, 은효야."

지끈거리던 머릿속까지 은연 중 나아지는 느낌이었다. 착하고 선한 후배, 세상의 번잡함이 그녀만큼은 빗겨간 듯 바라보는 것만으로도 기분이 좋아지는 여자이다. 천천히 미소가 돌던 현우의 표정이 우뚝 굳었다. 수화기 너머로 들리는 은효의 숨소리가 심상치 않은 탓이었다.

"은효야, 왜 그래? 무슨 일 있니?"

- 선배…….

"왜 그래? 아파? 계속 아팠어?"

비애

현우의 목소리가 다급해졌다. 벌떡 일어나 좁은 방 안을 이리 저리 걸으며 불안해진 마음을 달랬다.

"지금 어디야?"

- 선배, 나 좀 도와줘요…….

수화기 너머에서도 빗소리가 들렸다. 은효의 목소리는 힘이 전혀 없었지만, 다급함이 묻어났다. 현우는 조바심이 일었다.

"은효야, 너 밖이야?"

- 아파…….

"아파? 바보야, 아픈데 밖에 나와 있음 어떡해! 어디야! 윤오한테 연락하고 나도 바로 갈 테니까…….."

그때였다.

- 안 돼!

다 죽어가던 은효의 목소리가 고함처럼 들렸다. 현우의 표정이 흠칫 굳었다.

- 선배만 와줘요. 제발……. 아무한테 연락하지 말고…….

은효의 목소리가 점점 더 멀어졌다.

- 약속해…… 응?

"아, 알았어. 어딘지만 말해."

은효의 말소리가 사라진 대신 수화기를 타고 주변의 웅성거림이 들려오자 현우는 더욱 당황했다.

"은효야, 은효야!"

아무리 그가 불러도 은효의 목소리는 그대로 끝이 났다.

- 이분 아는 분입니까?

그리고 그녀의 목소리 대신 낯선 남자의 목소리가 수화기를 타고 흘렀다.

"네…… 무슨 일입니까? 은효는 어떻게 됐어요?"

- 이 여자 분이 은효입니까? 제 앞에 걸어갔었는데요. 코너 돌던 오토바이와 부딪칠 뻔했어요. 아, 부딪치진 않았어요. 그런데 조금 더 가더니 쓰러지더라고요. 지금 아래쪽이 피에 흠뻑 젖었어요.

"피요?"

현우가 또다시 외쳤다. 머릿속이 혼란스러웠다.

- 앰뷸런스 불렀으니 올 겁니다. 가장 가까운 종합병원이 K대학병원이니까, 그쪽으로 오세요.

다급하던 남자의 목소리도 더 이상 들리지 않았다. 그대로 끊어진 수화음이 뚝…… 뚝…… 날카로운 소리를 내고 있다.

현우의 심장이 덜컥 내려앉았다. 앞뒤 가릴 것 없이 방문을 열고 뛰어 나갔다.

지민이 병원에서 문 여사가 살고 있는 집으로 온 것은 저녁이 다 되어서였다. 비 오는 정원을 지나 현관문을 열고 전실로 들어선 그녀는 저도 모르게 멈칫 제자리에 섰다. 아무리 비 오는 저녁이라지만, 집안 분위기가 너무도 어두운 탓이었다. 낮은 조도뿐 아니라 거실 가득 흐르는 레퀴엠 선율은 독기 서린 그녀의 마음만큼 우중충하게 들렸다.

비애

결혼하면 외국 나가 살자 해야겠어.

윤주와 윤오가 함께 살 때도 원래 조용한 집이었지만, 이 정도 는 아니었던 것 같다. 오랜만에 귀국해서 그런가. 문 여사의 이런 모습이 왠지 낯설었다.

"뭐 하니, 지민아. 왔으면 들어오지 않고."

문 여사의 목소리가 문득 들렸다. 이내 지민은 화사한 웃음을 지으며 안으로 들어섰다.

"저녁은 집에 가서 먹어도 됐는데요."

저녁은 조금 기다려야 한다는 아주머니의 말을 듣고는 지민은 문 여사의 맞은편 소파에 얌전히 앉았다.

"내가 오늘 지민이한테 고마워서 그러지. 너 아니었으면, 내가 윤오 말만 믿을 뻔했잖니. 여자애가 들러붙을 건 생각도 못 하고. 윤주도 없고. 밖에서 먹으려 했는데, 내가 몸살 기운이 좀 있어서 나가질 못했네."

"아니에요, 어머니. 요즘 신경 쓰실 일 너무 많으셨잖아요."

"그건 그렇다. 괜히 두통만 더 심해지고."

문 여사가 한 손끝으로 관자놀이를 꾹꾹 눌렀다. 자리에서 벌 떡 일어난 지민이 문 여사의 뒤로 가더니 제 손으로 그녀의 관자 놀이를 마사지했다.

"괜찮대도 그러니."

문 여사도 말로는 하지 말라 하지만, 입안의 혀처럼 구는 지민 이 싫지 않아 보였다. 어쨌든 문 여사가 오늘 그녀를 윤오의 약혼녀라 소개를 해줬으니, 지민의 입장에서야 고맙기 짝이 없다.

"아버님은 오늘 늦으세요? 저녁 식사라도 함께하고 싶었는데요."

"회장님이야 항상 늦으시는걸. 그런데 지민아. 아까는 어딜 그렇게 급히 간 거니?"

은효의 집에서 나온 후, 지민은 일단 문 여사와 헤어졌었다. 문 여사가 그 일을 떠올리자, 지민의 표정이 자못 의기양양해졌다.

"어머니, 아까 그 여자 집에서 나오실 때요. 여간해서 안 떨어질 것 같다고 하셨죠?"

문 여사가 무슨 말이냐는 듯 시선만 들어 지민을 올려다봤다.

"누구 하나 다치기라도 해야 정신 차리고 몸 사리겠다고 그러셨잖아요."

문 여사가 이번에는 고개를 돌려 지민을 바라봤다. 무슨 말인지 모르겠다는 표정이었다.

"그게 무슨 말이니? 내가 그런 말을 했다고?"

"아……."

지민이 멈칫했다. 분명 자신은 들었는데. 혼잣말이 아니었으니, 자신까지 똑똑히 들렸으리라. 하지만 문 여사는 어림도 없다는 듯 손사래를 쳤다.

"설마. 네가 잘못 들은 건 아니고?"

지민의 표정이 설핏 굳었다. 잘못 들었을 리가 없다. 그 얘기는 분명 문 여사로부터 시작된 얘기였다. 문 여사가 왜 이렇게 정색을

비애

하는지, 지민은 이미 알고 있다.

흣. 이제와 발뺌하시네.

뭐, 아니라도 특별히 상관은 없었다. 그 일로 그 계집애가 정신을 차리면 다행이니까. 더불어 조용히 사라지기까지 해준다면, 자신도 더 이상 손 쓸 이유가 없다. 물론 문 여사의 생각도 그럴 것이다. 지민의 표정이 이내 밝아졌다.

"맞아요. 제가 잘못 들었나 봐요. 어머니나 저나 걱정이 지나쳐서."

지민이 문 여사를 향해 싱긋 웃었다. 문 여사 또한 '얘는, 참.' 하며 가볍게 눈을 흘겼다.

"이제 정말 걱정하지 마세요. 걔는 더 이상 윤오한테 들러붙지 못할 거예요."

문 여사가 의심스러운 눈빛으로 지민을 바라봤다.

"네가 그걸 어떻게 장담하니."

"윤오 지금 잘 있는 건 확실하죠?"

지민의 물음에 문 여사는 옅은 한숨을 내쉬었다.

"안 그러면 어쩌겠어. 애가 고집을 안 꺾으니 안 가도 될 군대까지 가야 하고. 갔다 와서도 문제긴 하지. 헤어진다고 못을 박은 게 아니니."

"전화위복으로 삼아요, 우리. 윤오도 걔도 이제 서서히 서로에게 질릴 거예요. 이미 병원 한 번 다녀왔으니."

"병원?"

211

무슨 말이냐는 뜻으로 문 여사의 한쪽 눈썹이 위로 치켜올라
갔다.

"어머. 제가 그 여자 오늘 교통사고 났었단 말씀 안 드렸나요?"

"그래?"

지민의 눈빛이 낮은 조명 아래 번뜩였다. 바라보던 문 여사 또
한 흥미가 동한다는 듯 다가앉았다.

어딘가에서 떨어지는 빗방울 소리가 규칙적으로 들릴 뿐, 병실
은 조용했다. 은효가 내쉬는 연약한 숨소리마저 선명히 들릴 듯했
다. 병실 창문 앞에 서서 바깥을 바라보던 현우가 흘끔 시계를 봤
다. 응급실에서 올라온 이후 하루가 지났다. 은효는 자다 깨다를
반복하고 있었고, 현우의 상념은 깊어만 갔다.

한숨을 내쉬며 그가 돌아서던 찰나였다.

"선배님."

문득 목소리가 들려 현우가 시선을 돌렸다. 언제 일어난 걸까.
침대에서 몸을 일으킨 은효가 그를 바라보고 있다. 이제 완전히
정신이 돌아온 건가. 현우가 급히 그녀 곁으로 다가섰다.

"언제 일어났어? 괜찮아?"

"아이는요?"

그가 말을 마치기도 전이었다. 은효가 절실하고 다급한 표정으
로 물었다. 두 눈에는 당장이라도 터질 것 같은 물기가 가득이다.
바라보던 현우가 하, 작은 숨을 내쉬었다.

비애

"묻는 거 보니 알고 있었단 말이네."

현우의 말이 추궁이 아님에도 은효는 고개를 숙였다. 죄라도 지은 것처럼 가는 어깨를 떨었다.

"무사해. 괜찮대. 유산방지주사도 처방받았어."

그 말이 은효의 눈을 번쩍 뜨게 했다. 다시 고개든 그녀를 똑바로 보고 현우가 말을 이었다.

"하지만 네가 계속 이렇게 불안정하면 앞으로는 알 수 없대."

현우를 바라보던 은효의 눈동자가 우뚝 굳었다. 눈도 깜빡이지 못하는데, 이내 투명한 눈물이 뚝뚝 떨어져 흘렀다. 바라보던 현우의 눈빛이 검불처럼 흔들렸다. 견디지 못한 그가 시선을 돌린 채 의자를 끌어 은효의 곁에 앉았다.

"말해봐. 윤오 아이지?"

은효는 입을 열지 않았다. 현우의 목소리는 여전히 다정하고 조심스러웠다.

"네가 어떤 말이든 해야 내가 도와주지."

"그 사람 아이 아니에요. 제 아이예요."

은효의 어조가 명확했다. 현우를 바라보는 눈빛마저 또렷했다. 마주 보는 현우의 눈빛이 어두워졌다.

"윤오는 모르니?"

은효는 대답 대신 희미하게 고개를 끄덕였다.

"그랬구나."

"저도 안 지 얼마 안 됐어요."

"윤오한테 알리자. 윤주 정도면 윤오와 연락 닿을 거야."

현우가 주머니에 넣어뒀던 휴대전화를 꺼내 전화번호를 찾기 시작했다. 하지만 이내 그의 행동이 멈췄다. 그의 팔을 붙든 은효의 눈빛이 간절하다.

"하지 마요. 제발……."

"너 혹시 윤오……."

현우가 머뭇댔다. 여러 가지 생각들이 머릿속을 뒤헝클어 놓는다. 묻고 싶은 것을 차마 입 열어 묻지 못하는데, 오히려 은효가 담담히 고백했다.

"네. 오빠네 어머님 만났어요. 나보고 행실 똑바로 하라셨어요."

한동안 침묵이 흘렀다. 현우는 결연한 은효의 눈동자를 바라만 볼 뿐이었다.

"그랬구나."

더 이상 어떤 말로 설명하지 않아도, 어떤 말들이 오갔을 거라는 것쯤은 현우 또한 쉽게 짐작할 수 있었다. 그가 아는 윤오의 부모님이라면 충분히 예상할 수 있다.

"가치관이 다른 분들이야. 네가 무슨 말을 듣고 상처받았을지 알겠어."

현우가 하, 한숨을 내쉬었다. 어떤 말로 어떤 위로를 할까.

"그런데 은효야. 그분은 그럴 수밖에 없었다고 인정해. 그럼 네 마음이 편해질 거다. 중요한 건 윤오지."

"그런 건 아무래도 좋아. 나와는 상관없어요."

비애

담담하게 말하던 은효의 눈빛이 간절하게 변했다. 추운 듯 두 팔로 자신의 어깨를 감싸 안았다. 의도적인 차사고, 병원에 나타난 지민, 연락할 수 없는 윤오…….

"무서워요, 선배."

"뭐가?"

"무서워……."

은효는 바르르 몸을 떨었다. 바라보는 현우의 눈빛이 안타까워 일그러졌다.

"왜 그래, 은효야. 응?"

그때였다. 침상 옆 수납장 위에 놓았던 은효의 휴대전화가 울렸다. '혹시'라는 마음이 은효도, 현우도 들었다. 시선이 마주친 현우가 휴대전화를 들어 은효의 손에 쥐어주었다.

"받아봐."

윤오의 번호는 아니었지만, 윤오일지도 모른다. 울리는 전화를 내려다보는 은효의 눈빛이 갈피를 잡지 못한 채 흔들렸다.

"여…… 보세요?"

- 목소리가 아직 좋군요. 병원 다녀왔다 들었는데.

"누구……!"

은효의 입술이 달싹거렸다. 그러다 흡, 숨을 멈춘 채 두 눈이 커졌다.

- 전화번호 어떻게 알았냐는 건 묻지 말아요. 그런 것쯤은 일도 아니니까.

은효는 차마 아무런 말도 못한 채, 입술을 짓깨물었다. 전화를 들고 있는 손이 바르르 떨렸다.

"왜 그래, 은효야. 누군데 그래?"

보고 있던 현우가 기어이 참지 못한 채 물었다. 문득 수화기 저쪽의 목소리가 다시 들렸다.

- 지금 남자와 같이 있어요? 행실이 좋아 보이진 않더라니.

'흡' 숨을 들이켠 은효가 저도 모르게 현우를 등지고 돌아앉았다. 꿀꺽 마른 침을 삼켰다.

"그런 것, 아니에요!"

자신이 왜 이런 변명을 해야 하나, 생각지도 못했다. 그저 마음이 초조하고 다급해졌다.

- 어쨌든. 난 아가씨가 더 이상 욕심 부리지 않을 거라 생각해요. 그 우연인 사고……, 또 일어나면 어떡해요? 나중에 더 다치고 나서 후회할래요? 그리고 나는 아가씨가 혈혈단신인 줄 알았는데, 시골에 이모라 부르는 분이 계시더군요. 맞아요?

"왜 이러세요. 나한테 왜……!"

- 그 이모한테 아들과 딸이 하나씩 있고. 남편과 아가씨 앞으로 된 과수원을 관리하고 있던데. 아가씨 집이 시골에서는 유지 소리 듣고 살았나 봐. 그 사람들도 시골에서 계속 평안하게 사는 것이 좋겠죠? 과수원도 아무 일 없고.

은효가 한 손으로 제 입을 틀어막았다. 비명이 터지려 했다. 눈앞이 노랗게 변했다. 은효의 모습은 당장이라도 쓰러질 것처럼

비애

위태로웠다.

"건들지 마요. 그분들은…… 제발……."

- 아. 내가 뭐라 했나?

"헤어질게요. 아니, 헤어졌어요. 다시는 오빠 만날 일 없어요. 다시는……."

- 그걸 어떻게 믿지?

"내가…… 여기 떠나면 돼요?"

- 그래? 유학이라도 갈 생각이 있나 보구나. 아무튼 얼른 좋은 남자 만나서, 너도 잘 살아야지.

전화가 끊겼다. 귀에 대고 있던 은효의 손에서 힘이 풀려 아래로 툭 떨어졌다. 그녀의 얼굴빛은 창백하다 못해 시퍼렇게 질렸다.

"은효야! 왜 그래? 응? 무슨 일이야? 누구 전화냐고!"

참지 못한 현우가 은효의 어깨를 잡아 돌렸다. 그를 바라보지도 못한 채 은효는 떨고 있다. 몸서리 쳤다. 당장 누가 그녀를 해코지라도 할 것처럼 두 팔로 몸을 감싼 채 웅크렸다.

"죽일지도 몰라. 진짜……. 사람이 어떻게 이럴 수 있어."

은효가 얼굴을 두 무릎을 세운 가운데 묻었다. 혼잣말처럼 웅얼거려 현우 또한 그녀의 말을 제대로 알아듣지 못했다.

"방금 전화, 윤오 어머님이야? 너 협박당했어?"

헤어졌다 말하며 덜덜 떨던 은효였다. 상대를 짐작한 현우의 표정이 무섭게 일그러졌다.

"안 되겠다. 윤오도 알아야 해. 내가 어떻게든 연락할게."

"안 돼요, 선배!"

은효가 급하게 현우의 팔을 잡았다. 있는 힘을 다해 그를 붙들고, 그럼 안 된다고, 고개를 저었다. 시큰해진 두 눈에 눈물이 글썽글썽 고였다.

"윤오 오빠는 이 일, 몰라야 해요. 안다 해도 그 사람이 나한테 해줄 수 있는 게 없잖아요! 곁에 있을 수도 없으니, 지켜줄 수도 없어."

은효가 현우를 바라보며 허무하고 허탈하게 웃었다. 동시에 눈에서는 눈물이 터졌다. 바라보는 현우를 당황하게 하고, 안쓰럽게 만들었다.

"어떻게 모든 걸 알고 있죠? 내가 오늘 무슨 일을 당했는지, 내게 이모가 계신 것까지. 아……."

은효가 울음이 터진 입을 한 손으로 틀어막았다.

"다 지켜보고 있는 거야. 이 병원까지도 보고 있을지 몰라. 감시당하고 있는 거라고요!"

"아니야. 그럴 리 없어. 아무리 그래도 너 아이 가진 건 아직 모르잖아. 은효야, 정신 차려!"

넋이 나갔다. 스물한 살의 여자는 갑작스레 밀려든 충격으로 정신을 차리지 못했다. 이성을 잃은 은효는 그가 알던 사람과 전혀 다른 사람으로 변했다.

"아이! 내 아이!"

갑자기 은효가 울음을 뚝 그쳤다. 눈물이 고이고 두려움이 가득한 눈으로 현우를 바라봤다.

"선배 말이 맞아요. 아이는 모르고 있었어."

은효의 입술이 비틀렸다. 가까스로 안도의 한숨이 새어나왔다. 기운이 빠져 털썩 자리에 망연히 주저앉았다.

"계속 몰라야 해요. 알면…… 우릴 그냥 두지 않을 거예요. 무서운 사람들이라 정말 죽일 거야."

중얼거리는 은효를 향해 현우가 옅은 한숨을 내쉬었다.

"그래서? 은효 넌 어떡하길 원해?"

"원하다……."

은효가 입술을 짓깨물었다. 한 번도 많은 것을 원한 적이 없는데……. 그냥 그 사람 사랑한 것뿐인데.

"나는 윤오 오빠한테 무언가 바란 적이 없었어요. 내가 먼저 사랑했고, 더 많이 사랑하니까……, 그럴 수도 있다고 생각했어요. 그랬어도…… 오빠가…… 이렇게 무력하게 혼자 빠져나갈 줄은 생각지 못했어요."

은효의 눈물이 뚝뚝 떨어졌다. 그러다 또 다시 허탈하게 웃었다.

"난 그동안 윤오 오빠에 대해 뭘 알고 있었죠? 내가 아는 오빠는 그런 사람이 아니었는데……."

"윤오한테도 분명 사정이 있을 거다. 얘기를 들어보면……."

"늦었어요. 지금 무슨 말을 한다 해도…… 늦었어요."

은효가 빠르게 고개를 저었다. 지금은 현우의 말도 들리지 않았다.

　"지금껏 전화 한 통 없는 사람이에요. 나는 오빠가 군대 간다는 소리도 다른 사람 통해서 들었어요. 오빠가 내게 무슨 얘길 한 적 있죠? 오빠는 한 번도 날 믿은 적이 없어요."

　은효가 두 손으로 얼굴을 감쌌다. 울다, 웃다, 그녀는 제정신이 아닌 듯했다. 하지만 현우는 뭐라 입을 열어 위로할지 알지 못했다. 이런 위협을 받는다면, 자신이라도 정신이 나갈 것이다. 그러다 문득 은효가 고개를 들었다. 눈물범벅이 된 얼굴로 현우를 바라봤다.

　"선배, 나 아이 낳을 거예요."

　순간, 현우의 미간이 일그러졌다.

　"은효야. 너 그게 무슨 뜻인지 알고나 있어? 윤오도 모르는데……."

　"내 아이예요. 누구도 상관없는 내 아이!"

　부르짖던 은효의 목소리가, 입술이 바르르 떨렸다.

　"그렇다고 아이를 죽여요?"

　"아니, 그건……."

　현우의 말문이 막혔다. 바라보는 은효의 눈빛이 지금만큼은 또렷했다. 비록 겁먹은 표정이었지만.

　"죽이고 싶지 않아……. 내 아이……, 쿵쾅쿵쾅…… 심장 소리가 들렸어. 나는 그것도 모르고……."

　은효가 두 눈을 꼭 감았다. 눈물이 주륵 흘렀다.

비애

"최은효!"

의자에서 벌떡 일어선 현우가 은효의 어깨를 부여잡았다. 흔들리지 않는 시선으로 그녀를 내려다봤다.

"네가 지금 아이를 낳겠다는 것이 무슨 의미인 줄 알아? 지금의 너를 모두 포기해야 한다고!"

현우의 음성은 화가 묻어났다. 두 눈을 감은 채 은효가 천천히 고개를 끄덕였다.

"쉽게 하는 말 아니에요. 나도 쉬웠으면 좋겠지만 그러질 못하겠어요. 그러니 제발 포기하라고는 하지 마요, 선배."

손등으로 쓱 눈물을 훔친 은효가 이제는 또렷한 눈빛으로 현우를 바라봤다. 흡, 숨을 들이켜 떨림을 가라앉혔다.

"그래, 좋아. 난 네 판단 존중해줄 수 있다고 치자. 하지만 뒷일은? 윤오는? 정말 자기 아이가 있다는 것도 몰라야 해?"

"이 아이는 윤오 오빠와 상관없다고요!"

은효가 소리쳤다. 그녀의 목소리가 너무도 날카로워 현우의 표정이 흠칫 굳었다. 하지만 이내 날이 섰던 은효의 기세도 풀썩 가라앉았다.

"그 사람은 우릴 지켜줄 수 없어요. 하지만 나는 달라요. 나는 내 아이…… 지킬 거예요."

은효의 목소리는 진중했다. 차분히 숨을 가라앉히던 어느 순간, 눈빛이 번뜩였다.

"윤오가 너 쉽게 포기할 것 같아?"

현우가 고개를 저었다.

"윤오는 집착이 강한 애야."

"포기하도록 해야겠죠. 군대에 있는 동안. 천천히라도."

"어떻게 할 건데? 생각한 거라도 있니?"

은효가 머뭇댔다. 스물한 살, 아직 세상을 모르는 그녀가 특별
한 수가 당장 있을 리 만무했다. 그녀는 몸을 떨었다.

"어떤 방법을 써서라도요."

은효가 자신의 두 어깨를 감싸 안았다. 또다시 온몸을 부르르
떨었다. 마음을 단단히 먹었다 해도 본능적으로 두려웠다. 할머니
가 돌아가신 후, 세상에 혼자라고 느꼈던 그때보다 더한 외로움이
찾아들었다. 그녀가 넋을 잃은 채 중얼거렸다.

"나만 다치는 건 상관없어요. 그런데 날 아는 사람들까지 다친
다면……. 아이도 지켜야 해요. 아이가 있다는 걸 안다면……."

다시 죽이자고 달려들고도 남은 사람들. 그렇게 된다면 견딜
수 없다. 아마 미칠 것이다. 저도 모르게 은효가 부르르 몸을 떨었
다. 그러다 문득 생각이 난 듯 고개를 휙 들었다.

"선배! 그 사람 포기했다는 걸 확실히 알리고, 유학을 가야겠
어요. 아무도 모르는 곳으로 갈 거예요."

은효의 눈빛이 강하게 빛났다. 어두운 동굴을 헤매다 마치 출
구를 찾은 사람처럼. 바라보던 현우의 심장이 쿵 내려앉았다.

"혼자? 아이는 어떻게 하려고?"

"견딜 수 있어요."

비애

은효의 목소리에서 점점 더 힘이 빠져갔다.

"어디라도 지금보다 못하지는 않을 테니까."

"은효야."

바라보던 현우가 기어이 그녀의 어깨를 당겨 안았다. 한참 동안 등을 쓸어내려도 그녀는 맹수 앞에 선 연약한 짐승처럼 바들바들 떨기만 했다. 한숨을 깊게 내쉰 현우의 입술이 열렸다. 마음도, 머릿속도 모두 복잡하기만 하다.

"잘 들어."

현우의 목소리가 굵게 울렸다. 결심이 선 눈빛이 무서운 빛으로 빛났다.

"내가 도와줄게."

"선배가요?"

은효가 몸을 떼어냈다. 눈물 젖은 얼굴로 현우를 바라봤다.

"대신 너도 날 도와줘야 할 일이 있어."

대답을 바라며 현우가 질끈 눈을 감았다 떴다. 그 찰나의 순간, 그의 머릿속은 수없이 많은 생각들이 난무하고 서로 엉켰다.

미안하다, 은효야.

어쩌면 그가 가장 답답해하고 두려워하던 일의 실마리가 보이는 듯했다. 은효의 안타까운 상황이 자신에게는 기회가 될 것이다. 이 순간, 가장 비도덕적이고 비윤리적인 사람은 이현우, 자신이다. 그럼에도 현우는 기회를 놓칠 수가 없었다. 이것은 은효에게도, 자신에게도 최선이 될 수 있는 일.

"내가 어떻게 선배를 도와요?"

은효가 두려움이 섞인 눈빛으로 물었다.

"나와 결혼하자."

"결혼?"

"그래. 그게 이 순간을 풀 수 있는 가장 최선이라 생각해. 결혼하게 되면, 누구도 널 괴롭히지 못할 거야. 괴롭힐 이유가 사라지거든."

은효는 단숨에 대답하지 못했다. 생각지도 못한 일이라 커진 눈으로 현우만 바라보았다.

"결혼이라니……."

"물론 형식적으로만 하자. 나는 조만간 외국으로 나갈 거고, 너도 갈 거면 함께 갈 수 있도록 해줄게."

"형식적으로? 선배가 왜요?"

은효의 눈에 의문이 가득 찼다. 똑바로 마주 보던 현우가 설핏한숨을 내쉬었다.

"고백하자면…… 길어. 중요한 건 집에서 결혼하라는 사람과는 못한다는 거야. 이미 집에는 따로 사랑하는 사람이 있다고 얘기했어. 네가 그 역할을 해주면 돼."

현우의 말이 끝나자, 침묵이 시작됐다. 은효도, 현우도 서로를 향했던 시선이 움직이지 않았다. 찰나. 현우는 은효가 제안을 거절할까, 두려워졌다. 하지만 이내 은효가 고개를 끄덕였다. 무엇에 홀린 것처럼 천천히.

비애

무언이 오간다. 상대의 계획에 동참하겠다는. 현우가 은효의 손을 힘껏 잡았다.

"해보자. 마음 단단히 먹어. 지금부터 우린 많은 일을 해야 해. 세상 사람들을 속여야 하는 일이라…… 많이 힘들 수 있어."

바라보던 은효가 고개를 끄덕였다. 꿀꺽 마른침을 삼켰다.

"그래도 한 가지만 생각해. 너와 아이."

은효가 다시 고개를 끄덕였다. 현우의 말이 맞다. 이 길이 유일하다면, 한 가지 생각만 하는 것이 정답이다.

아이……, 내 아이…….

은효가 두 눈을 꾹 감았다 떴다. 지켜야 할 가족이 생긴다는 건 심장을 뛰게 하지만, 그만큼 또 심장을 도려내는 아픔이 되고 있다.

지켜야 해. 꼭.

지금은 그것만이 최은효의 모든 것이다. 세상의 전부이다.

결심이 선 은효의 눈빛이 처연히 빛났다.

그 눈빛을 7년이 지난 지금도 현우는 잊지 못한다.

미안하다, 은효, 그리고…… 윤오야.

깊은 한숨을 내 쉰 그가 천천히 몸을 돌렸다. 하얀 벽이 이어진 긴 병원의 복도를 천천히 걸었다.

12.

　병실은 고요했다. 이것저것 상태를 체크하던 간호사마저 나가니, 병실은 쥐죽은 듯 고요하다. 이른 아침의 햇살만 병실 깊숙한 곳까지 들어왔다.

「찢어져 봉합한 외상뿐, 검사결과 특별한 이상은 없습니다.」
「그런데 왜 깨어나질 않습니까?」
「탈진한 겁니다. 심신이 쇠약한 상태라 잠을 자는 것도 힘들지만, 한 번 자면 깨어나는 것도 힘이 들 겁니다. 다른 이상은 없으니 조만간 일어날 겁니다.」

　의사의 말을 떠올리던 윤오가 들고 있던 휴대전화의 버튼을 누르며 일어섰다. 이내 진 비서의 목소리가 들렸다.
　"나야."
　- 부사장님, 어디십니까? 왜 전화도 안 받으시고…….
　"사정이 생겨 회의 못 간다고 전해."
　계열사 월례회의가 오늘이었다. 아침 7시부터 조찬을 겸해 진

비애

행되는 회의가 시작된 지 한참일 터였다. 이내 난처한 진 비서의 음성이 들렸다.

- 무슨 일 있으십니까? 급한 일이 아니시면 지금이라도 오시면 됩니다. 아직 회장님은 모르시니…….

"내가 필히 체크해야 할 일만 보고해."

윤오가 진 비서의 말을 중간에서 잘랐다.

- 부사장님!

진 비서가 조금 크게 그를 불렀다. 윤오는 머리가 터질 것 같았다. 욱 하여 입을 열었다.

"당신이라도……."

윤오가 짧은 한숨을 내쉬었다.

"아무 말 하지 마. 이미 충분히 복잡하다."

무언가 있다. 자신이 모르는 무언가. 그 느낌이 점점 더 불길함으로 다가오는 것은 어떤 이유일까. 그가 모르는 무언가가 똬리를 튼 채, 그를 주시하고 있다. 소름이 끼칠 만큼 섬뜩한 무언가…….

「증오해. 당신을 좋아한다고, 당신의 모든 것을 감당할 수 있다며 쫓아다니던 스무 살 나도! 몽상에 젖어 무엇도 책임질 수 없던 그때의 당신도! 모두 증오해!」

그 말은 결코 자신의 진정한 사랑을 찾았다던 여자의 외침이 아니었다. 지난 7년, 분노는 그의 것이었지 결코 이 여자의 것이라 생각해본 적이 없었다.

　무엇이니. 네 진실은…….

　윤오는 잠든 은효의 얼굴을 멍하니 바라봤다. 모든 것은 마치 어제처럼 기억이 선명한데, 그와 그녀의 거리는 하늘과 땅만큼 멀다.

　"진 비서, 알아봐줄 게 있어."

　- 무엇을 말씀이십니까?

　"바람재단 이주훈 이사장의 아들, 이현우. 지금 프랑스에 있어. 연락처 좀 알아봐."

　윤오는 전화를 끊었다. 통화하는 내내 시선을 떼지 않던 은효에게 조금 더 바짝 다가섰다. 악몽이라도 꾸는 거니. 찡그린 이마를 펴주고 싶어 손끝을 올리던 순간이었다. 그의 전화가 다시 울렸다.

　"김윤오입니다."

　- ……나다.

　그가 이름을 말한 뒤, 한참 후에야 상대의 목소리가 들렸다. 깊은 울림처럼 윤오의 귓속을 두드렸다. 그 한 마디만으로도 상대를 알아봤다. 윤오는 저도 모르게 주먹을 꽉 쥐었다. 흡, 숨을 들이켠 후 홱 몸을 돌렸다. 당장 은효가 일어나기라도 할 것 같아 심장이 쿵쿵 울렸다. 두 눈에 잔뜩 힘이 들어갔다.

　- 이현우다.

　"압니다."

비애

윤오는 목소리로나마 순식간에 자신의 감정을 감췄다. 무표정하고 무감정한 목소리로 입을 열었다.

- 출근 안 했던데, 어디야?

현우가 물었다. 듣던 윤오의 미간이 일그러졌다. 섣부른 예감이 심장을 스쳤다.

"내 출근까지 신경 쓸 사이 아니지 않습니까?"

윤오의 음성에 가시가 돋쳤다. 상대의 한숨이 천둥처럼 전화기를 타고 흘렀다.

- 은효도 연락 안 돼서 그래. 주말 동안 함께 있지 않았니?

순간 윤오의 표정이 굳었다. 섬뜩한 예감이 뒷목을 뻣뻣하게 했다.

"당신……, 뭐야."

현우의 목소리는 비난이 섞이지 않았다. 하지만 윤오는 어떤 비난보다 독하게 맞은 듯했다. 어금니를 악문 그가 이새로 억눌린 목소리를 내뱉었다.

"알고 있었어?"

- 그래.

윤오의 눈앞이 아찔해졌다. 자신이 마치 무대 위에 올라 조종되는 마리오네트 인형처럼 느껴졌다.

- 너 만나라고 말한 건 나니까. 엄밀히 말하면, 떠민 거지만.

기어이 윤오의 숨이 턱 하니 막혔다. 바로 할 말을 찾지 못한 입술이 바르르 떨었다. 별거를 한다 해도 이현우는 현재 최은효의 남편이다. 지금 들은 이 말이 남편이란 사람이 했다고는 도저히 믿기지 않았다.

"당신들…… 뭐 하자는 짓이야! 무얼 숨기고 있는 거야!"

윤오가 나지막하게 윽박질렀지만, 현우는 꿈쩍도 하지 않았다. 작게 한숨 쉬는 듯하더니 이내 입을 열었다.

- 숨기는 게 있다면 조만간 너도 알게 될 거야. 그 전에 은효 어디 있니?

큰 숨을 들이 쉰 윤오가 가까스로 감정을 가라앉혔다. 크게 부풀어 올랐던 가슴이 천천히 가라앉았다.

"병원에 있습니다."

- 병원? 왜!

이번에는 감정의 흐름이 바뀌었다. 어느 정도 포기한 윤오는 차분해졌고 현우는 놀란 듯했다.

"탈진했답니다."

- 탈진? 그랬구나. 은효가 그동안 많이 힘들었다.

윤오는 새벽에 있었던 사고에 대해서는 얘기하지 않았다. 지금의 얘기만으로도 현우는 수긍하는 듯했다.

- 병원 어디야? 내가 그쪽으로 갈 테니까.

윤오는 대답 대신 미간을 찌푸렸다.

"설마 한국에 있습니까?"

- 그래.

하, 짧게 한숨을 내뱉은 윤오가 말문을 닫았다. 그때, 현우의 목소리가 들렸다.

- 윤오야.

윤오의 심장이 철렁 내려앉았다.

윤오야…….

7년 만에 듣는 그 음성이 낯설게 느껴졌다. 현우는 누구보다도 믿고 의지하던 선배이자 형.

- 나한테 묻고 싶은 말 많지 않아? 나는 너한테 해야 할 말이 많다.

현우의 어조가 회한에 젖었다. 잠든 은효를 바라보던 윤오가 질끈 입 안쪽 살을 깨물었다.

- 은효 깨어나더라도, 모르게 나와.

"왜……!"

- 꼭 모르게. 너한테 하는 마지막 부탁일 거다.

윤오는 더 이상 말을 잇지 못했다. 상대의 감정이 느껴졌다. 간절한 애원. 앞에 있었다면, 바짓가랑이라도 잡았을 듯한.

왜? 왜 당신이!

윤오는 지끈 이를 악물고 두 눈을 감았다.

현우는 그가 말한 대로 주차장에 세워 둔 그의 차 앞에 서 있었다. 단번에 그를 알아봤지만, 7년 만에 보는 현우는 목소리만 듣는 것과 달리 어딘지 낯설었다. 그것은 윤오가 현재 '그의 아내'와 금기를 넘었다는 그 자신의 열등감과도 결부됐다. 하지만 그 이유를 감안한다 해도 7년이란 세월은 그나 자신에게나 무시할 수 없던 시간임을 윤오는 현우를 본 순간 깨달았다.

현우는 천성적으로 부드러운 사람이었다. 긍정적이고 웃음이 많았다. 세상의 모든 것을 포용할 것처럼 마음도 넉넉했다. 그런 그의 표정에 근심이, 우울이 보인다. 피로가 가득한 눈빛에는 체념까지 설핏 비쳤다.

"오랜만이다."

현우가 앞으로 다가 온 윤오에게 손을 내밀었다. 윤오는 묵묵히 현우가 내민 손을 바라볼 뿐이었다. 반갑다고 그와 악수를 나눌 순간은 분명 아니었다. 손을 거둔 현우가 씁쓸하게 웃었다.

"은효는?"

"아직 깨지 않았습니다. 간병인이 지키고 있으니 깨어나면 연락할 겁니다."

"그랬구나."

"언제 들어왔습니까?"

현우를 탐색이라도 하는 것처럼 윤오의 눈빛이 날카로웠다.

"한 달 전."

윤오의 눈썹이 저도 모르게 움찔거렸다.

「선배는 들어왔단 말 없어. 아직 프랑스에 있을 거야.」

지민의 말이 언뜻 떠올랐다. 윤오의 눈썹이 일그러졌다.

비애

"그것도 비밀로 온 겁니까?"

"적어도 일 년에 한 번은 한국에 왔었어. 관심 없는 너는 그것도 몰랐을 테니, 숨기고 있었다고 말할 거냐?"

윤오의 눈빛이 움찔 굳었다. 현우의 말이 날카롭게 심장을 찌른다. 그를 향한 은근한 비난이라 느껴졌다. 윤오가 하, 짧은 한숨을 내뱉었다.

"날 비난하려고 여기까지 왔습니까?"

윤오의 어조가 날카로웠다. 그는 경계를 풀지 않았다.

"타."

현우가 운전석 문을 열고 눈짓으로 조수석을 가리켰다. 윤오의 눈빛에 의심의 빛이 서렸다.

"할 얘기는 많고, 시간은 없다. 하지만 여기서 할 얘기는 아니야."

현우가 한 손으로 얼굴을 쓸어내렸다. 깊은 고뇌가 눈빛에 스쳤다.

"오랫동안 고민했어. 그래도 내 결론은 하나다. 나는 적어도 네가 알아야 할 것은 알아야 한다고 생각해."

순간, 윤오가 험악해진 목소리로 으르렁거렸다.

"그러니까 그 알아야 할 것이 뭐냔 말입니까?"

억눌린 분노만큼 그의 목소리가 가라앉았다. 현우는 그를 차분한 시선으로 바라봤다.

"윤오야, 상대에게 어떤 사정은 없었을까. 지금이라도 한번쯤

돌아볼 여유는 없니? 너, 이제는 누구도 뭐라 할 수 없는 힘이 있
잖아. 휘둘리지 않을 수 있잖아."

"내가 선배나 최은효의 사정을 듣지 않았다는 말입니까?"

윤오의 턱이 오만하게 들렸다. 눈에 힘이 들어갔다. 무얼 들으
라는 거야! 절대 인정하고 싶지 않던 예전의 기억이 새록새록 떠올
랐다.

"타라. 가서 얘기하자."

현우가 말을 잘랐다. 운전석 문을 열고 탄 그는 윤오 쪽으로
시선을 돌리지 않았다. 마지못해 윤오 또한 조수석 문을 열고 현
우의 차에 몸을 실었다.

비애

13.

　서울톨게이트를 지난 현우의 차가 두 시간 가까이 속력을 냈다. 평일의 고속도로는 비교적 한산했고, 특히 고속도로를 벗어나 시골 국도로 들어서면서부터는 그나마 간혹 보이던 차도 보이지 않았다. 강한 늦여름 햇살이 쏟아지는 도로가에는 탐스런 포도가 주렁주렁 열린 과수원들이 펼쳐졌다.

　"도대체 어딜 가는 겁니까?"

　"거의 다 왔어."

　인내심이 극에 달했다. 현우나 자신이나 해야 할 말이 있다는 것을 인정했기에 참고 있을 뿐이었다. 그런데 기어이 인내의 바닥이 드러난 윤오가 한마디 했다. 물론 현우는 일상적으로 대답했고, 그때 그의 차는 도로를 벗어나 샛길로 들어섰다. 그리고 잠시 후 현우의 차는 어느 집 정원 앞에 섰다.

　잘 가꿔진 너른 정원이 딸린 단층짜리 집이었다. 집 앞으로 얕은 시내가 흘렀고 집 뒤로는 비교적 넓은 포도농장이 펼쳐졌다. 정원에는 나무로 만든 넓은 평상도 놓였다. 전형적인 시골의 모습. 그곳 마당에 늦여름 오전 햇빛이 눈부시게 쏟아졌다. 시골 사정을 모른다면 한가롭고 평화롭기까지 하다.

"여기가 어딥니까?"

차에서 내린 윤오가 물었다. 그를 바라보던 현우가 약한 한숨을 내쉬었다. 그리고 대답을 하려던 찰나였다. 집 뒤편에서 커다란 광주리를 들고 나오던 중년 여인이 현우를 보고 인사를 했다. 그러자 현우는 달려가 그녀가 들고 있던 광주리를 대신 받았다.

"벌써 따셨어요?"

중년 여인의 광주리에는 검붉게 익은 포도송이들이 가득 넘쳤다. 하얀 분이 묻어나는 포도알은 알알이 탐스럽고 윤기가 흘렀다.

"으응. 오늘이라도 담그려고."

여인이 힘없이 웃었다. 그 미소 끝에 울음이 섞였다. 누가 보기라도 할세라 그녀가 급히 눈가를 훔쳤다.

"매년 담갔는데 올해는 특별하잖아. 일찍 담가서 이름 붙여줘야지."

기어이 여인이 돌아섰다. 펑펑 울고 있는 듯 가는 어깨가 들썩거렸다. 정겨운 시골 분위기와 달리 분위기가 숙연했다. 그동안 현우는 광주리를 정원 한쪽 구석의 수돗가에 놓고 돌아왔다. 상황을 모르는 윤오는 무표정했다.

"에고, 내 정신 좀 봐. 손님 오셨는데……. 누구…… 신가?"

중년 여인이 윤오를 찬찬히 바라봤다. 무언가 기억이 날 듯 말 듯. 가물거리는 기억을 헤집었다. 그녀는 현우의 대답을 기다렸지만, 그는 답할 생각이 없는 듯 현관문을 향해 몸을 돌렸다.

비애

"이모님, 은결이는요? 잠 좀 자던가요?"

"응, 계속 자네. 자네 나간 후로 깬 적이 없다니까, 네 시간 이상 잤나 봐."

현우의 눈빛이 가라앉았다. 여전히 무덤덤한 윤오를 회한 섞인 눈빛으로 바라봤다.

"들어와."

"여기가 어딥니까?"

윤오는 완고히 버티고 있다. 이제 더 이상은 양보할 수 없다는 듯.

"안으로 들어와. 네가 원하는 것, 다 알려줄 거야."

현우가 현관으로 들어섰다. 윤오는 미간을 찡그렸지만, 그대로 서 있을 수만은 없었다. 여기까지 온 이상 무엇이라도 들어야겠다. 그 생각뿐이었다.

실내는 밝은 색 원목으로 꾸며져 환하고 넓었다. 시골집답지 않고 잘 정돈된 리조트라도 온 듯한 쾌적하고 아늑한 느낌이다. 소파 위에 놓인 패브릭도 파스텔 블루 계열로 정갈하고 시원해 보였다. 적당한 공간에 놓인 하와이벤자민의 큰 화분 또한 싱그러워 보인다.

그 거실을 중심으로 문 몇 개가 보였다. 그중 한 문을 향해 현우가 걸어갔다. 따라오라는 듯 그가 뒤를 흘끔 바라봤지만 실내를 둘러보던 윤오는 제자리에 우뚝 서 더 이상 움직일 수가 없었다.

그의 시선이 하얀 벽에 걸린 액자 위에 못 박혀 움직이지 않았다.

이건······.

은효와 어린아이이다. 은효가 서너 살 정도 되어 보이는 아이를 하늘을 향해 들어 올렸다. 서로를 향한 얼굴에는 웃음이 터질 듯했다. 누가 비집고 들어갈 틈이라고는 없을 만큼 상대를 향한 신뢰가 가득하다. 바라보는 윤오의 심장이 쿵 내려앉았다.

"은결이야. 최은결."

현우의 목소리가 들렸다. 윤오의 얼굴이 그를 향해 번쩍 돌아갔다. 의심이 가득한 눈빛. 이상하다 하여 고개가 갸웃 기울어졌다.

"최은결? 왜 성이······ 이은결이어야 되지 않아?"

"은효 아이야."

커진 윤오의 눈에 힘이 들어갔다. 뚫어질 듯 현우를 바라보았다. 뒷말을 잇지는 않지만, 해명을 요구하고 있다.

"우린 결혼하지 않았으니까. 한국에서는."

현우의 말이 정확히 떨어졌다. 윤오의 표정은 변함이 없었지만 그는 손끝부터 떨었다. 불길한 예감이 엄습해 얼굴빛이 더욱 하얗게 질려갔다. 시선을 피한 현우가 하, 한숨을 내쉬었다.

"결혼식은 프랑스에서만 했어."

"왜······?"

고통스런 한 마디가 윤오의 입에서 겨우 떨어졌다. 더 이상 열리지 않는 입술이 바들바들 떨었다.

비애

"부모님께는 내가 결혼해서 살고 있다는 걸 보여드려야 했지. 사진으로라도."

"사진으로라도?"

윤오의 눈빛이 험악해졌다. 지금 듣는 얘기들이 믿기지 않았다. 그는 안간힘을 다해 몸을 지탱했다.

"무늬만 부부였어. 한국에는 혼인 신고도 안 된……. 나는 계속 프랑스에 있었지만, 은효는 아이 낳을 때쯤 돌아왔어. 그 후 계속 은효는 여기서 은결이랑 살았어. 학위도 이쪽 대학교에서 마쳤고."

"그럼…… 아이는?"

윤오의 목소리가 가늘게 떨렸다. 저 아이가 누구 아이냐는 뜻이다. 현우가 시선을 돌려 윤오를 똑바로 바라봤다.

"네 아이야."

미리 모범 답안지를 외우기라도 한 듯 현우의 목소리는 주저함이 없었다. 윤오를 바라보는 시선 또한 미동도 하지 않았다. 그것은 윤오 또한 마찬가지였다. 현우의 대답은 현실성이 떨어졌고, 그는 차라리 어이가 없었다. 허, 헛웃음이 터졌다.

"무슨…… 이 미친…… 말도 안 되는……! 웃기지 마! 내가 이런 얘기, 믿을 것 같아?"

씹듯이 말을 뱉은 윤오가 돌아섰다. 미련 없이 그곳을 빠져나가기 위해 걸음을 떼는 순간이었다.

"다시 도망갈래?"

순간, 윤오의 몸이 움찔했다.

"도망?"

그의 한쪽 눈썹이 못마땅하여 치켜 올라갔다.

"회피도 도망이다."

"누가? 내가? 난 회피한 적도 도망간 적도 없어!"

"진실을 알려 하지 않잖아."

윤오가 저항하듯 내뱉자, 현우가 가볍게 그의 말을 받았다. 윤오의 눈매가 꿈틀거렸다.

"7년 전의 넌 은효가 왜 그랬는지 단 한 번이라도 생각해본 적 있냐? 네 주변 사람들! 네 가족, 친구라는 사람들이 널 어떻게 기만하고 속였는지 생각해볼 여유나 있었냐고!"

현우의 목소리는 나직했다. 그러나 신랄했다. 철저히 윤오를 나무라고 있다.

으득 이를 악 문 윤오가 주먹을 꽉 쥐었다.

"그래서 선배가…… 최은효의 이 미친 연극에 동참했다고? 결혼! 아이까지……!"

"동참이 아니다."

윤오의 목소리가 높아질 즈음이었다. 현우가 꾹 짜듯 말을 내뱉었다. 고통스러워 얼굴이 일그러졌다.

"그게 아니면!"

"나 또한 은효를 이용했어. 나도…… 은효가 필요했으니까."

"형이? 왜? 설마 최은효를 좋아하기라도 했었다고?"

비애

경악한 윤오가 외쳤다.

"은효가 필요했지만, 그런 쪽은 아니야. 나도 내 부모님의 눈을 가려야 했어. 내 결혼의 대상이 여자라는 것을 보여드려야 했어. 당신들의 아들이 세상이 인정하지 않는 사랑을 하고 있다는 것을 알릴 수 없었다."

현우를 바라보던 윤오의 눈매가 꿈틀거렸다. 기가 막혀 어설픈 웃음이 터지려 했다.

"좋아. 그렇다 치자. 그런데 그래서? 그렇게 미친 연극까지 해서 날 떼어냈으면서. 이제 와 그 여자가 날 찾아왔던 이유가 뭐야. 이렇게 아이까지 혼자 낳아 잘 살고 있으면서……, 흡!"

그 순간이었다. 기어이 윤오의 멱살을 잡은 현우가 그를 향해 주먹을 날렸다. 불시에 당한 터라 둔탁한 소리와 함께 윤오의 고개가 돌아갔다.

"너 은효 만났다면서. 잘 살고 있는 걸로 보여? 이 악물고 버티는 건 보이지 않냐? 고작 한다는 소리가……."

저도 모르게 주먹을 날렸지만 현우는 바로 후회했다. 이러려고 그런 것이 아닌데. 힘이 턱 빠진 그가 망연한 시선으로 자신의 주먹을 내려다봤다. 아아. 어디서부터 말을 꺼내야 할까. 힘이 든다.

"하!"

현우는 윤오의 앞에 털썩 무릎을 꿇고 주저앉았다. 두 손으로 앞을 짚어 겨우 몸을 지탱했다.

"아니야. 이럴 시간이 없어, 윤오야."

현우의 눈물이 그의 두 손 사이로 뚝뚝 떨어졌다.

"은결이가 아파. 이제…… 방법이 없어. 의사도 손을 놓고, 그냥…… 기적을 기다릴 수밖에는……."

절망으로 힘들어하는 은효 앞에서 단 한 번도 눈물을 흘린 적이 없건만 이 순간 현우는 소리 없이 울었다. 그를 내려다보는 윤오의 시선이 아연해졌다.

"뭐라…… 한 거야? 뭐가, 없어?"

돌덩이처럼 굳은 윤오의 목소리가 드문드문 이어졌다.

"윤오야, 제발 믿어. 은결이 네 아이야."

윤오는 입을 열지 않았다. 표정은 굳었고, 충격이 채 가시지 않았다. 현우의 말을 당장 믿을 수도 없건만, 마치 밀려오는 파도와 같이 충격은 쌓이고 있다.

"그래. 좋아. 내 아이라 해. 그런데 그것도 숨긴 채 살던 최은효는 왜 나한테 접근한 거야. 혹시 다시 아이라도 가져야 할 일이 생긴 건가?"

윤오는 깊게 생각하지 않은 말이 자신의 발목을 잡을 줄 몰랐다.

"네 말 맞아."

"뭐?"

윤오가 더 이상 말을 잇지 못했다. 벌린 입을 다물지도 못했다.

"림프모구 백혈병. 항암치료 후 재발했고, 남은 건 조혈모세포

이식뿐이었어. 조직적합항원(HLA)이 같은 형제가 있어야 했다."

"형제? 그래서……!"

윤오의 목소리가 뚝 떨어졌다. 거센 폭풍우가 오기 전의 고요처럼 표정이 깊게 가라앉았다.

"널 찾아야 했어."

"그래서 무조건 달려들었다? 이유도 알리지 않고 내가 떡밥 물기만 기다렸다고?"

윤오는 비아냥거렸다. 제 자신도, 은효도, 현우도 이 순간만큼은 용서가 되지 않았다. 그의 얼굴이 성난 야수처럼 일그러졌다.

"형이라도 나한테 알려야 했어!"

"은효는 두려워했어. 너희 집에서 은결이의 존재를 알까봐……."

"그래서 그 여자는 다른 말 하나 없이 몸부터 던졌냐고!"

"마지막이었으니까!"

윤오의 두 눈이 벌겋게 달아올랐다. 당장이라도 날뛰려는 분노의 기운을 안간힘으로 눌렀다. 그 눈을 바라보던 현우 또한 점점 더 감정이 격해져갔다.

"은효한테 내가 말했어. 은결이 숨기고 싶어? 빼앗길까, 해코지라도 할까 여전히 겁이 나? 그래, 좋다. 그럼 내가 시키는 대로 해. 지금 못할 일이 무엇이야."

현우가 숨이 차 말을 잠시 끊었다. 그가 윤오를 간절한 시선으로 바라봤다.

"절망에만 기대지 말고, 그렇게라도 해야 한다고, 내가 은효 설득하고, 널 만나게 했어. 너 아직 은효 사랑하지? 아니, 한 번도 사랑하지 않은 적 없잖아. 널 배신했다고 미워하면서도 사랑하잖아."

윤오의 표정이 아연해졌다. 입술이 달싹거렸지만, 당장 말이 나오지 않았다.

"넌 분명 은효 받아들일 거라 생각했다. 그게 다야."

"이……, 이게…… 말이 된다고 생각해?"

"너한테는 정말…… 미안하다. 하지만 어쩔 수 없었어. 너도 이유를 안다면……."

"최은효가 지금 무슨 짓을 한 줄 알아? 그 여자는 두 번이나 날 기만했어!"

아이를 가졌다고 알리지 않았다. 그 아이가 아프다. 그 아이의 생명을 구하기 위해서라는 명분으로 또 한 번 그를 기만했다. 윤오의 눈빛이 번뜩였다. 치솟은 분노가 한꺼번에 터져 그의 눈앞을 뿌옇게 가렸다.

"아이를 가졌다고 알리지도 않았으면서, 그 아이가 지금, 이제 와서 아프다고? 고작 한다는 짓이……!"

순간 죄책감에 사로잡혔던 현우의 눈빛 또한 화륵 화가 솟아 번쩍였다.

"그럼 네가 얘기해봐! 스물한 살 사고무친 여자애가 너 없이 또 무얼 어떻게 해야 했는데! 여기저기서 협박받고, 생명의 위협을

비애

받는 상황에서!"

두 남자의 얼굴이 한꺼번에 일그러졌다. 숨을 헐떡거리는 가슴이 들썩거렸다.

"7년이야!"

"7년이야……."

그리고 또 한 번 동시에 같은 말을 내뱉었다. 그러나 어조는 확연히 달랐다. 분노에 찬 윤오와 회한에 찬 현우의 목소리는 이질적으로 겉돌았다.

"그래, 7년."

현우가 확인하듯 다시 내뱉었다.

"그 시간 동안 넌 뭘 잃었니?"

현우가 턱을 쳐들었다. 큰 숨을 쉬어 흥분을 진정시키려 안간힘을 썼다.

"정상적인 네 삶 살다가 중간 중간 최은효, 이현우가 떠오르면 이를 갈고 욕했겠지. 군대를 다녀왔고, 학교를 마쳤고. 자존심상 인생 망치지는 못하겠으니, 네 아버지 그늘 아래 들어가 이 으득으득 갈면서도 지금껏 잘 살아왔잖아!"

윤오의 얼굴이 하얗게 질리다 못해 이제는 무섭게 굳었다. 현우의 말 한 마디, 한 마디가 목끝을 겨눴다. 비수와 같이 예리하게 그곳을 파고들어 턱턱 숨 막히게 했다. 그의 말은 틀리지 않았다. 그러면서도 틀렸다.

윤오가 힘없이 입을 열었다.

"잘…… 살아왔다고? 내가?"

7년 전의 그는 힘이 없어 사랑하는 여자와 의지하던 선배를 잃었다. 그의 세상이 송두리째 무너졌다. 죽지 못해 살아 있었다. 적어도 그가 아는 한 그렇다. 그런데 잘 살아왔다고?

"적어도 넌…… 네 세상이 변하거나 절망에서 몸부림치진 않았잖아."

그것 또한 현우의 말이 맞다. 인정할 수는 없지만. 눈앞이 아찔해진 윤오가 두 눈을 질끈 감았다 떴다.

"은효가 왜 그래야 했는지, 왜 그랬는지 한 번쯤 생각해봤니? 궁금해본 적은 있니? 스물한 살의 최은효가 겪은 절망과 아픔을 네가 다 알 수 있어? 어디까지 설명하고 이해시킬까?"

현우가 고개를 저었다. 바늘조각처럼 말 한마디 한 마디가 신랄했다.

"아무리 말해도 넌 이해 못 할 거다. 넌 가장 중요한 게 너 자신이잖아!"

부인할 수 없다. 진정. 그래서 지난 시간에 대해, 돌아보기를 더욱 안간힘을 다해 피했는지 모른다. 질풍노도와 같은 20대의 초반 그 시절이 그에게는, 이제 20대를 마감하려는 스물아홉의 그에게는 오점처럼, 얼룩처럼 쳐다보고 싶지 않은 기억이다. 좌절의 쓴맛을 온몸으로 겪어야 했던 그 시절은.

"그날…… 무슨 일이 있던 거야. 왜 은효가 형과 밤을 보낸 것처럼 연극까지 해야 했어!"

비애

기어이 윤오가 으득 이를 물었다. 시야가 아득해져, 주먹을 꽉
쥐었다.

"모두를 속여야 했으니까. 최은효와 김윤오는 더 이상 아무 사
이도 아니라고, 너와 관련된 사람들이 알아야 했으니까. 생각지도
못한 변수는 너였어. 너도 단념시켜야 되긴 했지만, 알아도 군대에
서 나중에 알았으면 했다. 그날 아침 네가 나타날 줄은 나도 예상
하지 못했어."

윤오의 눈빛이 아연해졌다. 새로이 알게 된 사실들에 경악했
다.

"나와 관련된 사람들? 그게 누군데?"

"네 부모님, 누나, 그리고 윤지민까지."

"누나? 윤지민?"

"은효가 협박받고 있던 것도 너는 몰랐겠지. 은효는 정말 아이
를 지키고 싶어 했어. 그렇게 지킨 아이인데……."

충격으로 윤오는 말을 잊었다. 입술을 몇 번이나 달싹거려 겨
우 말을 꺼냈다.

"누나도…… 관련됐다고? 이 일을 알고 있었어?"

"윤주한테는 미안하지만 내가 끌어넣었어. 나와 은효의 소문을
가장 확실히 안전하게 너희 집에 알려줄 거라 생각했어."

그날 밤, 누나인 윤주가 몰래 그를 찾아왔었다. 입영하던 전날
이었다.

「누나, 제발 도와줘. 지금이라도 은효를 만나야 해. 해야 할 얘기가 있어. 내일이면 가야 하는데…….」

윤주가 슬픈 눈빛으로 물었다.

「너 정말 그 애 사랑하니? 어머니한테 한 말 거짓말이었어? 가볍게 만났다면서.」

「누나도 알잖아. 그렇게라도 하지 않았으면, 은효가 어떤 일을 당할지 몰라. 나도 없는 마당에. 은효는 지금 내가 군대 가는 것도 몰라. 마지막이라도 한 번 봐야겠어.」

「제발 정신 차려, 윤오야! 걘 너 안 좋아해. 처음부터 널 좋아하지도 않았으니까, 매번 다른 남자랑 호텔이나 들락거리겠지.」

「그게 무슨 소리야?」

윤주의 말을 믿지 못했다. 아니, 믿을 수 없었다.

「내가 어젯밤에 뭘 봤는지 알아? 걔가 지금 호텔방에 어떤 남자와 있는 줄 알아?」

「그게…… 무슨 소리야. 은효가 지금 호텔에 있어? 왜? 누구와?」

「내 눈으로 봤어. 다른 남자와 호텔로 들어가는 것까지 다 확인했어. 알아보니 벌써 여러 번이라더라. 그러니 너도 걘 접어. 나는 네가 이렇게 바보처럼 구는 거 싫어. 갑자기 이런 식으로 군대를 가게 된 것도 속상해 미치겠는데. 지금이라도 아버지한테 빌자, 윤오야. 방법이 있을 거야. 응?」

크게 생각하지 않았다. 아무리 우연이라도 누나는 어떻게 은효

비애

가 호텔에 있다는 것을 알았을까. 그렇게도 꼼짝달싹 못하게 지키던 경호원들을 자신이 어떻게 따돌렸을까.

"하! 누나가 일부러 나 빼내준 거라고?"

"윤주는 아마 네 눈으로 확인하면 포기가 더 빠를 거라 생각했겠지. 네 마음을 가볍게 생각했을 수도 있고."

아아아!

흐릿해진 윤오의 시야에 7년 전의 일들이 빠르게 스쳤다. 아버지, 어머니, 누나, 윤지민. 그들의 얼굴이 스치듯 사라졌다.

"아이는? 아이는 어디 있어! 어느 병원이야!"

윤오가 낮은 목소리로 무섭게 물었다. 아이의 존재를 인식한 지금, 그의 심장이 100미터를 막 질주한 것처럼 뛰기 시작했다.

"어제 새벽 퇴원해서 내려왔어. 진통제에 취해 잘 거야. 우리가 떠들어서 깼을지도 모르겠다."

"여기…… 있다고? 왜? 아프다면서!"

윤오의 눈빛이 당황하여 번뜩였다.

"말했잖아. 마지막이라고……. 합병증이 겹쳤는데, 은결이가 견디질 못했어."

현우의 눈매가 슬프게 일그러졌다. 동시에 그가 한 방문 앞으로 다가서 문을 열었다.

14.

환한 빛이 가득한 방이었다. 윤오는 눈이 부셔 잠시 숨을 멈췄다. 빛에 적응키 위해 두 눈을 깜빡거리자, 방 안의 풍경이 서서히 들어왔다. 빛은 나무 블라인드를 걷은 통유리창을 통해 쏟아졌다. 그나마 직접적으로 빛이 닿지 않아 부드러운 공기가 떠다닐 것 같은 곳에 커다란 침대가 놓였다.

그리고 하얀 침구가 정결해 보이는 그 침대 위에 한 아이가 누워 있다. 아이답지 않게 하얗고 반듯한 얼굴. 너무도 창백한 얼굴이라 더 현실감이 없다. 얇은 미색 모자를 쓰고 있지 않았다면, 침구와 구별도 쉽지 않았을 것이다.

"깨지 않았습니까? 많이 시끄러웠을 텐데요."

침대 옆에 작은 책상이 놓였다. 그 앞에 앉아 있던 한 여자가 일어섰다. 현우가 데려온 전문 간호사였다.

"아니요. 이 방은 바깥 소리가 거의 들리지 않아요. 그리고 지금은 약기운 때문에 거의 깨지 못할 거예요."

여자는 목소리가 작고 조용했다. 깔끔해 보이는 인상만큼 똑 떨어졌다.

비애

"그럼 다행입니다."

여자의 말뜻을 이해한 현우가 씁쓸히 웃었다. 정신을 못 차리는 것보다야 주위 소음을 알아듣는 것이 더 나을 텐데. 침대로 다가서서 그는 작은 한숨을 내쉬었다. 아이의 작은 얼굴 위에 살며시 손을 댔다.

은결아. 너, 아빠 궁금한 적 많았지? 아빠 왔어.

아이는 한 번도 아빠가 궁금하다 말한 적이 없다. 언젠가 한국에 들어온 그를 향해 말했을 뿐이다.

「아저씨, 내가 얼른 커서요. 엄마를 지켜야겠어요.」

「왜 갑자기? 무슨 일 있었니?」

「어제요. 내가 어린이집 끝나고 공방 앞에서 내렸는데요. 어떤 아저씨가 엄마를 괴롭히는 거 있죠. 내가 우리 엄마 괴롭히지 말라고 크게 소리쳐서 도망가긴 했어요. 나보다 키도 크고 힘도 세 보여서 무섭긴 했지만.」

나중에 은효에게 물어보니, 동네의 불량청소년이 공방 앞에서 담배를 피기에 한 마디 하던 중이란다. 어린 은결의 눈에는 모두 큰 어른들로 보이고, 욕을 하며 돌아서는 모습마저 제 엄마를 괴롭히는 걸로 보였나 보다.

「아빠가 있음…… 될 텐데.」

가느다란 한숨과 함께 조그맣게 중얼거리던 그 소리를 현우는
짐짓 모른 척했다.

"은결이야, 이름이."

문득 현우가 입을 열었다. 현우의 시선은 침대 위 은결을 향
했지만 말은 윤오에게 하고 있었다. 방의 입구에서 얼어붙은 윤오
를 알게 모르게 부르고 있다. 하지만 윤오는 단 한 발자국도 움직
이지 않았다. 아니, 움직일 수 없었다. 그저 멀지도 가깝지도 않은
거리에서 눈 감은 은결의 얼굴을 뚫어질 듯 바라볼 뿐이었다.

"부드러운 곱슬이었어, 은결이 머리카락."

현우의 목소리는 담담했다. 그러나 옛일을 회상하는 눈매에 설
핏 물기가 고였다. 지금은 남아 있지 않은 그 부드러운 곱슬 머리
카락을 떠올리며 손끝으로 은결이 쓰고 있는 모자를 조심스럽게
어루만졌다.

"너도 어릴 때 곱슬머리였어. 커가며 바뀌었지만."

"비켜."

그때였다. 굳은 듯 가만히 있던 윤오가 현우를 밀치고 은결이
쪽으로 다가섰다. 그러나 밀친 힘은 보잘것없었고, 은결을 내려다
보는 윤오는 당장이라도 주저앉거나 부서질 것 같다고, 바라보는
현우는 생각했다.

당연하다. 윤오가 혼란스러운 것은. 7년 동안이나 모르던 아이
의 존재. 게다가 병에 걸려 기적 따위나 바라는 현실이라니. 이 무

비애

슨 엿 같은 경우냐. 현우는 옅은 한숨 끝 시선을 돌렸다.

"왜 이러고 있어. 고쳐줄 병원과 의사를 찾아야 할 것 아냐! 뭐든 해야 될 것 아냐! 왜 맥 놓고 있어!"

윤오의 목소리는 낮고 조용했다. 하지만 분노가 응축되어 듣는 이를 움찔하게 했다. 으득. 이 무는 소리까지 선명했다. 들고 있던 휴대전화를 급하게 누른 그가 단축 번호 하나를 꾹 눌렀다.

"지금 당장……!"

진 비서이다. 그런데 윤오가 입을 열자마자 현우가 전화를 든 그의 손목을 잡아 내렸다. 네 뜻은 알지만 안 된다고, 안 될 거라는 뜻으로 천천히 고개를 저었다.

"여기, 이 방. 은결이 태어난 곳이야"

은효의 조모, 또 그 윗분들이, 은효의 친가가 대대로 덕망을 쌓아 온 땅에 아이를 위해 지은 집. 그래서 은결이에게도, 은효에게도 특별한 곳.

"은결이는 많은 축복 속에 태어났어. 비록 아빠는 곁에 없었지만."

마지막만큼은 그래도 편히 보내주고 싶었다. 이제는 아픔 없이 제 태어난 곳에서 잠을 자듯 그렇게 보내주고 싶었다. 삭막한 중환자실 그곳에 혼자 두고 싶지 않았다. 현우의 눈빛이 안타깝게 빛날 때였다.

"아저…… 씨……."

조용해도 들릴까 말까 한 작은 목소리였다. 그럼에도 알아들은 현우의 고개가 휙 돌아갔다. 어느새 눈을 뜬 은결의 옆에 얼른 무릎을 꿇고 앉아 귀를 기울였다. 정말 웃는 입술이 예쁜 아이였는데, 검게 탄 마른 입술이 달싹이며 움직였다.

"응, 은결아……."

"꿈……."

"꿈?"

"아빠……."

은결이 입술을 달싹거린 순간 현우의 눈이 커졌다. 심장이 쿵 내려앉았다. 지금 들은 말이 무어지? 기분이 묘해져 당장 다음 말을 잇지 못했다.

"꿈에 아빠를 봤어?"

은결이 대답 대신 힘들게 고개를 끄덕였다.

"꿈이…… 아니네. 아빠……왔지? 내 말이…… 맞지……?"

현우는 힘이 들어 입술을 달싹이는 아이가 한 말이 믿기지 않았다. 그런데 분명하다. 초점 없이 허공을 향한 눈은 그가 아닌 윤오 쪽을 바라보고 있다.

"어……."

어떻게 아느냐는 질문은 필요 없다. 알려주지 않아도 어쩌면 본능적으로 알게 됐는지도 모른다. 올 해 일곱 살. 어리지만 제법 똘망똘망했던 아이는 제겐 아빠가 없고, 엄마 혼자라는 사실에 대해 왜 그런지 굳이 어른들한테 묻지 않았다. 그저 그런가 보다 한다고, 현우는 그렇게 알고 있을 뿐이다.

비애

"엄마…… 사진에서……."

은결의 힘없는 대답에 이어 중년 여인의 목소리가 이어졌다.

"그걸…… 기억한 거야?"

울음을 억누른 중년 여인의 목소리가 들렸다. 윤오와 현우가 이 집의 정원에서 만난 그녀였다. 두 손으로 울음이 튀어나오려는 입을 가린 채 여인이 제자리에 털썩 주저앉았다.

"들어오는데 얼굴이 익다 했어. 나보다 우리 은결이 기억력이 좋네."

여인이 한탄처럼 입을 열었다.

"한 2년 쯤 됐나? 은효 요리책을 꺼내 함께 보는데, 거기에 사진이 있더라고."

「엄마 남자친구야, 이모할머니?」

「응? 그런가? 엄마도 남자친구는 있었겠지. 이건 서울서 대학 다닐 때 모습 같네.」

「엄마가 서울에서도 대학 다녔어?」

「그럼. 우리나라 최고의 대학도 다녔지. 누구 엄만데 이렇게 이쁜가.」

「은결이 엄마잖아.」

「그래, 은결이 엄마. 누가 아니라니?」

「그런데 이모할머니. 이 아저씨는 남자친구 아니구 아빠겠다. 내 말이 맞지?」

「야아, 은결아. 누가 그래, 아빠라고?」

「아저씨가 저번에 은결이 아빠랑 엄마는 대학교 때 만났다고 그랬잖아. 이모할머니는 그것도 모르고. 아빠 얼굴도 몰라?」

「응, 그야……. 그럼 너는 알아?」

「나는 그냥 알아. 아빠, 맞는 것 같아.」

은결이 다섯 살, 아직은 건강할 때의 일이었다.

"나도 잊고 있었는데……."

중년 여인은 저도 모르게 울음이 커질 것 같아 급히 일어나 밖으로 나갔다. 멀리서 그녀의 울음소리가 희미해지다 결국 사라졌다.

"엄마가……."

윤오가 은결이를 향해 다가섰다. 허리를 굽혀 시선을 맞추다 그대로 무릎을 꿇었다. 흐릿한 아이의 눈빛을 똑바로 바라보았다.

"아빠라고 알려주셨어?"

숨도 제대로 못 쉬는데. 할딱할딱. 겨우겨우 작은 숨을 몰아쉬는데. 아이의 눈에 눈물이 가득 고였다. 비교적 감정을 굳게 닫고 있던 윤오가 이불 밖으로 나와 있는 아이의 손 위에 저도 모르게 손을 겹쳤다. 아직은 따스한 온기. 늦지 않았음을 알려주는 희망의 신호 같아 윤오의 심장이 움찔거렸다. 저절로 아랫배에 힘이 들어갔다.

"그냥…… 알아요. 아빠…… 잖아요. 맞죠?"

비애

흡, 윤오가 숨을 멈췄다. 부릅떴던 두 눈을 꾹 감았다 떴다. 말끔히 정렬된 시선 안에 들어온 작은 아이. 힘이 들어 흐릿한 눈빛이지만 '그렇다'라는 그의 대답을 기다리고 있다. 망설일 시간이 없음이 본능적으로 느껴져 윤오가 천천히 고개를 끄덕였다. 아이의 가뭇한 입가에 희미한 미소가 스몄다. 안심했다는 기분이 전해졌다. 녀석의 눈에 고였던 눈물이 주룩 흘렀다.

"아빠……."

"……응."

"고맙습니다."

순간 윤오의 표정이 당황으로 굳었다. 왜? 라는 눈빛으로 은결을 바라봤다.

"하늘나라 가기 전에…… 아빠…… 만나서……."

은결이 무슨 말인가 달싹거렸다. 더 잘 듣기 위해 윤오가 은결의 숨결이 느껴질 만큼 바짝 다가갔다. 그의 귀에만 들릴 만큼 작은 소리로 속삭인다. 비로소 하나의 문장으로 알아들었을 때, 윤오의 숨이 턱 막혔다. 번개라도 맞은 것처럼 숨을 쉴 수가 없었다.

"소원이…… 있어요. 이제 아빠가…… 엄마…… 지켜줘요. 꼭……."

아이의, 은결의 말을 알아들었다. 윤오가 어금니를 악물었다. 눈앞이 아찔해져 견딜 수가 없었다. 멈췄던 숨을 훅 내뱉은 그가 벌떡 일어서 천천히 고개를 저었다.

"아빠가……."

윤오의 목 끝에 왈칵 무언가가 치밀었다. 억지로 견디던 감정이 와락 쏟아져 두 눈이 순간 뜨끈해졌다. 갈 곳 잃은 두 손이 허공에 멈췄다.

세상에. 내가 뭐라 그런 거야? 아빠가, 라고? 내가? 무슨 자격으로?

아니라고, 아직은 인정할 수 없다고, 고개를 젓고 싶은데 몸이 먼저 인정하고 만다. 울컥 감정이 치솟았다. 눈이 벌게졌지만 윤오는 울 수 없었다. 이를 악 문 볼 근육이 꿈틀거렸다.

"…… 할 수 없어. 그러니까 네가 건강해져서 해."

꿀꺽. 윤오가 울음을 삼켰다. 절규대신 냉정을 택해야 한다. 마음속으로 수만 번 되뇌었다.

"은결이 서울로 옮길 거야. 전 세계를 뒤져서라도…… 고쳐낼 거야. 당장 앰뷸런스 불러."

윤오의 목소리는 진중했다. 그리고 현우가 안타까운 눈빛으로 윤오를 볼 때였다.

"현우 선배…… 이게 무슨 짓이에요?"

낮고 강한 목소리가 문 쪽에서 들렸다. 순간, 모든 이의 시선이 그쪽을 향했다. 급히 달려온 듯 숨을 헉헉대는 은효가 현관으로 들어서고 있었다.

은효는 병원에서 바로 온 듯했다. 대문 밖으로 택시가 돌아가는 모습이 보였다. 그녀는 환자복을 입은 채였고, 머리는 붕대를 감은 그대로였다. 그리고 현우가 움직이기 전, 윤오가 먼저 은효를

비애

향해 몸을 움직였다.

"너야말로 무슨 짓이야. 지금 움직이면 안 된다는 거, 몰라?"

윤오가 은효의 앞을 막아섰다.

"당신이 왜 여기 있어."

은효의 눈빛이 돌 위로 깨진 얼음처럼 차갑고 날카롭게 번뜩였다. 위험에서 새끼를 지키려는 암사자의 발톱을 닮은 듯하다.

"나가. 다시는 볼 일 없어."

은효가 막아선 윤오를 피해 안으로 들어서려 했을 때였다.

"은결아?"

은결을 부르는 현우의 목소리가 새삼스러웠다. 가슴을 철렁거리게 만들었다. 시선이 향함과 동시에 두 사람의 몸도 움직였다. 제일 먼저 은효가 뛰듯이 방으로 들어갔다.

"은결아!"

은효의 목소리가 아득히 먼 곳에서처럼 아스라하게 묻혀갔다.

제각각 7년의 기억과 시간의 조각을 공유한 사람들이 은결이 옆에 섰다. 아주 오래된 기억이라 생각했는데, 마치 어제의 일처럼 각자에게는 선명한 일이다. 지우지 못할 흉터처럼 각인 됐으니까.

"은결아……, 엄마가…… 많이 사랑해. 알지?"

은효는 은결이를 안고 있었다. 아이의 머리를 쓰다듬고, 끊임없이 입 맞췄다. 끊임없이 사랑한다 속삭였다. 그때마다 아이는 희미하게나마 살아 있다는 표시를 했다. 알고 있다고, 다시 또 알았다는 듯. 그 아이가 곁에 선 누군가를 미미한 손짓으로 찾았다. 윤오를 부르는 것이다. 지켜보던 윤오는 알 수 있었다.

"은결아."

기어이 윤오가 그들 모자 앞에 무릎을 꿇었다.

"약속할게."

고개 숙여 은결의 손을 잡고 두 손으로 감쌌다.

"은결이 네 말대로 엄마…… 아빠가 지킬게, 이제부터라도…… 미안하다……."

윤오의 눈물이 터졌다. 아이의 손가락 위로 뚝뚝 떨어졌다.

"그러니 은결아…… 내 아들…… 조금만 더 힘을 내. 아빠는 무슨 짓을 해서라도 너 고칠 거야. 하늘나라로…… 보내지 않아."

아이의 마른 입술에 희미한 미소가 스몄다. 설핏 가늘게 뜬 눈에 눈물이 가득 고였다가 주륵 흘렀다. 그리고 그때였다. 조금씩 은결의 몸을 쓰다듬던 은효의 손길이 뚝 멈췄다. 저 먼저 숨을 흡 멈췄다.

"은결아……."

아이의 귓가에 은효는 이름을 불렀다. 마치 잠이 든 것 같다. 병원에 있을 때만큼 아파하는 것 같지도 않았는데, 그저 눈을 감고 있는 것 같다. 아직도 귓가에는 아이의 목소리가 선명하다.

「사랑해요, 엄마. 울지 마요. 내가 미안해요.」

비애

속삭이던 아들의 목소리가 여전히 생생한데……. 은효의 입술이 달싹거렸다.

이건 꿈이야. 아직도 내가 꾸는 꿈이야. 지독하게 무섭고, 두려운 데도 내 힘으로 깰 수 없는 꿈.

은효의 가슴이 조금씩 들썩거리기 시작했다. 불규칙하게 내쉬는 숨결이 거칠어졌다.

"은결아…… 엄마가…… 미안해……. 널 낳아서, 아프게 해서……."

널 지켜야 한다고 한 일이 엄마만을 위한 이기심이었어. 자만심이었어.

은효의 목소리가, 입술이 바르르 떨었다.

"아직 시간이 있었어. 분명 그랬다고. 정신 차려, 아가. 제발……."

점점 은효의 목소리가 흔들렸다. 젖어 갔다. 눈앞이 뿌옇게 변해갔다.

"엄마는 널 보낼 준비가 안 됐어. 은결아……, 은결아?"

은효의 목소리가 울음에 묻혀갔다.

있을 수 없는 일. 시간이 이렇게 없다는 것을 알았다면 아이를 안고 한 번이라도 더 사랑한다고 말해주었을 것이다. 한 번이라도 더 볼을 비벼주었을 것이다. 한 번이라도 더 웃어주었을 것이다. 한 번이라도 더…….

울던 은효가 실성한 듯 허……, 긴 웃음을 터트렸다.

"어……어……."

웃음은 울음으로 다시 변해갔다. 꾹꾹 누른 울음은 그녀의 안에서 꿀렁꿀렁 처절하게 일렁거렸다.

"은효야."

바라보던 윤오가 견디지 못해 은효를 감쌌다. 세 사람이 한 덩이가 되었다. 심장이 파열됐나 보다. 그도 함께 울었다.

길고 긴 여운을 남기며 앰뷸런스가 마당으로 들어서고 있었다.

비애

15.

날이 맑았다. 늦여름의 정오. 통유리 창을 통해 여과가 된 강한 햇살이 실내로 쏟아져 들어왔다. 아무리 한풀 꺾였다지만, 그래도 정오의 햇살은 강렬했다. 잠시만 노출돼도 뜨거움을 느끼기에 충분했다.

머리카락이 반백인 한 남자가 그 햇살을 온몸에 맞으며 서 있었다. 영해그룹의 김이철 회장이다. 긴 해외출장에서 돌아와 내부보고로 바빠야 할 그가 이렇게 생각에 잠겨 있는 것은 오로지 아들인 윤오 때문이었다.

먼저 간 아내가 자신의 생명이 위험할 것을 알면서도 낳은 아들이 윤오다. 다행인지 불행인지 아내는 윤오가 다섯 살 때까지 곁에 있었다. 애틋하게 키운 그 마음을 모른다고 할 수는 없었지만, 아버지인 그는 바빴다. 갑작스런 부친의 부고로 휘청거린 그룹이 시간이 지나면서 안정이 되고 상승세를 타고 있었으나, 그만큼 그가 집으로 오는 날은 손으로 꼽을 정도뿐이었다.

어린 아이들을 생각해서라도 그의 재혼은 당연지사였다. 게다가 수단과 방법을 가리지 말라고 배웠던 그가 아닌가. 정계에 큰

263

힘을 가진 지금 아내와의 재혼으로 영해그룹도 날개를 달았다. 계열사를 늘리던 지난 시간 거칠 것이 없었다. 다행으로 재혼한 아내는 어떤 의심도 하지 않고, 아이들의 양육에 힘을 썼다.

그런 아들이다. 호랑이의 아들은 호랑이니, 아무리 방황하던 시절이라 해도 결국은 돌아올 것이라 믿었고, 당연한 결과지만 녀석은 그의 그늘에 안착을 했다.

그렇다고 지금껏 믿고 있었다.

"그래서…… 아이들은 어떻게 하고 있나?"

기어이 김 회장의 입이 열렸다. 평소에도 묵직한 목소리가 깊게 가라앉았다. 주름진 눈매가 깊이 패었다.

"정신이 온전할 리가 있겠습니까. 며칠을 중환자실 앞에서 지키고 섰다가, 부사장님이 유전형이 일치하는 기증자를 찾았다는 소식에 독일로 떠난 지 사흘 됐습니다."

김 회장의 한 걸음 뒤에 섰던 비서실장이 대답했다.

"찾았다고?"

김 회장의 미간이 움찔 굳었다. 정 실장이 무겁게 고개를 저었다.

"지금껏 소식이 없는 것을 보면 아마 기증자가 마음을 바꿨던지, 연락이 안 닿던지 둘 중 하나일 겁니다."

정 실장의 목소리 또한 착잡하게 가라앉았다. 정 실장은 30년이 넘게 김 회장과 함께했던 사람이다. 김 회장이 여간해서 속내를 드러내는 법이 없지만, 그에게만은 애통해하는 마음이 그대로

비애

전해졌다.

　일의 시작은 김 회장이 유럽에 있던 2주 전쯤이었다. 정 실장이 M호텔 중식당에서 손님과의 저녁 식사겸 술자리를 마치고 나오던 길이었다. 그곳 주차장에서 윤오를 본 그는 자신의 눈을 의심했다.

「저 새끼가 미쳤나?」

　시간이 늦어 드나드는 이가 줄었을 뿐 아직은 오가는 이들이 있었다. 윤오 연배의 남자 몇이 하는 얘기에 정 실장의 귀가 열린 것은 당연한 일이다.

「저거 최은효냐? 정훈 선배랑 나가더니 이젠 쟤랑 붙었어? 더럽게 남자 밝히네.」

「이봐, 친구들. 한 잔 더 하자니까 왜 여기 와 있어?」

　그때, 덩치가 좀 큰 남자가 로비를 가로질러 빠르게 다가오더니, 떠들던 남자들을 다시 안으로 몰았다.

「야, 윤오 저거…….」

「야야. 윤오가 어딨다고 그래? 걘 아까 전에 내가 차 태워 보냈다. 술을 덜 마시니까 사람이 헷갈려 보이지. 얼른 들어가. 더 마셔!」

「정말 윤오 아냐?」

「아니라니까 그러네. 술 취해놓고 왜 이렇게 우겨? 김윤오 간이 저렇게 커? 얼른 들어가. 자자! 오늘은 완전 비뚤어질 때까지 내가 쏜다니까.」

　왁자지껄 떠들던 남자들은 사라졌다. 그리고 가로등 불빛 아래

드러난, 격렬히 키스를 하던 남녀도 사라졌다. 하지만 정 실장은 제자리에 우뚝 서 움직이지 못했다.

최은효…… 최은효!

정 실장의 미간이 일그러졌다. 마음에 걸린 이름의 실체가 확연해졌다. 몇 년 전, 윤오가 군대 가기 직전의 일을 상기한 그가 나직한 한숨을 내쉬었다.

처음부터 이 일을 김 회장에게 보고하려던 것은 아니었다. 다만 최은효가 바람재단 이사장의 아들인 이현우와 결혼한 사이란 것을 아는 그로서는 나중 김 회장의 추궁을 대비해서라도 알아둬야 할 필요가 있었다. 김 회장은 아들의 추문을 용납지 않을 것이 분명했기 때문이다.

그런데 예상 외로 드러난 사실은 그 혼자서 감당할 만한 것이 아니었다. 혼인신고도 되어 있지 않은 최은효에게 아이라니. 그것도 항암치료의 후유증으로 오늘내일하는 아이라니.

"오늘이 며칠째지?"

"칠 일째입니다."

윤오의 아들인 은결이 혼수상태로 실려 간 지 칠일 째란 말이었다. 묵묵히 침묵을 고수하던 김 회장이 입을 열었다.

"상태가 조금이라도 호전되어야 골수이식이라도 할 텐데 말이지. 닥터 한은 아직 연락 없나?"

김 회장이 옅은 한숨을 내쉬었다. 이미 출장 중에 조직적합성

비애

항원(HLA)검사를 받았다. 그 또한 그 결과를 지금 기다리고 있다.

"다시 확인해보겠습니다. 지금 세계 각지의 골수은행을 샅샅이 찾고 있는데, 그곳도 다시 확인하겠습니다."

"그래. 다시 말하지만 윤오는 모르게 진행하게."

"예, 회장님."

"윤주도 검사를 받게 하고. 아이들 외가 쪽도 받게 해. 단, 한 마디도 의문을 갖게 하지 말 것."

뒷말이 없게 하란 소리이다. 그것은 수단과 방법을 가리지 말라는 말과 일치했다. 늘 그랬듯이. 깊게 허리 숙인 정 실장이 회장실을 나갔다. 오늘 따라 구름 한 점 없는 파란 하늘을 향했던 김 회장의 이마에 주름이 깊게 패었다.

가볍게 돌아가는 회전문을 두고, 윤오는 육중한 유리문을 온 몸으로 밀었다. 장시간의 비행에도 잠 한 숨 자지 못했다. 기다릴 이들을 생각하면, 잠을 잘 수 없었다. 벌써 며칠째 깨어있는 윤오의 두 눈은 벌겋게 충혈되었지만, 어느 때보다 날카로워 닿으면 베일 것 같았다.

병원 로비로 들어선 그가 위쪽으로 연결되는 에스컬레이터 앞에서 주춤 멈췄다. 그 끝을 올려다보다 이내 걸음을 옮겼다.

은효는 그가 독일로 떠나기 전과 같은 모습이었다. 앉지도 못한 채 중환자실이 보이는 벽에 기대어 서 있다. 시선이 무겁게 닿혀 있는 중환자실의 문을 향했다. 하염없이 바라본다. 넋이라도 나간 사람처럼.

"은효야. 가서 밥이라도 먹자. 제발 바보처럼 굴지 마. 이러다 너도 쓰러지면, 그땐 어떡할래."

은효를 잡아끄는 현우의 모습도 보였다. 그가 떠나기 전 거의 탈진 상태인 은효를 입원시켜야 했다. 하지만 아마 은효는 이 자리를 떠나지 않았을 것이다. 어쩌면 단 한 번도. 어금니를 악 문 윤오가 은효를 향해 다가섰다. 그녀 앞에 우뚝 섰다.

"윤오야, 어떻게 됐……."

갑작스런 윤오의 등장에 질문을 하던 현우가 말도 채 끝내지 못한 채 우뚝 굳었다.

닷새 전이었다. 독일에서 유전형이 반이나마 맞는 기증자가 나왔다고 했었다. 하지만 당사자와 연락이 안 된다고 했다.

「내가 다녀올게. 무슨 수를 쓰더라도 찾아낼 거야.」

윤오는 주저하지 않았다. 단 1퍼센트의 확률을 위해, 세상 끝이라도 뛰어갈 거라고 현우는 생각했었다. 그랬던 윤오의 표정에서 현우는 지독한 슬픔을 읽었다.

"은효야"

초점 없던 은효의 눈빛이 살아났다. 제 앞에 선 윤오를 똑바로 올려다보았다. 그가 가져올 소식만 기다리던 지난 닷새. 절망의 끝에서 잡은 지푸라기 한 가닥. 바라보던 윤오가 주먹을 꽉 쥐었다.

비애

기어이 입을 열었다.

"다시 시작하자. 찾고 있어."

"그 사람은요? 반이나마 맞았다면서. 그래도 이식은 할 수 있다잖아요. 왜? 결국 연락 못 한 거예요? 본인이 못 하겠대요?"

은효의 눈망울이 사정없이 흔들렸다. 숨을 쉬지도 않고 물어본다. 마지막 실낱같은 희망이 희미해지고 있다.

"죽었대. 한 달 전에."

윤오의 한 마디 한 마디가 마치 사망선고와 같이 은효를 내리쳤다. 턱턱 목을 졸랐다. 은효의 두 눈에서 소리도 없이 흐른 눈물이 투둑투둑 몸을 타고 굴렀다.

하루하루 피가 마르고 있다. 당장 저 중환자실 안에서 무슨 소리가 들려올지 몰라 촉각을 곤두세우고 있다. 아이의 따뜻한 손을 영원히 곁에 머물게 할 수 있다면, 영혼이라도 팔 수 있었다.

"이럴 수…… 없잖아. 어떻게…… 이럴 수가 있어……. 아아아……."

은효가 윤오의 가슴 안으로 무너졌다. 그의 옷자락을 붙들고 서럽게 오열했다.

"미안하다."

윤오가 어금니를 악물었다. 심장이 찢어지면 이럴까. 이 순간에도 그가 해 줄 수 있는 말이 없다.

"포기하지 말자. 은결이도 견딜 거야."

순간, 윤오의 몸이 움찔 굳었다. 제 품에 완전히 기댄 은효의 몸이 축 늘어진 탓이었다.

"은효야!"

윤오가 다급하게 은효의 이름을 불렀다. 힘없이 쓰러지는 은효의 몸을 두 팔로 붙들었다. 숨은 쉬고 있나. 윤오는 겁이 와락 들었다. 무릎 아래로 팔을 넣어 은효의 몸을 덥석 안아들었다.

"윤오야, 왜 그래?"

그들에게서 조금 떨어져 있던 현우가 다가섰다. 정신을 잃은 채 윤오에게 안긴 은효의 얼굴을 내려다보았다.

"저쪽, 저쪽 응급실로!"

마음이 다급했다. 은효를 안고 뛰는 윤오의 관자놀이로 식은 땀이 주룩 흘러내렸다.

윤오는 정원에 서 있었다. 현관으로 오르는 계단의 끝에는 불빛이 가득했지만, 그에게는 마치 지옥으로 통하는 것처럼 아득하기만 했다. 섬뜩한 기운이 온몸을 관통해 그는 이를 아득 사리물었다.

견딜 수 있을까. 아무렇지도 않은 얼굴로 마주할 수 있을까.

윤오의 눈빛이 깊게 가라앉았다. 견딜 수 있다. 그의 아이가 견디고 있는 만큼 그 또한. 그의 여자가 지금껏 버텨온 것만큼은 그도 견뎌야 했다.

"어, 윤오야! 언제 왔어?"

벨을 누르지 않고 들어온 그를 발견한 이는 누나인 윤주다. 현

비애

관으로 들어서는 그를 발견하고 다가왔다.

"출장 갔었다면서. 연락 잘 안 되더라."

"쟤가 그렇다, 윤주야. 윤오 무심한 건 알아줘야 하잖니. 우리가 그렇게 오래 나가 있어도 전화 한 통 하는 줄 아니? 아버지께서 부르시니 이제야 온 것 좀 보렴. 어쩜 이렇게 무뚝뚝한 것까지 아버지를 닮니."

문 여사가 그들을 향해 다가왔다. 전실에서 들어오지도 않고 버티는 윤오가 이상하다며 이마를 찡그렸다. 나이답지 않게 팽팽한 이마에 부자연스런 주름이 한 줄 생겼다. 그러다 감정 한 점 남지 않은 윤오의 얼굴을 민감하게 알아챈 문 여사의 표정도 우뚝 굳었다.

"무슨 일 있니?"

"들어오지 않고 거기 서서 뭐 하는 것이니."

부친과 모친의 목소리가 동시에 들렸다. 윤오의 시선이 모친의 너머 육중한 1인용 소파의 등받이에 가려 뒷머리만 보이는 부친에게 꽂혔다. 그의 시선이 물기 한 점 없이 싸늘히 메말랐다. 동시에 욱 감정이 치밀었다. 참아야 했지만, 참을 수가 없었다. 은효까지 넋을 잃은 지금, 보이는 것이 없었다.

"왜 그러셨습니까?"

윤오가 물었다. 뚝 떨어진 목소리로 누구를 향한 것인지 주체도 밝히지 않은 채 그저 물었다. 딱히 꼭 집어 어느 쪽의 대답을 바란 것은 아니었다. 이 물음마저 묻고 간다면, 부친도 모친도, 심지어 그의 누나와 윤지민까지 그저 자신의 행동을 여전히 철없는 객기로 여길 것 같다. 그것은 더 모멸스러울 것이다. 그리고 그의 목소리가 떨어지자마자 문 여사의 잘 다듬어진 눈꼬리가 희미하게 치켜 올라갔다.

"뜬금없이 무슨 소리니? 오랜만에 집에 와서는 인사부터 못할 망정. 출장 가서 무슨 일 있던 거니?"

문 여사가 여전히 우아하게 웃었다. 윤오는 소름이 끼쳤다. 동요를 감추기 위해 그는 턱을 치켜들었고, 싸늘한 눈빛으로 모친을 내려다봤다.

"가면 좀 벗고 사시죠. 지겹지 않으십니까?"

건조한 목소리와 시선은 이미 문 여사를 자신의 가족이 아닌 타인으로 대하고 있다. 한때 이 여자를 이해하고 싶었다. 집안의 이해가 얽혔다 해도 애가 둘이나 딸린 남자에게 시집온다는 것은 여간한 마음이 아니면 견디기 힘들 것이다. 그러니 그 마음 어딘가에 기댈 곳도, 퍼부을 곳도 필요할 거라고. 하지만 적어도 넘지 말아야 할 선이 있었다.

"윤오, 너 무슨 말을……."

"최은효……."

갑작스럽게 튀어나온 은효의 이름을 문 여사는 단번에 알아듣지 못한 듯 눈매를 찡그렸다. 고개를 살짝 비틀었다.

"기억 못 하십니까? 당신께서 떼어내고도 기억이 좋지 못하시군요."

비애

윤오는 이성적이려고 안간힘을 썼다. 하지만 제 뜻대로 되지 않아 목소리가 커졌다. 윤오가 무슨 얘기를 꺼내려는지 이제야 깨달은 문 여사의 얼굴빛이 하얗게 질렸다.

"그래. 이제 생각났어, 그 이름. 그런데 왜 갑자기 네가 얘기하는지 몰라 묻는 거 아니니? 번듯하게 결혼까지 해서 살고 있다는 애를 왜 들먹여."

"네, 모르실 겁니다. 기억할 필요가 없었을 겁니다. 추잡한 협박과 회유로 완벽히 떼어냈다고 생각하셨을 테니까요!"

한순간 윤오가 격앙되어 소리를 버럭 질렀다. 소파에 앉아 있던 그의 부친이 벌떡 일어설 정도로 윤오의 감정이 일시에 폭발했다.

"어디서 큰 소리를 내는 거냐!"

굵고 묵직한 부친의 목소리가 그 뒤를 이었다.

"윤오야, 이게 무슨 일이야. 흥분 가라앉히고 들어와서 얘기하자. 응?"

당황을 감춘 윤주가 부드러운 목소리로 그를 달랬다. 하지만 윤오의 귀에는 아무것도 들리지 않았다. 그의 눈빛이 심연처럼 검게 가라앉았다.

"누나도 험한 소리 듣기 싫으면 빠져."

"윤오야!"

"제발 빠지라고!"

윤오가 버럭 소리를 질렀다. 윤주가 움찔하며 저도 모르게 뒤로 물러섰다. 윤오의 메마른 시선이 문 여사, 그리고 소파 쪽에서 자신을 바라보는 부친을 향했다.

"왜 그러셨습니까! 아들 군대 보내는 것으로 만족하실 수 없었습니까?"

윤오는 이를 악물었다. 흥분하면 안 된다고 수십, 수백 번을 되뇌었지만, 사람이다. 가슴에서 거칠고 어두운 폭풍이 일었다. 제 눈앞에서 스러지던 아이의 눈빛을 잊지 못했다. 제대로 울지도 못하는 은효의 울음소리가 그의 심장을 짓밟았다. 아무것도 모른 채 그녀에 대한 미움과 분노만 삼키며 산 지난 7년이 그를 짓눌렀다.

"스물한 살, 그 여자를 만나······."

윤오의 눈빛이 격렬하게 흔들렸다. 아연해지는 모친의 얼굴이 뿌옇게 흐려지기 시작했다.

"무슨 말을 하셨을까요. 돈 봉투도 내미셨습니까? 윤지민과 제가 약혼한 사이라 하셨습니까? 전화해서 어떤 협박을 하셨습니까? 죽일 거라 하셨습니까? 주변 사람 모두 못살게 괴롭힐 거라 하셨습니까?"

윤오의 말이 신랄하게 퍼부어질 때였다. 쫙, 하는 소리와 함께 윤오의 얼굴이 돌아갔다. 문 여사의 손바닥이 윤오의 얼굴을 내려친 탓이었다. 그녀의 얼굴 위로 푸르르 노기가 드러났다.

"건방진 자식! 그래도 자식이라고 키워놨더니······."

문 여사가 혼잣말처럼 말을 짓씹었다. 눈빛이 독하게 번뜩였

비애

다. 그리고 동시에 그녀의 손에 맞은 윤오의 뺨에서 주룩 피가 흘렀다. 문 여사가 끼고 있던 장신구에 긁힌 탓이었다.

"어머니!"

"여보!"

윤주와 부친인 김 회장의 목소리가 크게 울렸다. 여간하여 집 안에서 일어나는 일에는 나서지 않는 김 회장이 그들 앞으로 다가왔다. 상황을 일별하고는 문 여사를 책망의 눈빛으로 바라보니 푸들푸들 떨던 그녀가 제자리에 털썩 주저앉았다. 강하게 번뜩이던 눈빛이 일시에 꺾였다.

"왜…… 다들 나만 갖고 그래요. 내가 뭘 잘못했다고. 다 지민이가 저지른 일이었다고요. 어린애가 멋모르고 한 일, 나는 덮어준 죄밖에 없어요."

문 여사가 강변했다. 윤오의 피를 닦아 내던 윤주가 놀라 커다래진 눈으로 그녀를 바라봤다.

"그럼 그게 진짜였어요?"

윤주의 목소리가 높게 갈라졌다. 부친인 김 회장의 추궁어린 눈빛에 윤주의 얼굴이 일그러졌다.

"얼마 전 내 앞에서 술이 만취해서 최은효 얘기를 한 적이 있었어요. 그때 차로 쳐 죽여버려야 했다고. 살려둬서 다시 나타난 거라고. 허!"

짧은 숨을 들이켠 윤주가 두 손으로 자신의 입을 막았다. 그 얘기를 아무렇지도 않게 하던 지민이 떠올라 소름이 끼쳤다. 그녀가 믿지 못하겠다는 시선으로 문 여사를 바라봤다.

"그걸 어머니도 아셨다고요? 범죄잖아요!"

"내가 한 게 아니라니까!"

문 여사가 강한 목소리로 반박했다. 차가운 눈빛으로 바라보던 윤오가 으득 이를 물었다.

"당연히 본인 손은 더럽히고 싶지 않으셨겠죠. 어머니 수단에 윤지민이 넘어간 겁니다."

"하! 너희 남매가 지금 정신이 어떻게 됐나 본데. 이거 뭐하자 는 짓이야! 나는 너희들 엄마야. 내가 너희들을 어떻게 키웠는데!"

"그만두지 못해!"

그때껏 잠자코 있던 김 회장이 강한 목소리로 제압했다. 파랗게 질린 얼굴로 항변하던 문 여사가 놀라 남편을 바라봤다. 뭐라 말을 하고 싶은 입술이 파들파들 떨렸다.

"당신까지 왜 이래요. 당신은 이러면 안 되잖아요. 내가 뭘 잘 못했어요? 나는 윤오 엄마인데……. 내 속으로 안 낳았으니 애 인 생 망치는 꼴 보고도 대충 넘어갔단 소리, 나는 듣기 싫다고요!"

"당신은 어떤 것이 진정 엄마의 역할이었는지, 다시 생각해봐."

"지금 날 비난해요? 당신이……?"

문 여사가 순간 가슴을 움켜쥐었다. 헉, 하는 한숨과 함께 한 탄처럼 말을 쏟아냈다.

"말해봐요, 당신!"

문 여사가 파르르 노기에 떨었다.

비애

"나도 내 아이가 있었다면 다 큰 아이들한테 이런 집착 안 했어요. 나를 이렇게 만든 건 당신 아니에요?"

윤오 부친의 이마가 잔뜩 일그러졌다.

"무슨 소릴 하는 거야!"

"내가 모를 줄 알아요? 윤오 이복형제 만들지 않겠다고 수술까지 해버린 거!"

"여보!"

부친은 더 이상 말을 잇지 못했다. 악을 쓴 문 여사의 한탄과 같은 푸념이 계속 이어졌다.

"아무래도 좋아요. 윤오, 윤주가 내 자식이었으니까. 그런데 내 자식은 완벽해야 했어요. 가진 것 하나 없는 그따위 여자가 내 아이 앞에서 알짱거리는 거, 앞길 막는 거……!"

"아이가……."

문 여사의 파르란 목소리가 이어질 때였다. 순간 윤오가 말을 잘랐다. 그의 목소리가 공허한 메아리처럼 거실을 울렸다. 문 여사의 말도 뚝 끊기고, 거실에는 고요한 정적이 한순간 흘렀다.

"아이가 있습니다. 제 아이예요."

윤오의 목소리는 비교적 담담했다. 문 여사도, 윤주도 놀라 그를 바라보았다. 덤덤하게 그들의 시선을 받던 윤오의 목소리가 끝내 가늘게 떨렸다.

"죽어가고 있어요. 그 작은 아이가 온몸에 바늘을 꽂고…… 가는 숨을 몰아쉬는데, 아빠라는 사람인 제가 해줄 것이 없어요."

윤오의 감정은 넘치지 않았다. 커다란 수반의 한계에서 찰랑이는 물처럼, 넘칠 듯 넘칠 듯 그 안에 고여 있다. 오히려 바라보는 이를 아슬아슬하게 만들었다.

"모두…… 제 잘못입니다. 제가 못났습니다."

윤오가 부친 앞에 단정히 무릎을 꿇었다. 서른 해를 살아오며 단 한 번도 부친에게 빌어본 적 없었다. 질풍노도와 같던 스무 살 그때에도 꺾일지언정 굽히지 않았다. 격한 대립으로 부딪쳐 찢어지고 상처 날지언정.

"아이를 살릴 수 있다면, 제 생명이라도 바꿀 수 있어요, 아버지. 그런데 지금은 제가 살아야 합니다. 살아서 내 아이 살리고, 그 여자도 옆에서 지켜야 합니다."

심장이 터질 것 같다. 무언가 뜨거운 것이 심장을 뚫고 나와 목으로 치밀고, 눈으로 치밀었다.

"내 아들과…… 약속했습니다."

목이 메었지만, 끝내 울지 못한다. 산산이 부서졌던 마음. 그 조각을 돌탑처럼 쌓아놓았으니, 눈물로 인해 하나라도 빠진다면 그땐 걷잡을 수 없다. 이대로 무너질 거라는 것을 그 자신이 알고 있다. 이제 그로 인해 고통을 받은 한 여자 곁에서 지켜야 했다. 그 누구도 아닌 그 자신이.

한동안 거실은 침묵에 휩싸였다. 누구도 숨을 쉬거나 침을 삼킬 수도 없는 시간이 흘렀다.

비애

16.

윤오가 병원으로 돌아온 것은 늦은 밤이었다. 지하 주차장에 차를 댄 그는 자신도 모르게 옅은 한숨을 내쉬었다.

「아비의 독단이 독이 되었다. 너도, 그 아이도 험한 세월을 겪었 구나. 그동안 아비가 헛살았어. 네 모친이 저런 마음을 품고 살아온 걸 몰랐구나. 너희들을 힘들게 하고, 내 가정을 이렇게까지 만든 것 은 이 애비의 탓이다. 미안하구나.」

「그런 말씀, 굳이 안 하셔도 됩니다.」

미움도 설움도 지금은 안중에 없다. 지금 그의 머릿속을 완전 장 악한 것은 한 가지 일밖에는 없었다.

「나도, 윤주도, 네 외가 식구들도 검사를 받았다. 조만간 결과가 나오겠지.」

「알고…… 계셨습니까?」

「얼마 전에야.」

김 회장의 목소리에는 회한이 섞였다. 윤오에게도 느껴졌다.

「독일까지 다녀왔다고 들었다. 포기는 일러. 네 외가식구들도 모두 받았으니 희망이 있을 게다. 그 전에 아이가 깨어나 기력을 찾아야지.」

　윤오는 자동차 핸들에 두 손을 얹고, 그 위에 얼굴을 묻었다. 부친의 말씀이 귓가를 맴돌았다. 왕래가 끊겼다지만, 왜 외가 쪽을 생각 못 했을까.

　옅은 한숨을 내쉬며 윤오가 고개를 들었다. 조수석에 던져두었던 휴대전화의 진동이 울리고 있다.

　"병원 주차장입니다. 은효는요?"

　현우의 전화였다. 중환자실 앞에서 쓰러진 후, 은효는 깨어났지만 완전히 기력을 잃은 것 같아 주변 사람들의 마음을 안타깝게 했다.

　- 윤오야. 얼른 올라와야겠다.

　"무슨 일 있습니까?"

　윤오의 마음이 급해졌다. 은효와 은결이를 두고 너무 오래 자리를 비웠다고 자책하는 순간이었다.

　- 은효가 없어졌어.

　"무슨 소리……."

　순간 윤오의 표정이 와락 굳었다. 심장이 쿵 내려앉았다.

　서울의 병원에서 사라진 은효의 연락을 받은 것은 다음날 오전이었다. 혹시 하는 마음에 은효의 집에 들른 순영이 침실에서 자

비애

고 있는 은효를 발견했다는 연락을 해왔다. 순영은 은효가 이모라 부르는 중년 여인이었다.

「무슨 일이여. 지갑 하나 들고 온 거 같던데. 은결이 두고 왜 혼자 온겨?」

「가능한 기증자가 나타났는데, 죽었답니다. 은효의 상심이 커요.」

「에효, 불쌍한 것. 아픈 자식 앞에 두고 이게 벌써 몇 년째야. 밥상을 차려도 한 숟갈도 못 넘겨. 병원에 안 가냐 해도 말도 안 하고. 내 맴이 통 안 좋네. 마음 같아선 며칠 잠이나 재우고 싶구만.」

순영의 한숨은 차치하더라도 차를 몰아 온양으로 향하는 윤오의 마음이 무거워졌다. 은효가 아무 말도 없이 은결이를 두고 그곳에 갔다는 것이 내심 마음에 걸린 탓이다.

윤오는 은효의 시골집 마당에 급하게 차를 세웠다. 그때 마침 현관문을 열고 나온 순영과 맞닥뜨렸다.

"은효는요? 무슨 일 있습니까?"

순박한 이 시골 여인은 표정을 감추지 못한다. 집 안에서 뛰어나오는 것이 여간 급해 보이질 않았다. 또한 윤오를 만나자 당황하기 시작했다.

"아니, 그게……."

순영이 한숨을 푹 쉬었다. 근심 섞인 눈빛으로 사방을 휘둘러

보았다.

"분명 아까까지 있었는데 은효가 없네. 내가 일하는 사람들 새참 준다고 잠깐 나간 사이에 사라진 것 같아. 애가 또 말도 없이 어딜 간겨."

순영의 말을 듣던 윤오의 표정도 조금씩 일그러지기 시작했다. 이곳에도 없다면, 기력이 쇠할 대로 쇠한 그녀가 가면 얼마나 갔을까 모르지만, 그러다가 기진하여 낯선 곳에서 쓰러지기라도 하면……

"에효, 이 불쌍한 것이 또 어딜 헤매고 있어."

울컥 설움이 치민 순영이 소맷자락으로 눈물을 훔쳤다.

"기연엄마, 은효 내려왔어? 은결이 이제 괜찮아진겨?"

그때, 누군가 앞마당으로 들어서며 순영을 불렀다.

"은효? 혹시 은효 봤어?"

"은효를 본 건 아니고. 우리 바깥양반이 읍내 나갔다 왔는데 은효 차가 공방 앞에 서 있던 것 같더래. 확인해보고 싶었지만 시간 없어서 그냥 왔다네? 공방 이제 팔어?"

"공방 문이 열렸다고?"

"글쎄. 거기까진 모르겠고……. 은효 차인 거 같더래."

중년 여인 둘이 말을 주고받았다.

"공방 주소 좀 알려주세요."

끝까지 듣지 못한 윤오가 순영을 재촉했다.

"어, 그게. 여기 오던 큰길서 조금 더 올라가면 간판이 보여."

비애

순영의 말이 끝나기도 전, 윤오는 마당 한 곁에 주차해 둔 자신의 차로 뛰어갔다. 급히 시동을 건 그가 마을길을 따라 차를 몰기 시작했다. 시골길을 따라 뿌연 흙먼지가 흐릿하게 날렸다.

윤오가 차를 멈춘 곳은 은효가 살던 집에서 멀지 않았다. 그녀의 집이 신작로 옆길로 들어간 마을 쪽에 위치했다면, 이곳은 시내로 들어가기 전 변두리 지역이었다. 버스가 서는 정류장 주위로 상가 건물 몇 동이 들어선 곳이다. 그곳 한 건물의 맞은편에 윤오는 차를 댔다.

2층 높이의 건물은 작고 아담했다. 1층은 프로방스 풍의 외관에 노란 차양이 눈에 띄었다. '베이커리공방 미엘'이라는 나무 간판이 바람이 불 때마다 흔들리고 있다.

지난 7년, 은효의 행적 중 하나. 이 작은 공간이 그녀의 꿈을 담던 공간이다. 빵과 쿠키를 굽고, 그 냄새에 끌려 찾아온 이들에게 그녀는 차를 우려냈다. 이 작은 공방이 시골 어린 아이들이 밀가루 반죽을 갖고 노는 놀이터로도 쓰이고, 동네 모임 하는 곳으로도 쓰였다고 했다. 어떤 때는 인근 도시사람들이 시간을 내어 베이킹을 배우러 왔다고도 했다.

「은효, 학위 마치고 출강하는 거 아니었어?」

「학위는 고향 쪽에서 마치긴 했지. 하지만 출강은 거짓말이야. 진수한테 소문 좀 내달라고 내가 부탁했어. 녀석, 유럽에서 애인 데리고 돌아다니다가 나한테 들켰거든. 말을 잘 듣다못해 오버해서 퍼뜨리고 널 자극까지 했다더라.」

　　윤오는 현우가 했던 말을 언뜻 떠올렸다. 은효가 나타나고 이성을 잃었다. 앞뒤 안 알아보고 눈이 벌게져 달려든 건 그 자신이었다.

　　"후."

　　약한 한숨을 내쉰 윤오가 차에서 내렸다. 길을 건너가 천천히 공방의 문을 열었다. 환한 햇살에 익숙했던 눈이 당장의 희미한 어둠에도 적응하지 못했다. 여름 폭우와 장마를 건너오는 내내 닫혀 있던 공방이라 살짝 꿉꿉한 내음이 밀려들었지만, 이내 밖에서 들어온 맑은 공기와 섞였다. 작은 원목 테이블이 몇 개 놓인 너머, 안쪽으로 베이커리 주방이 위치했다. 커다란 통원목으로 만든 작업대와 벽 쪽에 놓인 오븐이 전부인 곳.

　　은효……. 그녀다. 그녀는 오후로 넘어가는 햇살이 창을 통해 사선으로 들어오는 주방 한가운데 앉아 있다. 흰색 작업복을 입고 손에는 비교적 큰 밀가루 봉지를 들고 있었다. 그녀의 주변이 온통 흰 밀가루투성이다. 은효가 앉아 있는 주변 모두가.

　　그 안에서 윤오는 환영을 본다. 어린이집에서 아이가 돌아오고, 그 아이와 공방으로 들어오면 방금 구운 따뜻한 빵의 달콤한 기운이 사방에 흘러넘친다. 그 나른한 오후햇살 안에서 은효가 웃는다. 세상 무엇과도 바꿀 수 없는 다정함이 가득한 얼굴로.

비애

윤오는 이를 악물었다. 주저하지도 않고 그녀 앞에 한쪽 무릎을 꿇고 자세를 낮췄다. 갑자기 나타난 그의 얼굴을 멍하니 바라보던 은효가 천천히 입을 열었다.

"나 좀 일으켜줄래요?"

감정이 격하지 않은 평온한 목소리이다. 그럼에도 윤오는 마냥 기뻐할 수가 없었다. 어제까지 본 그녀의 모습과 달라 덜컥 심장이 내려앉았다.

"은효야."

"응?"

은효가 배시시 웃었다. 그들이 처한 상황과 맞지 않게. 자신이 무슨 말을 하고 있는지, 상대가 누구인지, 은효가 제대로 알고 있다고 윤오는 확신할 수 없었다. 입매는 웃고 있지만, 텅 빈 그녀의 눈동자에서 슬픔을 읽었다.

"여기서 뭐하니?"

"찾아보니 재료가 별로 없어요. 이제 조금 있으면 은결이 오는데……."

윤오가 은효를 안아 일으켰다. 사람이 이렇게 마를 수도 있나 싶을 만큼 가는 몸은 스스로도 주체할 힘이 없어 보였다. 그녀를 일으키고 바닥에 엎어진 밀가루 봉지를 집어 들던 윤오가 움찔 미간을 좁혔다.

은결이가 와?

"집에서 포도라도 따올 걸 그랬어요. 우리 은결이…… 타르트 좋아하는데. 항상 엄마가 최고라고 엄지손가락이 척 올라가. 생크림은 있나 모르겠다."

빠르게 말을 마친 은효가 부지런히 움직였다. 냉장고를 뒤져 아쉬운 대로 재료를 꺼내고, 작업대 위에 밀가루를 뿌리더니 체를 치고, 반죽을 시작했다. 윤오는 어떤 소리도 낼 수 없었고, 차마 숨도 쉴 수 없었다. 은효가 하는 것을 조용히 지켜볼 뿐이었다. 욱치민 감정을 안간힘으로 눌렀다.

은효의 손끝에서 하얀 밀가루가 한 알 한 알 연기처럼 피어올랐다. 창을 통해 들어온 오후 햇살 줄기를 따라 허공으로 흩어졌다. 윤오는 홀린 것처럼 그녀를 바라보고 있다.

그가 없던 시간, 은효와 은율만이 공유하던 그 순간순간이 공간을 떠돌다 그에게 설렘으로 날아온다. 윤오의 눈앞이 뿌옇게 흐려졌다. 밀가루가 날려서이다. 그가 시선을 바깥을 향해 돌렸다.

부지런히 손을 놀리던 은효가 문득 시선을 들었다. 벽시계를 본 그녀의 행동이 우뚝 멎었다. 그녀는 쏟아지는 빛줄기 속에 한참을 서 있었다.

"은효야?"

바라보던 윤오가 결국 먼저 입을 열었다. 왜 그러느냐 물었다.

"은결이가…… 오질 않네. 이렇게 늦은 적이 없는데……."

말끝을 흐린 은효가 부지런히 앞치마를 벗었다. 밀가루가 말라붙고 흐트러진 머리카락을 손으로 대충 정리했다.

"연락도 없이 애 혼자 내려놓고 갔나 봐. 찾으러 가야겠어요.

비애

무슨 일 있나 걱정 돼서 죽을 것 같아."

은효가 급하게 작업대를 돌아 밖으로 나가려 할 때였다. 윤오의 손이 빠르게 그녀의 팔목을 잡았다. 제게로 당겨놓고 고개를 저었다.

"은효야."

은효의 고개가 갸우뚱 기울어졌다. 순수한 눈빛으로 왜 그러느냐 묻는다.

"가지 않아도 돼."

아픈 거다, 이 여자. 아픔이 지나쳐 병이 되었다. 결국은 무너져 버렸다. 그래서 윤오는 정신 차려야 한다고 말하지 못했다. 그의 입매가 실룩거렸다.

아프게…… 웃는다. 울음 대신.

"당신……."

문득 은효의 눈빛이 변했다. 분노를 참고 있는 듯 파르르 떨렸다.

"주제넘게 참견하지 마! 내 일에, 내 삶에!"

지금은 은효이다. 그가 알고 있는. 희미하지만 그녀가 자신을 알아본다 확신하여 윤오는 내심 안도감이 들었다. 약한 탄식을 넘긴 목울대가 크게 울렸다.

"정신 차려, 은효야. 제발. 네가 흔들리면 안 돼. 은결이 잘 견디고 있잖아."

"은결이가……."

287

은효의 눈동자가 사정없이 흔들렸다. 한겨울 삭풍이 앙상한 마른가지를 친 것처럼 그녀는 덜덜 떨었다. 그때마다 아래윗니가 부딪쳐 딱딱 소리가 났다.

"김윤오……, 당신이 왜 여기 있어. 왜 여기……."

은효의 눈빛이 사방을 두리번거렸다. 자신의 손과 차림을 보면서도 놀람과 경악의 표정이 번갈아 떠올랐다.

"왜, 왜 내가 여기……."

은효의 얼굴이 일그러졌다. 혼란으로 머릿속이 쪼개지는 것 같았다. 그런 은효를 윤오가 와락 끌어안았다. 숨이 막힐 만큼 부여안고 귓가에 속삭였다.

"은효야. 이제 은결이한테 가자."

윤오의 목소리가 차분했다. 두렵고 놀라 떠는 은효의 등을 끊임없이 쓸어내렸다. 믿기지 않아 고개를 젓던 은효가 그를 밀어내려 기를 썼다.

"아니! 당신과 가지 않아. 당신하고는 상관없으니까, 내 눈앞에 나타나지 말아줘. 내 아이야. 은결이는 내 아이라고!"

은효가 격렬히 분노했다. 그의 팔 안에서 빠져나가기 위해 온몸을 비틀었다. 하지만, 윤오는 놓아줄 생각이 없었다.

"미안하다. 하지만 다시는 너 놓지 않아. 은결이 끝까지 지킬 거야."

"당신이 무슨 자격으로! 내게서 은결이 뺏을 수 없어!"

"뺏으려는 거 아니야."

비애

"당신하고 이제 상관없잖아. 지금껏 상관없이 살았잖아!"

"미안하다. 은효야, 미안하다."

은효가 격렬히 거부할 때마다 윤오는 미안하다, 그 말뿐이었다. 다른 어떤 말도 할 수 있는 것이 없었다.

"당신은 상관없어. 내가 누구 때문에 살 수 있었는데……, 살아왔는데……."

견디지 못한 은효가 두 팔로 그의 가슴을 팡팡 쳤다. 안간힘을 쓰는 것 같았건만 기운이 없어 치는 힘은 미약하기만 했다.

"당신 때문이야. 모든 게 당신 때문이라고!"

순간, 은효의 큰 눈에 왈칵 뜨거운 기운이 밀렸다. 눈물이 끊임없이 흘렀다.

"맞아. 나 때문이야. 그러니 더 원망해."

차츰 은효의 몸부림이 가라앉았다. 힘이 빠진 그녀의 고개가 아래로 툭 떨어졌다. 혼잣말처럼 중얼거렸다.

"다 필요 없어. 은결이 가면……, 나도 죽어."

윤오의 팔에서 스르르 힘이 빠졌다. 제 품을 벗어나 작업대 반대쪽으로 가려는 은효를 아픈 눈빛으로 바라봤다. 그런데 그때였다. 작업대 모서리에 위태롭게 놓였던 계란 한 판이 바닥으로 툭 엎어졌다. 은효가 격렬히 저항할 때 밀린 모양이었다.

계란판은 완전히 엎어져 노란 계란 노른자가 사방으로 튀었다. 그 모습을 제 앞에서 본 은효가 순간 미간을 찡그렸다.

"욱!"

삽시간의 일이었다. 은효는 신물이 넘어온 입을 한 손으로 가렸다. 연신 쏟아지는 구토에 작업대를 붙들고 허리를 굽혔다.

　　"왜 그래, 최은효!"

　　다급하게 다가온 윤오가 물었다. 공방 밖으로 뛰어 나가려는 은효를 당황하여 붙들었다. 여전히 눈물로 얼룩진 은효의 얼굴이 고통으로 일그러졌다.

　　"비린내……."

　　"비린내?"

　　시선은 돌리지도 않고, 은효가 손가락으로 바닥에 흐트러진 계란을 가리켰다. 한 손으로는 연신 욱욱 대는 입을 막고 있다.

　　"저것 좀 치워. 제발."

　　은효의 얼굴이 완전히 일그러졌다. 바라보던 윤오의 눈매가 의혹으로 가늘어졌다.

　　"은효야, 너……."

　　윤오가 말을 멈췄다. 어느 새벽, 샤워기 아래 서서 차가운 물을 온몸으로 맞던 은효의 모습이 떠올랐다. 손에 들고 있던 임신테스트기. 그리고 소리 없던 오열.

　　정녕 바라던 일이 찾아온 것일까. 지금 이 순간에?

　　하, 윤오가 짧은 한숨을 목으로 삼켰다. 두려워졌다. 만일 사실이라면, 은효가 어떻게 받아들일까, 온몸이 떨릴 만큼 두려워졌다. 그러면서도 기대가 되었다. 은효가 그를 찾아오던 그때 기대한 만큼의 기대.

비애

"아니다. 가자."

윤오는 차마 더 이상 말을 잇지 못했다. 가는 그녀의 손목을 잡고 공방 밖으로 나가려 했다. 연이은 구토에 기력이 다한 은효는 별 저항 없이 그의 힘에 끌려 나왔다.

그렇게 윤오가 공방의 유리문을 열었을 때였다.

"선생님!"

한 무리의 아이들이 그들을 향해 달려왔다. 예닐곱 꼬마아이부터 중학생으로 보이는 소녀까지, 연령대는 들쑥날쑥해 보였다. 멀리서부터 숨이 차게 달려와 순식간에 그들을 에워쌌다. 윤오의 얼굴 위로 설핏 당황이 스쳤다.

"선생님, 은결이 이제 괜찮아요? 다 나아서 내려와요?"

어린 꼬마 여자아이가 은효를 올려다보며 물었다. 아이를 내려다보던 은효의 눈꼬리에 말간 눈물이 고였다. 천천히 주저앉듯 앉아 아이와 시선을 맞춘 그녀가 힘겹게 입꼬리를 올렸다.

"정인이구나. 어떻게 왔어?"

"원장 엄마 차 타구……."

정인이라 불린 아이가 자신이 뛰어온 곳을 손가락으로 가리켰다. 노란 봉고차가 세워진 옆에 수수한 차림의 중년 여인이 은효를 향해 고개를 숙였다. 봉고차에는 '해성원'이라는 글자가 비교적 크게 쓰여 있다.

"아까 제가 학교서 집에 가다가 여기 문 열린 거 봤다고 정인이한테 말했어요. 하도 졸라서 데리고 왔어요. 아이들도 가자고 난리고."

아이들 중 제일 큰 아이가 상황설명을 했다.

"선생님, 은결이 꼭 나을 거예요. 우리가……."

조금 큰 아이가 시무룩하게 입을 열었다. 은결이 얘기가 나오자 목소리가 울먹울먹해진다.

"기도 많이 하고 있어요."

"꼭 이겨낼 거예요. 그러니까 선생님도 힘내세요."

"힘내세요, 선생님!"

아이들이 이구동성으로 소리쳤다. 방금 전까지 힘겹게 구토를 하던 것도 잊고, 아이들을 바라보던 은효가 결국 미약하게나마 웃었다.

"고마워……."

실룩거리는 입가로 눈에서 흐른 맑은 물줄기가 주룩 흘렀다. 아이들이 다가온 후부터 조금 떨어져 바라보던 윤오도 먼 하늘을 향해 시선을 옮겼다.

하늘이 파랗다. 구름의 흩어짐까지 선명해진다. 그리고 위태위태하더라도 살아갈 이유가 생긴다. 다시 아이가 왔는지, 안 왔는지는 지금 중요하지 않다. 조금씩 꺼지지 않는 희망이 생기고 있다는 사실. 그의 아이가 장하게 견디고 있다는 이 순간만이 중요할 뿐.

"은효 찾았어요, 현우 선배."

윤오가 지속해서 울리던 휴대전화를 받았다. 현우의 번호였다.

- 우리도 찾았어! 결국 찾았다고! 국내에서 찾았다고!

비애

현우의 목소리가 상당히 격앙됐다. 듣고 있는 윤오의 귀가 멍 멍해질 정도로.

- 너희 아버님이 연락 주셨어. 찾았다고!

"아버지가?"

- 네 외가쪽 분이시래. 어머니 사촌의 아들? 이거 은결이랑은 촌 수가 어떻게 되는 거야.

현우의 목소리에는 웃음이 묻어났다. 보지 않아도 얼굴 가득 웃음이 가득일 것이다.

- 완전 일치는 아니지만, 그래도 가능해! 이제 은결이만 깨어나 면 돼. 은결이가 조금이라도 기력 회복해서…….

윤오에게 현우의 다음 말은 들리지 않았다. 성큼 걸어가 은효 의 두 어깨를 붙들고 으스러지도록 껴안았다. 은효는 놀라 두 눈 을 부릅떴다.

"찾았대. 은결이와 맞는 사람을…… 찾았대."

은효의 입술이 바르르 떨었다. 불과 며칠 전의 기억이 떠오른 탓. 찾았음에도 놓쳤던 그 기억.

"진짜죠? 진짜?"

"그래."

"어떻게……, 누구와…….."

"아버지가 찾으셨어. 내 친어머니 쪽 가족에게서."

아아. 덜덜 떨던 은효가 주륵 눈물을 흘렸다. 그를 향해 몇 번 을 되묻던 그녀가 기어이 제자리에 주저앉았다. 두 팔에 얼굴을 묻고 끝도 없이 울었다.

　은결아……, 은결아…….

　아이들을 조심스레 보낸 윤오가 다가가 은효의 몸을 깊숙이
안았다. 천천히, 그리고 깊게 숨을 들이켠 윤오의 가슴이 뻐근해
졌다. 선명한 하늘로 향한 눈가가 시큰해졌다.

비애

17.

저녁이 가까워오는 시간. 제일호텔 정문 앞은 모임을 끝내고 흩어지는 이들의 걸음으로 부산했다. 추적추적 내리는 비를 뚫고, 문 앞으로 검은 차 두 대가 차례로 도착했다.

"그래도 이렇게 마사지라도 받으니까, 기분 전환되고 좋잖아. 틀어박혀만 있으면 우울증 깊어져. 언제라도 연락해, 문 여사. 먼저 갈게."

"그래. 알았어. 비 오는 데 조심히 가."

"나도 기사 고용해 달래야겠다. 오늘 같은 날은 정말 운전하기 싫다, 얘."

문 여사가 먼저 차에 타는 친구를 향해 가볍게 손을 흔들었다. 무표정한 얼굴 위로 희미한 미소가 스쳤다가 사라졌다. 이내 그녀 또한 뒤차의 열린 문을 통해 차 안으로 들어갔고, 차는 스르르 움직여 호텔을 벗어났다.

세상 믿을 것 없는 것이 사람이다. 제게 말 한 마디 붙여볼까 눈치 보던 사람들이 아닌가. 그런데 남편인 김 회장이 밖으로 떠벌리고 다닌 것도 아닐 텐데, 김 회장은 물론 보는 사람마다 자신을 괄시하는 것 같아 문 여사는 견딜 수가 없었다. 사람 만나기 싫어 집에만 콕 박혀 있었으니, 아프냐는 친구의 연락이 계속 오자 마지못해 오늘 외출을 한 터이다.

뭐? 아이들과 남은 삶을 위해서라도 이혼해야겠다고? 나더러 이혼도장을 찍으라고? 그걸 말이라고 해? 나라고 좋아서 20년이 넘도록 함께 산 줄 알아?

빗줄기가 차창을 줄기차게 때렸다. 시선은 밖을 향했지만, 문 여사의 눈에는 아무 것도 들어오지 않았다. 마사지를 받아 기분전환 할 때 잠시 잊고 있던 것들이 떠올라 감정이 또 다시 부글부글 끓었다.

혼자만 좋자고 그 아이를 떼버렸겠어? 내가 그 악역을 한 이유가 뭔데! 다 우리 집안 좋자고 한 일이잖아!

집안은 그녀만 빼놓고 살얼음판이었다. 아이 하나 아픈 게 뭐가 대수라고.

"아, 머리 아파."

문 여사가 혼잣말로 중얼거리며 관자놀이를 꾹꾹 눌렀다. 그러다 문득 창밖을 본 그녀의 표정이 미세하게 일그러졌다.

"왜 이 길로 가지? 비와서 길이 막혀?"

기사가 운전하는 차는 그녀가 생각에 잠겨 있는 새, 외곽도로로 빠져나왔다. 문 여사가 이마를 잔뜩 찡그린 채, 앞자리의 기사를 책망 어린 시선으로 바라봤다. 그러고 보니 느낌이 이상하다. 항상 봐오던 기사의 뒷모습이 아니다. 남자치고 왜소한 체격이긴

비애

했지만, 어딘지 달라 보였다. 모자를 푹 눌러 쓴 모습도 아침에 나왔던 그때와 달랐다. 생각이 많아 빨리 알아차리지 못한 듯하다.

"오랜만이세요, 어머니."

문득 들린 목소리에 문 여사의 표정이 완전히 일그러졌다.

"너……!"

문 여사가 고개를 틀었다. 운전을 하는 기사의 얼굴이 이제야 구별이 된다.

"네가 어떻게 여기 있어!"

경악한 문 여사와 달리 운전을 하는 지민은 여유로운 척 웃음까지 보였다.

"돈으로 안 되는 일이 있나요? 그러니 기사를 잘 두셨어야죠."

문 여사의 미간이 일그러졌다. 룸미러를 통해 슬쩍 문 여사를 본 지민은 상관없이 말을 이었다.

"아버님과 윤오는 그렇다고 쳐도, 어머님이 절 만나주지 않으시니 어쩔 수 없었어요."

"그렇다고 이런 짓을 저질러? 당장 핸들 돌려!"

문 여사가 운전석 쪽으로 몸을 바짝 들이민 채 지민을 향해 소리를 질렀다. 도무지 불쾌한 기분을 풀 수가 없었다.

"도대체 네가 나한테 원하는 게 뭔데?"

"저와 대화를 하시자고요. 어떻게 어머니가 저한테 이럴 수 있는지 냉정한 대화를 원해요."

지민의 목소리가 단호했다. 제 전화도 받지 않던 문 여사의 태도에 화가 머리끝까지 오른 것에 비하면 감정을 제법 제어하고 있다.

"대화? 하고 싶은 말이 무언데 그러니."

문 여사의 사뭇 느릿한 말투에 지민이 피식 웃었다.

"어머니, 지금도 상황파악 안 돼요? 나한테 여전히 거만하면 안 될 텐데요? 윤오의 아이까지 나타난 마당에 이제 제가 어머니 따위, 무서워할 것 같아요?"

문 여사가 움찔할 만큼 지민의 어조는 강했다. 독하게 내뱉는 말들이 무서울 정도였다.

"너, 원래 성격이 이랬니? 그 긴 세월 동안 잘도 가면을 쓰고 살았구나."

"가면?"

지민이 이번에는 가소롭다며 크게 웃었다.

"어머니가 저한테 그럼 안 되잖아요. 최은효에 대한 모든 일을 제가 한 거라 그러셨다면서요?"

"무슨 소리니? 넌 내가 모르는 일도 다 알고 있구나."

문 여사가 아무렇지도 않은 척 대답하자, 지민이 또 코웃음 쳤다.

"이미 다 들었어요. 일하는 아줌마도 제 사람인 거 모르셨군요."

문 여사의 표정이 일그러졌다.

"도대체 어디까지 사람을 심은 거야!"

비애

"훗! 글쎄요. 어머니 사람은 없다고 보는 게 맘이 편하지 않을까요?"

문 여사는 대답을 못한 채, 씩씩댈 수밖에 없었다.

"쓸데없는 생각 말고 아까 물은 거 대답이나 해보시죠. 왜 최은효에 대한 일이 모두 제가 한 짓이 돼버렸죠?"

"그럼 그게 네가 한 일이지, 내가 한 일이니?"

문 여사도 지지 않고 대꾸했다. 자꾸 밀리다 보면, 어린 애가 무슨 말을 할지 모르는 탓이었다.

"하! 그런 거예요? 날 살살 부추겨서 그런 건 아니고?"

"난 그런 기억 없어. 게다가 오래전 일이고."

"아. 그러세요? 그럼 제가 기억나게 해드릴까요?"

지민의 눈이 독하게 빛났다. 액셀러레이터를 밟은 발에 더욱 힘을 줬다. 속도가 순식간에 치솟아 차는 마치 카레이싱을 하는 것처럼 다른 차들 사이를 휙휙 빠져나갔다. 도로 위를 흐르는 빗물이 차바퀴에 좌륵좌륵 튀어 올랐다. 문 여사의 안색이 질려 새하얗게 변했다.

"뭐, 뭐 하는 짓이야! 너 미쳤니? 속도 안 줄여?"

"다시 말해요. 둘러댈 곳이 없어서 나한테 시키고 덮어씌웠다고. 아버님, 그리고 윤오한테 다 밝혀요."

"나는 그런 적 없어!"

"그래요? 핫! 나는 지금껏 윤오 옆에 있을 거라는 마음 하나만으로 버텨왔는데."

지민이 헛웃음을 흘렸다.

"너 정말 미쳤구나! 얼른 속도를 줄이든지, 갓길에 세우던지 해! 비까지 오는데 이게 무슨 미친 짓이야?"

"미쳐?"

지민의 눈이 독하게 번뜩였다.

"내 인생을 잘도 말아먹었지. 그쪽 인생도 좀 말아드릴까?"

"얘, 윤지민!"

문 여사의 비명에 가까운 고함이 차안을 울렸다. 아랑곳하지 않은 지민이 조금 더 속도를 높이며 일 차선으로 차선 변경을 하던 때였다.

부우웅, 끼이익!

차가 요동쳤다. 비에 젖은 차선에 속도를 높여 달리던 바퀴가 미끄러졌다. 자동차는 한 바퀴를 빙그르르 돌더니 그대로 중앙분리대를 들이받았다.

쿵!

요란한 소리가 도로 위를 흐르고 빗소리에 씻겨갔다. 그제야 차는 멈췄지만, 여운이 남기라도 한 듯 바퀴는 계속 헛돌고 있다.

비는 여전히 주룩주룩 내려 도로를 짙게 적셨다.

윤오가 그 소식을 들은 것은 은결이가 누워 있는 중환자실 앞에서였다. 면회시간이 아닌데, 보호자를 찾은 주치의의 얘기는 수척해진 은효를 웃음 짓게 했다. 또한 눈물짓게 했다.

비애

"아직 말은 못 하지만, 반응을 보이고 있습니다."

"감사합니다……, 감사합니다, 선생님!"

은효가 울음을 터트렸다. 슬퍼서가 아니다. 기뻐서. 심장이 터질 듯이 뛰어서.

"면회시간 다 되었으니, 들어가 보시죠. 엄마라면 알아볼 겁니다."

은효가 먼저 걸음을 옮겼다. 뒤에 서 있던 윤오는 수련의의 혼잣말을 비교적 똑똑하게 들었다.

"기적이야. 이건……."

은효를 따라 걸음을 옮기려던 윤오를 주춤거리게 했다.

기적. 자신의 삶에도 찾아온 기적. 윤오가 중환자실 입구를 하염없이 바라봤다. 은효가 자신을 찾아왔던 그때의 순간부터 차례대로 그의 눈앞을 빠르게 스쳤다. 기적. 한숨이 저도 모르게 터졌다. 윤오는 주먹을 꽉 쥐었다.

"부사장님."

그가 다시 중환자실을 향해 걸음을 옮길 때였다. 급하게 뛰어온 진 비서가 윤오를 불렀다.

"잠시."

왜, 라는 눈빛으로 윤오가 그를 바라봤다.

"문 여사님께서 돌아가셨습니다. 빗길 교통사고였는데, 그 자리에서……."

놀라 커졌던 윤오의 눈매가 일그러졌다. 너무도 갑작스런 일이라 당황스러웠다.

"윤지민 씨도 같은 차에 타고 있었는데, 그분은 중상을 입어 지금 수술을 들어갔답니다."

윤지민까지. 윤오는 두 눈을 꾹 감았다 떴다.

"운전은?"

"여사님 차인데, 윤지민 씨가 했습니다. 기사 말로는 윤지민 씨가 잠시 차를 빌려 타야겠다고 협박을 했다고 합니다."

협박? 윤오의 눈매가 일그러졌다.

"빗길에 과속운전을 한 듯합니다. 전후 사정은 조사가 더 진행돼야 알 것 같습니다."

윤오가 깊고도 긴 한숨을 내뱉었다.

"아버지도 알고 계시지?"

"예. 회장님께서 연락하셨습니다. 최은효 씨는 가능한 모르게 하라 십니다. 좋은 일도 아니고, 가뜩이나 지금 심신이 약해진 상태에서 아이도 가지셨는데……."

"그래."

윤오가 고개를 끄덕였다. 마음이 착잡해졌다. 끝이 안 좋았다 해도, 갑작스런 죽음 앞에서는 말을 잊었다.

"나도 늦지 않게 갈 거라 전해드려."

"알겠습니다."

인사를 하고 진 비서가 그에게서 멀어졌다. 중환자실로 들어가려던 그의 걸음이 또다시 우뚝 멈췄다.

비애

생명과 죽음. 동시에 들려온 소식이 그의 심장을 묵직하게 만들었다.

추석이 지나고 가을이 깊어졌다. 바야흐로 결실의 계절. 벼가 누렇게 익어 고개 숙였던 너른 벌판은 반쯤은 추수가 끝나 휑한 곳이 되었고, 나머지 반에서도 뒤늦은 가을걷이를 하는 기계 소리가 요란했다. 이 주변마을의 부수입원인 포도원의 포도나무들은 단풍든 잎들이 하나 둘 떨어져 굴곡진 나무들이 앙상한 몸매를 드러냈다. 때때로 바람이 불면 따가운 가을볕마저 날릴 만큼 서늘하게 느껴지곤 했다.

자동차 차체에 기대 눈앞의 풍경을 말없이 보던 현우가 무겁게 입을 열었다.

"녀석, 진짜 아무도 못 알아보네. 엄마도 못 알아보는데, 나라고 알아보겠어."

현우의 목소리는 책망보다는 걱정이 가득했다. 이곳에 오기 전 들른 병원, 은결과의 만남을 떠올렸다.

"차츰 나아질 거래. 나도 그렇게 믿고 있어."

현우와 나란히 서서 같은 곳을 바라보던 윤오가 담담한 목소리로 대답했다. 흘끔 그를 본 현우가 작게 웃었다.

"그래. 긍정적 마인드, 훌륭하다."

"긍정적이지 않을 수 없어. 우리에겐 은결이가 곁에 있는 것 자체가 기적이니까."

윤오의 음성이 미세하게 떨린다고, 현우는 문득 느꼈다. 이 몇 달, 윤오가 훌쩍 큰 것 같다는 생각으로 저도 모르게 미소 지었다.

"네 말이 맞다. 그렇게도 안 나타나던 공여자가 생기고, 예후도 좋고."

은결의 얘기이다. 조혈모세포이식을 받은 은결의 경과는 나날이 좋아지고 있다. 이제는 후유증과 감염을 조심하며 다른 치료도 병행하고 있다. 그런데 단 한 가지. 아이는 자신이 누구인지 기억하지 못한다.

"짧다면 짧은 생이야. 이제 엄마와 아빠가 함께하는 모습부터 기억하는 것도 나쁘지는 않을 듯해. 달리 생각하면, 다시 태어난 것이 맞잖아."

윤오가 희미하게 웃었다. 그 웃음이 씁쓸해 보인다.

"은효 입덧은 어때? 여전히 많이 안 좋아?"

은효의 집으로 들어오지 않은 현우가 물었다. 은효는 은결이 엄마인 자신조차 알아보지 못한다는 충격에 겹쳐 심한 입덧으로 의사로부터 절대안정의 강제명령을 받았다. 당장은 병원에서 떠나 익숙한 집에서의 요양을 권해 윤오가 거의 강제로 데리고 내려온 것이 어제였다.

"구토를 계속해. 기운이 없으니, 하루 종일 잠만 자고."

"아무 것도 못 먹고?"

"이모님이 해주시는 건 조금씩 먹어."

"그나마 다행이네. 너한테는? 여전히 냉랭해?"

비애

윤오가 희미하게 웃었다. 뭐라 대답해야 할지 알 수 없었다.

"밀어내지 않기만 바라고 있어."

표정과 어조는 덤덤했지만 윤오의 심장은 조각조각 찢긴 사이로 술이라도 확 부은 듯 홧홧해 견딜 수가 없다. 지난 몇 달, 은결에게 몇 번의 고비가 있었다. 힘겨운 시간을 버틸 수 있던 것은 그에게는 그녀가, 그녀에게는 그가 있기 때문이었다는 것을 윤오는 알고 있다. 물론 은효도 그럴 거라고 생각했다. 겉으로는 그를 경계하며 피하고는 있지만.

"한 번 믿음을 깨버린 사람을 다시 제 안에 들이는 것……, 쉽지 않을 거야. 나도 알고는 있어."

윤오를 바라보던 현우가 하, 작게 한탄했다.

"사랑이 깊으면 슬픔도 깊다 했다."

현우가 윤오의 어깨를 힘주어 잡았다.

"은효는 은결이도, 너도…… 누가 더 크다할 수 없이 깊이 사랑해서 그래."

윤오가 고개 돌려 먼 들판 쪽을 바라봤다. 해는 아직 머리 위에서 빛나고 있는데, 그를 똑바로 바라본 것처럼 언뜻 두 눈이 시큰거렸다.

"은효, 너 많이 사랑했어. 물론 미워도 했지. 은결이 녀석 자랄수록 널 닮아 더 견디기 힘들었을 거야. 보고 싶은 마음, 원망하는 마음…… 애와 증, 무엇이 더 깊냐고 하면 분명해. 사랑이야. 네가은결이를 위해 얼마나 노심초사했는지도 알고 있을 테고. 그러니 포기하지 마라."

"나, 집착 강해. 알잖아."

현우의 말은 분명 희망적인 데도 윤오의 표정은 여전히 담담했
다. 어찌 보면 쓰게 웃는 것 같기도 했다. 그 모습을 보던 현우가
희미하게 웃었다.

"아버님이 이쪽 대학병원의 소아암센터에 지원하신다지?"

"그룹차원이야. MOU체결됐어."

아버지인 김 회장이 서울도 아닌 지방의 대학병원에 전폭적인
지원을 약속한 것은 은결과 무관치 않았다. 은효가 고향을 떠나지
않는다면, 은결도 결국은 이쪽으로 옮겨 남은 치료를 마쳐야 한
다는 생각을 하셨을 테니까.

"어머님 그리 되신 건 안타깝지만, 아버님도 네게 무던히 손 내
밀고 계시다는 거 잊지 마라. 정말 회사로는 안 돌아갈 거냐?"

윤오가 무겁게 고개를 끄떡였다.

"그래. 어디 있든 너는 잘해낼 거다."

마지막 당부처럼 말을 마친 현우가 새삼 윤오의 차림을 훑었
다.

"너 이 차림 좀 어울린다."

분위기를 바꾸려는 듯 현우의 목소리가 한 톤 높아졌다.

캐주얼한 재킷까지 차려입은 현우와 달리 윤오는 청바지에 흰
티, 그리고 햇살을 막기 위해 입은 체크무늬 셔츠 차림이었다. 지
금은 벗어 손에 들고는 있지만, 햇빛을 가리기 위해 썼던 캡모자

비애

에는 새마을 운동 로고가 선명히 박혀 있다. 비교적 하얗던 얼굴 빛이 잠깐 사이 볕에 그을었다. 언제나 자로 잰 듯 반듯하기만 하던 그의 모습이 어딘가 흐트러졌다. 청결한 내음 대신 땀 냄새가 언뜻 느껴졌다.

윤오가 멋쩍게 웃었다.

"일손이 너무 모자라서 잠깐 도왔어. 저녁때쯤 나도 서울 갈 거야."

말은 어쩌다 일을 하게 됐다고 하지만, 부수적으로 얻은 것이 있다. 햇빛 아래에서 땀을 흘리니, 번잡하던 생각이 스르르 사라졌다. 그저 몸만을 움직이니 살아 있다는 사실이 절실하게 자각되었다. 땀 흘리며 하는 일이 자신에게 맞는다고, 윤오는 생각했다.

그의 생각을 읽은 듯 현우의 눈빛이 깊어졌지만, 생각과 달리 현우가 나름 웃는 목소리로 타박했다.

"넌 아무래도 귀농해야겠다. 어차피 백수 됐는데, 잘됐네."

현우의 너스레에 윤오가 훗, 가볍게 웃었다.

"맞아. 노동 체질인가 봐."

"어울려. 은결이 내려오고 여기서 계속 있으면 마을 이장하라는 거 아냐?"

"그럴지도. 보니까 젊은 사람이 한 명도 없더라. 내가 가장 젊어."

"오. 진짜 엘리트 이장 하면 되겠네. 너 사주팔자에 관운 같은 거 있었냐?"

또다시 윤오가 피식 웃자, 현우가 손 올려 윤오의 앞머리를 쓱 쓰다듬었다. 마치 스무 살 그때처럼.

"힘 내. 무슨 일 있으면 바로 연락하고."

"바로 올 수도 없으면서 무슨 연락은……."

차문에 손을 대던 현우가 어깨를 으쓱했다.

"미안하다. 도망가는 것 같아서 나도 마음이 안 좋아."

"학위나 마무리 잘해."

그러다 머뭇거리며 한 마디 더 보탰다.

"그분과도 잘 지내고."

적당한 호칭을 찾지 못한 윤오가 머뭇거렸다. 그렇더라도 현우는 윤오가 말하는 '그분'이 누구를 지칭하는지 이미 알고 있다.

"이해받을 수 있을 거라는 생각은 안 해. 언젠가는 완전히 돌아올 거야."

그때는 혼자.

현우는 뒷말을 삼켰다. 씁쓸하게 웃었다.

"간다."

윤오가 현우의 차를 배웅했다. 태연한 척했지만, 마음을 지탱하던 묵직한 기둥 한 개가 쑥 뽑힌 듯했다. 시선을 돌린 그가 은효의 집 쪽을 바라봤다. 천천히 걸음을 옮겼다.

윤오가 마당으로 들어서자, 현관문을 열고 나오던 순영이 빠르게 다가와 그의 팔을 잡았다. 평상 앞까지 종종걸음으로 그를 끌

비애

고 갔다. 그리고 묵묵히 따라간 윤오를 그곳에 앉히더니 들고 있
던 물건을 내밀었다.

"이거……."

노란 커버가 산뜻해 보이는 앨범이다. 두께가 제법 두툼했다.
윤오가 순영이 건네는 것을 받아 들었다.

"은결이 꺼여. 은효가 은결이 보여준다고 꺼냈더라고. 이거 보
면 기억이라도 날까 해서. 은효 알면 팔짝 뛸지도 모르긴 하지만,
나는 자네도 봤음 해서."

순영이 말끝으로 하효, 하는 한숨을 덧붙였다.

"참 사는 게 쉽지 않지이? 산 하나 넘으면, 골짝 하나 또 나타
나고. 삶이란 게 그려. 어느 순간은 굴곡이 심하다가도 평탄한 게
삶이지. 은효 맴이 당장은 안 풀어져서 자넬 외면해도 너무 상심
말어. 쟈도 그동안 산 세월이 하도 기가 막혀 그런겨."

순영이 윤오를 향해 굳게 웃었다.

"은효 야속하다 하지 말고 힘을 내. 죽을 뻔한 아이도 살린 아
빠 아녀. 은효 쟈도 이렇게 멀쩡한 애빌 두고 애비 없는 자식을 키
웠으니 다 잘했다고 볼 순 없잖여."

순영이 옅은 한숨을 내쉬더니 자리에서 일어섰다. 그대로 정원
을 가로질러 밖으로 나갔다. 마당으로 노오란 가을볕이 따스하게
쏟아지고 있다.

순영이 자리를 비킨 이후에도 윤오는 망설였다. 마치 판도라의
상자라도 열기 직전처럼 앨범 표지에 댄 손끝이 미세하게 떨렸다.

그가 존재하지 않던 7년의 기록. 큰 숨을 들이켠 그가 무거운 철문이라도 들 듯 힘겹게 표지를 열었다. 첫 사진을 대한 윤오의 눈매가 움찔 굳었다. 베넷저고리를 입고 아직 눈도 못 뜬 아기의 사진 위에 '은결, 태어나다.'라는 글이 쓰여 있다. 아이의 사진 위에 놓인 윤오의 손이 한동안 움직이지 않았다. 마치 아이를 쓰다듬듯 사진을 천천히 쓰다듬었다.

　녀석……. 어릴 때도 아빠였잖아. 첫눈에 딱 알겠어.

　지끈. 심장이 균열을 일으킨다. 혼자 고통을 참으며 아이를 낳았을 그날의 은효가 눈앞에 있는 듯하다. 함께 나누고, 함께 누려야 했던 그날의 고통과 환희가 생생히 그려졌다.

　미안하다, 은효. 널 혼자 두었어.

　[은결, 100일]

　앨범 페이지 몇 장을 넘기니 이제는 아기가 많이 컸다. 머리카락도 그새 숱이 풍성해지고 길게 자랐다. 어떤 사진은 고깔모자를 쓴 아기가 작은 아기의자 위에 앉아 졸고 있다. 은결이다. 그 앞에 놓인 것은 떡과 과일이 놓인 백일상이었다.

　[은결, 365일, 돌, 두 살]

　카메라를 응시하는 아이의 눈이 초롱초롱하다. 도령복을 입은 은결이가 카메라를 향해 한 발자국을 떼고 있다.

　미안해, 아들. 아빠 없이 첫 생일 보내게 해서.

　윤오가 희미하게 웃었다.

　다시는 그런 일 없을 거야. 약속할게.

비애

목구멍으로 무언가 치밀어 올라, 윤오는 꿀꺽 삼켰다.

[은결, 세 살]

푸른빛 가득한 봄. 아이가 개 한 마리와 뛰어노는 정원은 지금 그가 앉아 있는 이 정원이다. 윤오는 새삼 시선을 들어 정원 구석구석을 살폈다. 사진에서처럼 은결이 그곳 어딘가에 건강한 모습으로 웃으며 뛰어다닐 것 같아 심장이 두근두근 뛰었다.

아들…… 내년 봄에는 아빠와 함께 이곳에 있자. 여기, 이 자리에.

윤오는 앨범이 펴진 그대로 품에 안았다. 일어나 천천히 정원을 걸었다. 그의 아이가 엄마와 함께 걸었을 그곳을 한 발 한 발 처음 걸음을 떼듯 걸어본다. 한 걸음에 은효가, 또 한 걸음에 은결이 그의 기억 속으로 들어왔다. 그들의 7년이 서서히 그의 머릿속에 자리잡았다.

순간 눈두덩이가 뜨거워져 윤오는 두 눈을 꾹 감았다. 기어이 볼 위로 흐른 눈물 위로 투명한 햇살이 쏟아졌다. 현관에서 나오던 은효가 그를 물끄러미 바라보고 있는 것도 윤오는 알지 못했다.

18.

주변이 어둑어둑해질 무렵, 서울로 올라가기 위해 윤오는 현관
문을 열고 나왔다. 순영이 그 뒤를 따라 나왔다.

"나오지 마세요. 은효, 잘 부탁드립니다."

"그려. 저렇게 잠만 자는 게, 그동안 얼마나 못 자서 그런가,
짠하기도 하고."

"집안일 할 사람은 내일 도착할 테니, 오늘만 수고해주세요."

"걱정하지 말어. 나도 계속 들여다 볼 테니까."

"예. 무슨 일 있으면 연락 주십시오."

안에서도 계속 당부한 말들이었다. 그럼에도 윤오는 조바심이
라도 난 듯 재차 확인했다. 그 마음을 알고 있는 순영은 그저 고
개를 끄떡였다.

그때, 헤드라이트를 켠 트럭 한 대가 길을 따라 들어왔다. 털털
거리는 트럭 소리로 주변이 시끄러워졌다. 이내 그 차가 은효의 집
앞에 서고, 일단의 사람들이 내렸다.

"기연 엄마!"

이름을 부르며 들어선 이는 순영의 이웃 사람이다. 차에는 아

비애

직 두세 명의 동네사람들이 타고 있다.

"혹시 이쪽으로 재형이 지나가는 거 못 봤어?"

"재형이? 글쎄. 우리도 지금 나와서."

고개를 젓는 순영의 얼굴이 와락 일그러졌다.

"재형이가 콱 죽어버린다고 편지 한 장 써 두고 사라졌댜. 야가
또 저수지 헤매고 있나 봐."

말을 묻던 아낙이 속이 타 한탄했다.

재형은 얼마 전 고향인 동네로 돌아온 청년이었다. 서울서 사
업을 하다 말아먹고, 신용불량자가 되어 돌아왔다고, 재형의 모친
인 최 노인이 매일 한숨을 지었다.

"그럼 얼른 찾으러 가야지! 지난 비에 저수지가 얼마나 불었는
데! 거기 야산도 위험하고."

"그래서 이렇게 사람들 모으고 있잖여. 찾으러 갈 사람이나 있
어야지 원. 다들 노인네뿐이라."

"아이고, 어쩜 좋냐. 잠시 기다려봐. 나도 갈 테니까."

아낙의 한탄에 듣고 있던 순영이 안으로 뛰어 들어갔다. 그러
더니 이내 신발장에 상비해두던 랜턴을 챙겨 나왔다.

"주세요."

그러자 이번에는 윤오가 그녀가 들고 있던 랜턴을 뺏듯이 받아
들었다.

"제가 가보겠습니다."

"자네가? 서울 안 가? 은결이는?"

순영의 순박한 눈이 커졌다. 걱정이 되기도 하고, 미안하기도 한 탓이었다.

"이모님보다는 제가 가는 것이 나을 겁니다. 은결이는 나오기 전에 통화했습니다. 잘 지내고 있다니, 조금 늦어도 될 겁니다. 이모님은 은효 깨나면 좀 살펴주세요."

순영이 뭐라 말할 틈도 없이 윤오가 성큼성큼 걸어 트럭으로 향했다. 걱정을 담은 순영의 눈빛이 그 뒤를 쫓았다.

시골이면 하나씩은 있음직한 저수지였다. 마을 바깥쪽에 위치해 너른 들판과 과수원에 물을 대기 넉넉한 규모의 비교적 큰 저수지이다. 살짝 타원형의 저수지의 한쪽은 수위를 조절할 수 있는 제방으로 막혀 있고, 그 반대쪽은 야트막한 야산이 둘러막고 있다. 만추답게 저수지 가의 늪에는 마른 갈대가 버석거리며 바람에 흔들렸다. 며칠 전 내린 비로 저수지의 수위는 상당히 높았다.

불빛 한 점 없는 그 넓은 곳에서 죽자고 나선 사람을 찾자니 참으로 막막한 일이었다. 마을 사람들이 총동원되어 모였다지만, 시골마을 인원이라야 손가락으로 꼽을 정도였다. 최 노인의 막막함을 달래줄 순 없었다. 게다가 시간이 갈수록 달무리가 지고, 습기 가득한 찬 바람이 뼛속까지 흔드는 것을 보면 비나 진눈깨비라도 흩날릴 듯했다.

"아이고, 재형아, 이것아. 어딜 간 거냐. 재형아!"

칠십이 넘은 최 노인의 카랑카랑한 울음소리가 밤하늘로 울렸

비애

다. 동네 사람들이 소리를 합쳐 찾는 이의 이름을 끊임없이 불러 댔다. 시골마을에 때 아닌 사람 찾는 소리가 가득해졌다.

"흩어져야겠습니다. 제가 산 쪽으로 갈 테니, 이분들 데리고 저쪽 제방 쪽으로 가세요."

윤오가 마을 이장인 고 씨를 향해 말했다. 아무래도 젊은 그가 산 쪽을 훑어야 함이 맞을 것 같다. 야산이라도 산은 산이니, 올라가야 할 테니까.

"밤길에 땅도 물러 그쪽은 위험할 턴디 괜찮겠나?"

"시간이 없으니 이렇게 해야 합니다. 인원을 반으로 나눠 서로 반대로 훑어오는 것으로 하시죠."

마을 이장이 동의의 뜻으로 고개를 끄덕였다. 사람들에게 흩어지라 손짓을 하니, 저마다 재형의 이름을 부르며 사방으로 흩어졌다. 윤오 또한 함께 짝을 이룬 사람과 빠른 걸음으로 움직이기 시작했다.

손에 든 랜턴의 불빛보다는 아직은 달빛을 의지하는 것이 야트막한 야산을 오르는 데 도움이 된다. 그들이 움직일 때마다 말라가던 갈대들이 버석버석 비명을 질렀다. 때로는 무른 흙에 발이 미끄러져 주륵 밀리기도 했다.

"아래쪽을 찾아보세요. 위로 제가 올라가겠습니다."

"위험할지 몰러. 껌껌해서 발 헛디디면 큰나. 땅도 무르고."

야산이 시작되는 지점이었다. 함께 이쪽 방향을 더듬어 온 60

대 초로의 노인을 향해 윤오가 말을 꺼냈다. 길은 두 갈래다. 야산으로 올라가는 길과 저수지를 빙 돌아가는 길.

"그러니 제가 올라가야죠."

윤오가 희미하게 웃었다.

"먼저 가십시오."

"민폐도 이런 민폐가 없어. 동네 사람 다 나서서 이게 뭐여. 이놈의 자식, 내 눈에 띄기만 해. 다리몽둥이를 분질러버릴 테니. 아무튼 조심하게."

갑자기 나타난 윤오에게 이런 일을 시키는 게 미안한 것이다. 그 마음을 혼잣말처럼 떠들던 남자가 먼저 불빛을 비쳐 갈대밭으로 들어가는 것을 본 후, 윤오 또한 산을 오르기 시작했다.

작은 키의 소나무가 듬성듬성 무리를 이룬 야트막한 바위산 아래로 저수지의 물이 검은 빛으로 드러났다. 단숨에 오르느라 숨이 턱에 찼다. 저수지에서 불어온 바람이 휑하니 더운 심장을 식혔다. 멀리 가는 빛처럼 이어진 것은 고속도로를 달리는 차량의 불빛, 그 외는 사방을 둘러봐도 망망대해 검은 빛. 윤오는 가슴이 묵직해졌다. 하, 깊은 숨을 내쉬며 숨을 골랐다.

그때 문득 부스럭 거리는 소리에 윤오의 걸음이 우뚝 멈췄다.

"최재형 씨?"

윤오가 플래시를 소리가 난 쪽으로 비췄다. 야산과 저수지가 만난 곳으로 깎아지른 절벽 위였다. 그의 예상대로 젊은 남자 한

명이 그 끝에서 갑작스런 불빛에 움찔 놀라 손으로 빛을 가렸다.

"최재형 씨, 맞습니까?"

"오지 마! 같이 뒈지고 싶지 않으면!"

남자는 30대 후반 가량으로 젊었다. 지금껏 울고 있었는지 불빛에 드러난 얼굴이 온통 젖었다. 조심스럽게 그를 살피니 그는 한 손에 농약병을 들고 있다. 막 마개를 딴 듯한데, 바람결에 희미하지만 역한 농약 냄새가 실려 왔다. 흘끔 그를 본 윤오가 입을 열었다.

"왜 죽으려 합니까?"

윤오의 어조는 상당히 냉정했다. 흥분하여 그를 말릴 것을 예상했는데, 너무도 이성적이고 차분하여 재형 쪽이 당황할 만큼.

"왜 죽냐니! 살아 뭐해! 쫄딱 망해 마누라는 애새끼 데리고 도망가고, 빚쟁이들은 들이닥치고……. 내가 죽어버려야 우리 노인네라도 살지! 살아 있으면, 둘 다 숨을 쉴 수가 없어!"

"희망을 버리기엔 이릅니다."

"네까짓 게 뭘 알아!"

"아이가 있습니까? 몇 살입니까?"

윤오가 계속 말을 걸었다. 재형은 들고 있던 농약병을 놓을 생각도 하지 못한 채 윤오를 노려봤다.

"이, 일곱 살!"

"제 아이와 같군요."

"그게 무슨 상관인데?"

"재형 씨 아들은 건강하죠?"

윤오의 질문에 이번에는 재형이 어이없다는 표정을 지었다.

"갑자기 왜! 마누라가 데리고 도망간 거. 내가 알 게 뭐야!"

재형이 버럭 소리를 질렀다. 갑자기 아들 생각이 나게 한 상대가 곱게 보이지 않는다.

"제 아이는 아픕니다. 의사가 살지 못할 거라 했어요. 다들 죽음을 기다렸어요."

순간 사방이 고요해졌다. 거친 목소리를 내던 재형이 우뚝 굳어 윤오를 노려봤다. 그런 얘기가 나올 줄 상상도 못한 탓이다. 잠시 후에야 콱 잠긴 숨통이 가까스로 트였다.

"그……래서? 죽었어?"

"아니요. 살았습니다. 우리는 포기하지 않았으니까요."

윤오가 상대가 느끼지 못할 만큼 천천히 재형을 향해 다가섰다. 얼굴을 잔뜩 찌푸린 재형의 얼굴이 더욱더 또렷해졌다.

"혹시…… 은효 아이 말하는 건 아니지?"

"최은효 아십니까?"

"당연히 알지, 몰라? 동네 동생인데. 정말 살았어? 다들 죽는다고, 알부자도 이럴 때는 소용없다고 했었는데."

"돈만으로 해결할 수 없는 것도 많습니다."

"젠장, 그런 게 어디 있어."

"여기 있잖습니까. 의사들도 희망을 버리지 않은 이들에게 나타난 기적이라 했어요."

비애

조심스럽게 움직인 윤오가 재형의 앞까지 거의 다다랐다.

"그래. 그 아이가 살았네. 잘됐네."

무언가 생각하듯 재형의 말꼬리가 흐려졌다. 그러다 문득 물었다.

"그럼 자네가 애 아빠야? 그 죽일 놈?"

"예, 맞습니다. 제가 그 놈입니다."

"허, 세상 참 얄궂어."

방금까지 죽으려 했던 것도 잊고 재형이 탄식했다. 그들이 대화하는 사이 투둑투둑 한 방울씩 빗방울이 떨어지기 시작했다.

"그래도 나타났네. 죽일 놈이라던 자네도 할 말은 있겠지만, 거참! 더러운 세상이야. 돈이고 뭐고 다 쓸데없어. 살면 뭐해!"

혼잣말로 중얼거린 재형이 에잇, 하는 심정으로 농약병을 들이켜려던 순간이었다.

"재형 씨!"

윤오의 손이 더 빨랐다. 병 속의 액체가 쏟아지기 전, 그가 재형이 농약병을 쥐고 있던 손목을 비틀어 쥐었다. 힘이 빠진 재형의 손에서 병이 떨어져 비탈길로 굴러 떨어졌다. 어딘가에 걸렸는지, 병은 소리도 나지 않았다. 다만 진한 농약 냄새가 사방에 진동했다.

"정신 차려요!"

"왜 말려! 말리지 마!"

윤오의 말에 조금 진정되던 그가 다시 몸을 비틀었다. 과격히 저항하는 그에게서 알코올 내음이 진하게 풍겼다. 무언가 떨어지고, 깨지고, 달빛 아래 젊은 남자 둘이 엎치락뒤치락 몸싸움을 시작했다. 그 와중 재형이 뒷걸음치던 순간, 주르륵 발밑의 흙덩이가 무너졌다.

"헉!"

외마디 숨소리가 검은 허공을 갈랐다. 주르륵 미끄러져 비탈로 구른 재형의 팔을 윤오가 힘껏 잡았다.

"놓지 마! 꽉 잡아!"

어둠을 향하여 윤오가 소리쳤다. 서로의 손과 손이 상대의 팔을 잡고 있다. 죽는다고 발버둥 치던 재형조차 이 순간 숨을 쉬지 못했다.

"놔! 너도 죽어!"

아래쪽에서 재형이 소리쳤다. 정말 죽을지도 모르는 절체절명의 순간, 정신이 번쩍 들었다. 그러나 굵은 나뭇가지를 움켜쥔 윤오는 재형을 잡은 손을 놓지 않았다. 점점 더 몸이 아래로 딸려 내려갈수록 그의 눈빛이 검게 보이는 물을 쏘아보듯 바라봤다.

힘에 부친다. 차라리 이대로 함께 떨어진다면?

수영에는 자신이 있으니 어느 정도 헤엄을 치면 될 터였다. 그런데 문제는 물이 불어났다는 이 저수지의 깊이와 넓이가 가늠되지 않았다. 쌀쌀해진 날씨에 얼마나 버틸지 또한.

"재형 씨, 정신 차려요! 지금 함께 물속으로 뛰어들 겁니다!"

그런데 윤오가 소리친 그 순간이다. 그가 잡고 있던 나뭇가지

비애

가 지끈 소리와 함께 부러졌다. 그의 중심이 앞으로 크게 쏠렸다. 두 눈에 힘이 들어가 커졌다.

은효야!

눈앞이 아찔해진 순간, 떠오르는 것은 한 여자뿐이었다. 꽉 감은 윤오의 눈에서 눈물이 주륵 흘렀다.

19.

문득 잠이 깬 건 빗소리 때문이었다. 투둑투둑. 나뭇잎을 때리는 서걱한 소리에 은효는 번쩍 눈을 떴다. 이상하게 심장이 벌렁거려 자신도 모르게 가슴을 움켜쥐었다. 울렁거리며 속이 미식거리게 하는 입덧과는 분명 다른 느낌이었다.

이상해. 무슨 일이지.

꿈을 꾼 것도 아닌데 기분이 좋지 않았다. 누운 채로 그녀는 두 눈을 감았다 떴다를 반복했다. 주위는 어둑했다. 완전히 어둡지 않은 것은 침대 옆 사이드테이블 위를 밝힌 작은 스탠드 불빛 때문이었다. 미간을 찡그린 은효의 시선이 넓게 난 창 쪽을 향했다. 이내 벌떡 일어난 그녀가 창문으로 다가서 조금 열었다. 열린 창 사이로 빗방울이 점점 들이치기 시작했다. 언제부터 왔던 걸까. 흘끔 본 휴대전화의 시계는 새벽 3시를 가리키고 있다.

비도 오는데, 잘 올라갔을까.

물끄러미 휴대전화를 바라보던 은효는 윤오의 전화번호를 누르려다 이내 그만두었다. 잘 갔을 거라 생각했다. 그러면 그도 은결도 지금은 잠을 자야 할 시간이다.

몸을 돌려 다시 침대로 가려던 은효가 문득 걸음을 멈췄다. 희

비애

미하게 느껴진 태동 때문이었다. 배에 손을 올린 은효가 천천히 그곳을 쓰다듬었다.

"너도 나한테 뭐라 하는 거야?"

은효가 혼잣말처럼 태동을 하는 아이를 향해 속삭였다. 옅은 한숨을 내쉬며 침대로 돌아와 앉았다.

김윤오. 자신이 낳고, 낳을 두 아이의 아빠. 하지만 그에 대해 지금 남은 감정을 은효는 모르겠다. 증오도, 미움도, 사랑도……한 순간 모조리 타버려 진공이 된 듯한 감정. 은결이 고비를 넘겼을 때, 모든 이에게 감사했다. 그리고 엄마인 자신을 못 알아볼 만큼 아팠던 아이를 보면 심장이 뜯기는 듯했다.

그런데 윤오는…… 윤오에 대해서만은 모르겠다. 절실한 그의 눈빛을 어느 순간 인식했음에도, 감정의 파고가 예전만큼 일지 않는다. 어느새 이 구도에 익숙해진 걸까. 이 미온인 마음을 지닌 채라도 그를 붙들고 있어야 할까.

후우. 작은 한숨을 내쉰 그녀가 머리를 쓰다듬었다. 집으로 내려온 후, 계속 잠만 잔 탓인지, 다시 잠이 오지 않을 것 같았다. 그녀는 침대에서 일어나 침실 문 앞으로 갔다. 조용히 문을 열자, 예상치 못한 상황에 흠칫 두 눈이 커졌다.

거실에는 불이 켜져 있었다. 게다가 소파에는 순영뿐만 아니라 나이 지긋한 마을 이장까지 함께 있다.

방금 온 전화를 받은 이장이 전화기를 귀에 댄 채 벌떡 일어섰다.

"아, 예. 찾았슈?"

검게 탄 이장의 얼굴이 순식간에 밝아졌다. 초조하게 그를 바라보던 순영은 은효가 나온지도 모른 채, 이장을 따라 벌떡 일어섰다.

"뭐래요? 정말 찾았대요?"

순영이 재촉했다. 이장은 가만히 좀 있어보라는 뜻으로 손사래를 쳤다. 상대의 말소리에 집중하느라 눈썹을 모은 것도 모자라 온 얼굴이 일그러졌다.

"아이고, 재형이만 찾은 거?"

"재형이만요?"

순영과 이장이 낙담의 눈빛을 교환할 때였다.

"이모……."

무슨 일일까. 은효의 심장이 저도 모르게 쿵쿵 크게 울리기 시작했다. 영문도 모른 채 안 좋은 예감이 온몸을 휩쓸고 갔다. 손끝이 희미하게 떨렸다.

"은효야! 언제 나왔어!"

은효를 향해 고개를 돌렸던 순영이 화들짝 놀라 그녀에게 다가왔다.

"이장님이 왜 와 계세요? 누굴 찾았다는 말이에요?"

"어, 그게……."

순영이 쩔쩔맸다. 어떤 말을 먼저 꺼내야 할지 몰라 순박한 얼굴이 울상이 되었다. 은효의 한 손을 투박한 두 손으로 꼭 잡고는

비애

토닥였다.

"은효야, 제발 놀라지 않는 거다?"

순영이 은효를 천천히 소파 쪽으로 이끌었다. 그동안 심장이 여려진 탓일까. 많은 일을 겪어 이제는 어떤 말을 들어도 흔들릴 거라는 생각을 못했는데, 은효는 저도 모르게 떨기 시작했다. 낯익은 예감이 그녀의 눈앞을 아찔하게 했다.

"이모, 숨기지 말고 그냥 말해줘요. 은결이 얘기에요?"

"아니, 아니! 은결이는 아니고!"

순영이 화들짝 놀라 부인했다. 은결이 아니라는 말에 은효가 한숨을 돌린 것도 잠시.

"김 서방이……."

"윤오 씨가 왜요?"

"그게 말여."

"왜요, 이모? 윤오 씨 서울 안 갔어요? 그 사람한테…… 혹시 무슨 일 생겼어요?"

은효가 순영의 얼굴을 똑바로 바라봤다. 뜸을 들이는 순영이 답답하다. 그녀는 초조한 마음을 겨우 억눌렀다.

"김 서방 서울 못 갔어."

"왜요?"

은효의 눈빛에 의구심이 가득 찼다.

"가려고 나섰는데, 재형이가 사라졌다 해서, 김 서방도 함께 찾으러 갔지 뭐냐. 저기 저수지 쪽으로 갔댜."

아. 은효가 짧게 탄식했다. 그녀의 눈빛이 희미하게 흐려졌다.

"그런데 재형이랑 김 서방이랑 두 사람이 다 사라졌다고 해서 또 찾아 나선겨."

"그래서…… 찾았어요?"

저도 모르게 은효의 목소리가 심하게 떨렸다. 심장이 쿵쿵 요동을 쳐 그녀는 두 손을 꼭 쥐었다.

"그게, 재형이는 찾았는데, 김 서방은……."

은효의 눈앞이 아찔해졌다. 두 눈을 꾹 감았다 떴던 은효가 조금 높은 목소리로 물었다.

"신고는요! 경찰은 왔어요?"

"신고야 했지. 그래도 이 시골에 경찰이 그렇게 많은 것도 아니고……."

이제 놀랄 일은 없을 줄 알았다. 그러나 지금 은효의 심장이 쿵 바닥으로 내려앉았다. 눈은 커다래지고, 자신도 모르게 입이 떡 벌어졌다.

"어디예요! 윤오 씨가 간 곳이……."

은효가 벌떡 일어섰다. 놀란 심장이 미친 듯이 뛰기 시작했다.

"은효야, 지금 그게……. 일단 우리는 기다려야 해."

"말해주세요, 이장님! 무슨 일이 생긴 거냐고요!"

은효의 목소리가 다급해졌다. 초조한 눈빛으로 이장을 다그쳤다.

"그게 참……. 너는 아도 가졌는데, 또 놀라면……."

비애

"마음 단단히 먹었어요. 괜찮아요, 이장님."

은효가 숨을 크게 들이켜고, 침을 꿀꺽 삼켰다. 흔들림 없는 시선으로 이장을 바라봤다. 에휴, 하며 한탄한 이장이 입맛을 다시며 입을 열었다.

"재형이 녀석을 김 서방이 찾았는데, 몸싸움하다가 저수지 절벽에서 구른 모양이다."

"절벽이요?"

순간, 은효가 비틀했다. 곁에 있던 순영이 급히 잡지 않았다면, 그대로 쓰러졌을 것이다.

"은효야, 제발. 정신 똑바로 챙겨."

"그래, 그래. 꼭 찾을 겨. 죽지 않았을 겨."

이장이 재빨리 덧붙였고, 순영이 그녀의 등을 쓸어내렸다. 곱게 자란 아이인데 왜 이렇게 험한 일을 겪나, 순영이 속으로 한탄했다. 파랗게 질린 은효의 얼굴을 안쓰럽게 바라보았다.

모든 것이 애증이다. 사랑하니, 미움도 큰 것이지만, 결국은 사랑이다. 순영은 생각했다. 지난 7년의 응어리가 하루아침에 풀려 은효가 그를 덥석 받아들일 수 없을 거라고. 그럼에도 그는 이제 제가 낳을 두 아이의 아버지가 아닌가. 언젠가는 모든 상처가 아물어 받아들일 날이 올 거라고, 그러니 지금은 데면데면해도 억지로 이을 수는 없다고. 그러려면 어쩔 수 없이 묵은 상처를 들춰야 할 테니까.

"주, 죽지 않았을 거라니요."

은효의 목소리가 덜덜 떨렸다. 순영의 손아래 느껴지는 그녀의 몸도 덜덜 떨고 있다.

"그렇게 위험했다는 말인가요? 숨기지 말고 제대로 얘기해주세요!"

"에고. 아직 더 말해줄 게 없어 그랴."

"왜요?"

은효의 눈빛이 흔들렸다. 커다란 눈에 금세 물기가 돌았다.

"재형이는 갈대밭에서 찾은 모양인데, 아직 김 서방은……. 지금 경찰들이 총동원됐다니까 조금 있으면 찾게 될 거야."

이장이 말이 끝나기도 전이었다. 은효가 자리에서 벌떡 일어섰다.

"은효야, 은효야!"

순영이 놀라 붙드는 것도 뿌리쳤다.

"어딜 가려고. 이렇게 비도 오는데."

"가야 해요, 이모. 비도 오잖아요. 이렇게 비가 오는데 갈대밭 어디에……."

은효가 결국 말을 잇지 못했다. 목구멍으로 뜨겁게 무언가 치밀었다. 성한 사람도 이 비를 맞고 있으면, 체온이 내려가 죽을지도 모른다.

안 돼! 당신 여기서 이럴 순 없는 거잖아! 우린 제대로 얘기도 나누지 못했다고! 나는 당신한테 고맙다는 말도 못 했잖아.

은결에게 고비가 닥치는 순간마다 그가 곁에 있었다. 떨고 눈

비애

물을 보일 때마다 안아주는 그의 너른 품이 있었다. 그래서 좀 더 버틸 수 있었다고, 그녀는 부인하지 못했다.

윤오 오빠, 제발…….

간절한 애원이 그에게 닿기를. 은효가 두 눈을 지끈 감았다 뜬 그때다. 이장의 휴대전화가 또다시 울렸다. 급하게 전화를 받는 그의 목소리가 한밤임에도 불구하고 크게 울렸다.

"그려. 이제 진짜 찾은 겨? 괜찮지? 아무 일 없는 거지? 이? 어디로 간다고? 대학병원? 왜?"

은효도 순영도 숨도 쉬지 못한 채, 이장의 통화하는 모습만 지켜보았다. 하, 깊은 한숨을 내쉰 그의 주름진 얼굴에 근심이 깊어졌다. 놀라고, 안심하고. 또다시 근심하고. 검게 탄 주름 진 얼굴 위로 인생의 희로애락이 한꺼번에 밀려들었다.

"뭐라 해요, 이장님?"

"그것이…… 찾긴 찾았는데, 크게 다쳐서 대학병원으로 옮기는 중이라고……."

아아아. 은효가 털썩 주저앉았다. 후들후들 떨려서 제대로 서 있을 수가 없었다. 숨도 쉴 수 없었다.

"아이고, 이를 어째. 은효야, 정신 차려! 응? 아이 생각해서라도 진정해야지."

순영이 뛰어가 찬물을 떠와 은효에게 먹였다. 한 모금 마시는 둥 마는 둥. 은효는 결국 다시 벌떡 일어섰다. 눈물이 주르륵 흘렀지만 그녀는 모르는 듯했다. 심한 입덧으로 기운 없이 늘어져 있던 것이 언제였던가. 그녀는 자신도 모를 힘으로 기를 썼다.

"가야 해요, 이모. 운전 좀……. 제가 지금 운전을 못할 것 같아요."

은효의 두 손이 벌벌 떨렸다. 이대로 다시는 윤오를 보지 못 한다면. 그녀의 심장이 산산조각 날 것 같았다.

"내가 운전할 테니까 가자."

이장이 일어섰다. 순영 또한 침실로 뛰어가 은효의 겉옷을 챙겨 나왔다. 밖에는 여전히 비가 내리고 있다. 한 방울만 맞아도 얼어붙을 것 같은 늦은 가을비였다.

"밖에 추워. 미리 걱정하지 말어. 큰일 없을 겨. 이장님도 운전 정말 조심하셔야 해요. 길 미끄러워요."

그렇게 말했지만, 순영 또한 울 것 같은 건 어쩔 수 없었다. 은효의 볼에 흐른 눈물을 투박한 두 손으로 닦아냈다.

새벽의 대학병원 응급실은 조용했다. 간밤 사건 사고가 이제는 수습됐다는 뜻이기도 했지만, 주차장에서 미친 듯이 뛰어온 은효는 낯선 적막 앞에서 주춤거렸다. 큰 수술이 필요할 정도였다면 응급실이 아직까지 소란스러울 거라 생각했기 때문이다.

하지만 몇 군데서 두런거리는 말소리가 들릴 뿐, 응급실은 갖고 있던 선입관보다도 조용해 보였다. 게다가 병상은 예상치 못할 만큼 많았고, 대부분 커튼이 쳐져 있어 어디로 가야 할지 은효는 주춤거렸다.

비애

"은효야, 제발 뛰지 말어. 너 유산기 있다고 했잖여."

겨우 뒤따라온 순영이 그녀를 다독거렸다. 그때, 은효가 그들 앞을 지나가는 응급실 당직의를 덥석 붙들고 물었다.

"혹시 건평리에서 온 사람들이 어디 있는지 아세요?"

"건평리요?"

"네, 저수지에 빠졌다가 들어왔다 들었어요."

은효의 목소리가 다급했다. 그녀의 애타는 눈빛을 바라보던 당직의가 그제야 알았다는 듯 고개를 끄덕였다.

"그분은 지금 응급수술 들어갔는데요."

"수술이요?"

은효의 두 눈이 커졌다. 심장이 턱 막혀 숨을 쉴 수가 없었다. 그녀는 자신도 모르게 제자리에 주저앉아 넋을 놓았다.

"은효야!"

"어, 어디로 가야 해요?"

주저앉아 걸을 수도 없으면서 은효는 당직의를 향해 물었다. 그가 안타깝다는 듯 지나는 간호사를 불러 물었다.

"조금 전 수술실 올라간 분, 몇 번 방이죠?"

"아, 그 환자분이요."

"은효야!"

간호사가 무슨 말인가 더 하려 할 때였다. 누군가 그들을 향해 다가왔다. 링거가 걸린 링거대를 미는 차르르 소리가 응급실의 낯선 정적을 깼다.

"윤오……."

환영인가. 은효는 자신의 눈을 믿지 못해 급하게 꾹 눈을 감았다 떴다. 눈앞에 윤오가 있다. 환자복으로 갈아입은 모습이 낯설었지만, 링거를 꽂은 팔이 불편해 보이긴 했지만 그는 분명 김윤오다. 최은효를 울고 웃게 만드는 그 남자.

아……. 차마 입을 열지 못했다. 심장이 쿵 떨어졌다.

"왜 이러고 있어?"

바싹 다가온 윤오가 바닥에 주저앉은 은효를 안아 일으켰다. 은효는 눈물로 푹 젖은 얼굴을 들어 그를 바라볼 뿐이었다. 믿기지 않아 그를 뚫어지게 바라봤다.

"수술 들어간 거 아녀?"

보다 못한 이장이 물었다. 윤오의 긴장했던 미간이 완전히 일그러졌다.

"저 아닌데요. 재형 씨 들어갔어요. 뼈가 몇 군데 부러졌다더군요."

"함께 온 사람들 없어?"

"지금 수술 중이라 모두 그쪽으로 갔을 겁니다."

그랬구나.

은효는 차마 안도의 한숨도 내쉴 수 없었다. 차를 타고 대학병원까지 오던 한 시간이 지난 세월의 기다림과 맞먹었다는 말도 하지 못했다.

"오……빠는……?"

비애

넋이 빠졌던 은효가 자신도 모르게 빠른 목소리로 덧붙였다.

다급함이 물씬 풍겨 윤오가 새삼 그녀를 내려다봤다. 제 품에 안기고도 덜덜 떠는 것이 심상치 않다.

"괜찮아. 재형 씨야 술이 취해서 몸을 제대로 못 가눴고. 나는 제법 버텼어. 지금은 힘이 좀 빠져서 그래. 건강했던 덕을 이렇게 본다."

윤오가 희미하게 웃었다. 떨고 있는 은효의 몸을 더 힘껏 껴안았다.

"진짜 다친 데는 없는 겨?"

"예. 괜찮습니다."

윤오가 순영을 향해 깍듯이 대답했다.

"그런데 옷은? 병원서 입원하랴?"

"그렇게 심하진 않습니다. 옷은 다 젖고 진흙이 잔뜩 묻어서, 갈아입었습니다."

순간, 윤오의 품에 안겼던 은효가 축 늘어졌다.

"은효야!"

윤오의 부름과 함께 그녀가 그의 팔에 완전히 안겼다. 그의 부름에 반응도 하지 않아 윤오를 당황하게 하고 두렵게 했다.

"선생님, 선생님! 여기 좀 봐주세요!"

윤오가 큰 소리로 의사를 불렀다. 그러나 다급한 그의 부름과 달리 은효는 떨리는 손끝으로 그의 옷자락을 붙들었다.

"다행이다……."

정말 다행이다.

눈물로 잔뜩 얼룩진 얼굴로 은효가 속삭였다.

병실은 조용했다. 바깥 소음이 거의 들리지 않는 VIP 병실인 탓도 있었지만, 침대에 누운 은효가 아무 말도 안하고 윤오에게 등 돌린 탓이기도 했다. 윤오의 입원이야 어쩌면 당연한 수순이었지만 그는 완강히 은효도 입원하길 주장했다. 그의 말을 따르긴 했지만 그녀는 병실에 들어온 이후로 통 입을 열지 않았다.

"잘못했다니까. 정말이야, 최은효."

은효가 말을 안 하는 동안, 윤오는 줄곧 빌었다. 손이 발이 될 때까지라는 말이 무엇을 의미하는지 알 것 같았다. 은효가 자조의 한숨을 내쉴 때까지 그는 줄곧 그녀를 달래야 했으니까.

"무얼 잘못했는지 알아요?"

은효의 목소리가 깊게 가라앉았다. 그녀의 곁에 눕지도 못하고 앉아 있던 윤오가 고개를 끄덕였다.

"알아."

"말해봐요."

"자신만만했던 거, 너와 우리 아이들 생각도 안 하고 몸 던진 거."

윤오의 목소리도 나직했다.

"미안하다. 이제는 너만 생각한다고 하고도 이 모양이야."

윤오가 하, 깊은 한숨을 내쉬었다. 동시에 이제 그를 향해 몸

비애

을 돌려 누운 은효가 한 손으로 눈을 가렸다. 뜨겁게 흐른 눈물이 손 아래로 흘렀다.

"은효야."

윤오가 눈을 가린 그녀의 손을 치우려 했지만 그녀는 완강했다. 젖은 목소리가 조금씩 흘러나왔다.

"비겁해지라는 건 아니야. 그러길 바라지도 않는데……. 그냥…… 두려웠어. 오빠와 제대로 마주 보고 얘기할 시간도 없었는데…… 다시 헤어질까 봐……."

은효의 고백이 이어졌다. 말없이 듣는 윤오의 심장이 콱 막혔다.

"그런 일 다신 없어. 진짜. 약속해."

윤오가 시트 자락을 걷고, 은효의 옆자리에 몸을 뉘였다. 그녀를 꼭 안아 제 품으로 끌어들였다. 은효의 정수리에 턱을 묻고, 뜨거운 입술로 낙인을 찍었다. 아이가 놀랐을지 모른다는 생각에 그의 손이 주춤주춤 은효의 배 위에 멎었다. 조금 더 용기를 내 천천히 쓰다듬었다.

그들을 둘러싼 모든 것들이 모난 곳을 깎아내고 부드러워지기 시작한다. 숨 쉬는 공기조차도 세밀하고 부드러워진다. 그래서 숨통이 트일 것 같다.

"이건 왜 그래요?"

문득 고개 들어 그를 올려다보던 은효가 물었다. 윤오의 귀 밑과 목까지 희미하지만 길게 남은 상처를 손끝으로 쓰다듬었다. 조금만 더 나갔으면 얼굴 위에까지 상흔이 남을 뻔했다. 윤오가 그녀의 손을 자연스럽게 덮었다.

"예전에 좀 다쳤어. 시간이 지나면 잘 안 보일 만큼 희미해진 대."

모친 문 여사에게 맞았을 때 남은 상흔이다. 은효가 이제야 그 것을 발견했다기보다 이제야 그녀가 윤오의 얼굴을 바로 보기 시 작했다는 뜻이다.

"이제 그만 자."

윤오가 은효를 조금 더 끌어안았다. 그녀가 망설이듯 입을 열었다.

"어디 가지 마요. 숨지 마요. 내 옆에 있어요."

"그래."

"나도 이제 피하지 않을 테니까, 혹시 내가 오빠 마음 아프게 하더라도…… 견뎌줘요."

"그래."

"내가 오빠 다시 마주 보는 것이 늦더라도……."

바로바로 대답하던 윤오의 대답이 늦어졌다. 무겁게 눈을 감 았다 뜬 그가 희미하게 고개를 끄덕였다.

"……그래."

더 이상 은효는 입을 열지 않았다. 얼굴을 보니 이미 잠이 들 었다. 곤했을 것이다.

"사랑한다, 최은효."

비애

마지막 고백까지 들었어야 하는데…….

수마가 밀려 든 윤오 또한 작은 한숨을 내쉰 후 눈을 감았다. 은효의 눈물이 또륵 흐른 것을 보지 못했다.

세찬 비 내리던 새벽이 지나 아침이 찾아왔다. 붉은 빛을 띤 나뭇잎마다 물기를 머금고 있다. 뽀얀 빛 안에서 한 덩어리처럼 안고 잠이 든 그들의 침대 위에도 햇살이 비치고 있다.

방 안 가득 일찍 찾아온 봄의 햇살이 가득했다. 열어둔 큰 창을 통해 들어온 아침 바람이 반쯤 닫아둔 미색 커튼을 하늘하늘 흔들리게 한다.

품에 안고 젖을 먹이던 아기가 잠이 들자, 은효는 아이를 조심스럽게 아기침대에 뉘였다. 두 팔을 위로 들어 나비잠을 자는 모습이 충분히 흡족한 듯해 보였다. 젖을 먹는 그 순간에 얼마나 힘을 썼는지 뽀송뽀송하던 머리카락이 그새 땀에 흠뻑 젖었다.

은효는 가제손수건을 들고 작은 얼굴에 붙은 곱실거리는 머리카락을 세심한 손길로 걷어내고 땀을 닦아냈다. 이제 한 달이 된 아이의 얼굴을 바라보던 은효가 희미하게 웃었다.

"은율아, 너 형이랑 정말 많이 닮았구나. 자는 모습까지 똑같아."

은효가 아이의 귓가에 속삭였다. 순두부처럼 연약한 아이의 손과 발을 조심스럽게 쓰다듬다가, 얇은 면 이불을 덮어주고 살살 토닥거렸다.

"정말 그렇게 닮았어요?"

비애

아기침대 옆, 휠체어에 앉아 한 손으로 턱을 괴고 있던 은결이 문득 물었다. 동글동글한 머리에는 이제 제법 머리카락이 자라 토실토실한 밤톨 같아 보인다. 은결은 아프기 이전보다 표정과 목소리가 시크해졌다. 나름 몸도 마음도 컸기 때문이라고 본인은 말하지만.

"사진 보면 똑같잖아. 심지어 성격도 비슷한 것 같아."

"내가 보기엔 하나도 안 똑같은데 뭐."

은효가 웃으며 대답했지만, 은결은 뾰루퉁한 표정을 감추지 않았다.

"나는 애기 때부터 자립심이 강해서 혼자 잤어요. 은율인 매일매일 엄마가 안아주지 않으면 잠도 안자잖아. 처음부터 완전히 다른 걸."

"은결아. 네가 애기 때부터 혼자 잤다고? 어떻게 자신해?"

은효가 눈이 둥그레져 은결에게 물었다. 휘어진 눈가에 웃음기가 묻어났다.

"아빠가 말해줬어요. 나는 엄마도 안 찾고 잘 잤다고. 대견하다고. 근데 은율이는 매일 매일 엄마 찾는다고 울어."

"아빠가 그러셨어?"

은효가 잠시 주춤했다.

은결이 기억하지 못하는 옛일들을 설명해달라 하면, 가능한 한 사실적으로 얘기해주려 한다. 아빠와 엄마는 오래도록 떨어져 있었다고. 그것이 너무도 안타까운 아빠는 지금부터라도 너희들

크는 모습은 모조리 기억해두고 싶어 한다고. 윤오가 어떤 의미로 말을 했는지는 모르지만, 아이와 나란히 앉아 나눴을 대화를 생각하면 가슴이 뜨끈해졌다.

은효가 은결의 앞으로 바짝 다가가 녀석을 한껏 끌어안았다. 눈매가 웃음을 머금어 둥글려졌다.

"이 녀석, 동생 봤다고 질투하는 것 봐?"

"내, 내가 언제요!"

은결이 강력하게 항의했다. 아기가 깰까 봐 목소리는 높이지 못한 채, 하얀 얼굴이 발갛게 달아올랐다. 무릎을 접어 은결과 시선을 맞춘 은효가 아들의 얼굴을 두 손으로 감쌌다. 입술에 쪽 뽀뽀를 해줬다.

"우리 은결이, 아기였을 때부터 대견했던 건 맞아. 엄마가 인정!"

은결의 눈동자가 초롱초롱했다. 엄마가 무슨 얘기를 할까, 한껏 기대하는 눈치이다.

"그런데 은결이가 은율이만큼 아기였을 때, 엄마는 은결이 하루 종일 안고 있었다?"

"하루 종일?"

은결의 두 눈이 휘둥그레 커졌다. 자신이 그런 아기였다는 것을 인정하고 싶지 않은 듯하다.

"그래, 하루 종일. 엄마는 밥도 제대로 못 먹었어."

"에……, 왜요? 내가 울어서요?"

비애

"응."

은결이 영 안 믿는 눈치였다. 은효의 미소가 한껏 짙어졌다.

"초보 엄마라 그래야 하는 줄 알기도 했고, 네가 너무도 작고, 예쁘고, 신기해서 내려놓을 수가 없었어."

은결의 표정이 심각해졌다. 웅, 목울음 소리를 내다가 옅은 한숨을 내쉬었다.

"내가 그렇게 어리광쟁이였어요? 엄마 힘들었겠다."

"하나도 안 힘들었어."

진정이다. 힘들었던 모든 것은 이제 다 잊었다. 그 녀석이 이렇게, 대견하게도 곁에 있으니까.

"이건 은결이와 엄마의 비밀인데……."

은효가 은결의 귓가에 속삭였다. 간지럽다고 목을 움츠리면서도 은결은 귀를 기울였다.

"엄마는 세상에서 은결이가 제일 예뻐. 알지?"

은결이 대답 대신 고개를 끄떡였다. 입술에 미소가 둥실 떠올랐다.

"아빠한테 비밀. 그리고 은율이 커서도 비밀!"

은율이 신이 나 은효와 새끼손가락을 걸 때였다.

"은율이 자?"

누군가 침실 문을 살짝 열고 얼굴을 내밀었다.

"네, 이모. 방금 잠들었어요."

"그럼 잠시 좀 나와 볼려? 손님이 오셨어."

"손님이요?"

은효의 눈빛이 의아해졌다. 이 집에 찾아올 손님 중 순영이 이렇게 조심스러워할 대상이 그렇게 많지 않은 탓이었다.

"김 서방 누님이 오셨어."

"고모가요?"

은효의 옆에 있던 은결이 먼저 반가워했다. 병원에 있던 동안, 윤주가 자주 찾아왔던 탓이었다. 아이는 고모를 화끈한 멋쟁이라며 잘 따랐다.

"은결이는 여기서 이모할머니랑 잠시 있어."

휠체어를 밀고 먼저 나가려 하는 은결이를 순영이 잡았다.

"엄마와 둘이서 하실 얘기가 있대."

그러니 자리를 피해주자는 의미였다. 천천히 일어선 은효가 침실 문을 열고 밖으로 나갔다.

몇 번 마주했다 해도 은효에게 윤주는 아직은 서먹한 사이였다. 윤오와 정식으로 혼인신고까지 했으니, 윤주는 그녀에게 시누이라 해도 '시댁'이란 이름이 익숙해지지 않았기 때문이다. 더욱이 모든 것이 생략된 채 혼인신고만 한 결혼이니만큼.

무슨 얘기를 하려 할까, 찰나 어색해진 은효였지만, 윤주를 대하자마자 그 느낌은 사라졌다. 소파에 앉아 있던 윤주가 벌떡 일어나 먼저 쑥스럽게 웃었다. 윤오와 닮은 서늘한 눈매가 애정을 담아 부드럽게 휘었다.

비애

"잘 지냈어요?"

"안녕하세요."

은효가 그녀 앞으로 다가가 고개를 숙였다.

"미안해요. 아기 낳은 거 알고 있었는데도 이제야 와봐서."

은효가 대답 대신 희미하게 웃었다.

"서운했죠? 알지 모르지만, 아버지가 올케 안정될 때까진 나타
나지도 말라 하셨어요. 윤오 선거도 있었고. 이래저래 힘들었잖아
요. 그런데 정작 그 안정이 언제까지인지 말씀도 안 해주시는 거
있죠."

아. 은효가 짧게 감탄했다. '천천히 가자' 란 명목으로 시아버지
인 김 회장이 모든 걸 막아주고 있다는 것을 알고 있다.

"아버지도 아이들 너무너무 보고 싶어 하시는데, 참고 계세요."

"조만간 저희가 찾아뵐게요."

은효가 담담한 목소리로 말하자, 윤주는 아니라고 손사래를
쳤다.

"그런 뜻으로 말한 거 아니에요. 윤오가 이미 보러 오시라 했
어요. 그래도 아직은 아니라고 당신이 말씀하신 걸요. 그보다는
윤오한테 다시 돌아오라 했는데 안 돌아온 걸 억울해하세요."

은효가 김 회장의 모습을 떠올렸다.

「미안하구나. 그 긴 시간이 흐르면서도 몰랐던 것은 모두 내 불
찰이다.」

343

그럼에도 김 회장은 예상치 못하셨을 터였다. 자신의 뒤를 이어 그룹을 이어받을 아들이 제 발로 선다고 나간 것을, 더욱이 정계로 들어설 줄은.

"나도 윤오가 정치에 뛰어들 거라고는 생각도 못 했어요. 처음에는 농사짓는다고 내려왔잖아요."

윤주가 빙긋 웃었다. 생각지도 못한 것은 은효 또한 마찬가지였다. 아니, 올 봄 시장 보궐 선거에서 윤오가 시장으로 당선될 줄은 누구도 예상치 못했다. 그가 후보로 나온다고 했을 때, 은효, 은결과 관련하여 흑색소문이 돌기도 했으니까. 그러나 윤오는, 그리고 은효는 그 소문을 정면으로 돌파했다. 사랑에 관하여, 그리고 그들이 겪은 기적에 관하여.

어찌 되었든 그의 당선은 활발히 일할 젊은 사람을 원하고 있다는 반증이기도 했지만 그동안 인근에 알게 모르게 쌓아온 윤오의 신뢰와 돌아가신 은효의 할머니가 쌓아온 덕이라는 여론이 크다. 유권자들은 비리로 구속된 전 시장 대신 참신한 인물을 원하기도 했었고.

"보내주신 선물들, 감사히 받았습니다."

"마음에는 들어요? 엄마의 취향도 아닌 것을 갖다 안기는 건 아닌가, 나름 고민 많이 했어요."

아기를 낳기 전까지 윤주는 많은 것을 보내 왔다. 아기용품들, 그리고 은결과 은효의 것들을. 때론 그 물건의 값비쌈에 놀라 돌려보내려 할 때도 있었지만 그때마다 윤오가 말렸다. 이것이 화해

비 애

를 청하는 누나의 방식이니 그냥 받아두라며.

"오늘은 인사하러 왔어요."

"네?"

은효가 놀란 눈으로 윤주를 바라봤다.

"내일 미국으로 들어가요. 그쪽에 브랜드 런칭을 하나 했는데, 기반 닦으려면 비교적 오래 걸려요."

"어쩌죠? 오빠 퇴근하려면 아직 멀었는데. 시내로 나가시겠어요? 오늘은 아마 시청에 있을 거예요."

은효가 서둘러 테이블 위의 전화기를 들려 했다. 하지만 윤주가 손을 들어 막았다.

"하지 마요. 오늘은 올케 보러 온 거예요. 윤오는 몰라야 해서 관사 들어가기 전에 부랴부랴 왔어요."

희미하게 웃던 윤주가 곁에 두었던 서류봉투 하나를 내밀었다.

"이거 받아요."

봉투를 받아 든 은효가 이게 무엇이냐는 눈빛으로 그녀를 바라봤다.

"윤오는 아버지 재산에서 손을 떼겠다고 했어요. 차라리 사회에 환원하시라 했죠. 그런데 아무리 부모 재산을 포기한다 해도, 이건 완전한 윤오 거라 내가 갖고 있을 수가 없어요."

윤주가 꺼내보라는 눈짓을 했다. 설핏 본 봉투 안에는 여러 건의 건물 문서, 그리고 통장이 들어 있다. 놀란 은효의 눈이 흠칫 커졌다.

"돌아가신 어머니가 윤오 앞으로 남기신 거예요. 아버지 쪽과는 전혀 상관이 없으니, 이건 윤오가 받았으면 해요."

"제가 받을 수 있는 게 아니에요."

"윤오가 거부하면, 아이들을 위해 써줘요. 돌아가신 우리 엄마 계셨다면, 며느리와 손자들에게 더 많이 해주시고 싶으셨을 테니까."

윤주가 희미하게 웃었다. 은효를 바라보는 눈빛에 애정과 미안함이 담겼다.

"지난 세월, 잊어달라고는 말 안 할게요. 나도 정말 미안해요. 우리 엄마 살아 계셨더라면, 올케……, 은효 씨 많이 예뻐하셨을 텐데……."

윤주의 눈꼬리에 물기가 맺혔다. 그렁그렁 맺혀서 뚝 떨어지자 그녀가 주책이라며 눈물을 닦았다.

"그만 가볼게요."

"왜 벌써요. 식사라도 하고 가세요. 은결이도 기다리는데."

윤주가 옆에 내려두었던 핸드백을 들고 일어나려 했다. 은효의 만류에 그녀가 활짝 웃었다.

"다음에요. 다음에는 우리 함께 밥도 먹고 그래요."

"그래도 이렇게 가시면, 제가 너무 섭섭해요. 은결이도 그렇고."

"음. 그럼 은결이와 은율이는 보고 가도 돼요?"

"당연하죠."

은효가 봄날 햇살처럼 따뜻하게 웃었다. 그녀를 바라보던 윤주

비애

가 잠시 생각에 잠기더니 입을 열었다.

"많이 망설였는데, 이 얘기까지는 제가 하는 것이 낫겠어요. 아버지도 윤오도 시기를 놓친 듯하니까요."

은효가 무슨 얘기냐는 눈빛으로 윤주를 바라봤다.

"우리 어머니와 윤지민 씨 얘기…… 들은 거 있어요?"

은효의 눈빛이 본능적으로 경계를 띠었다. 조심스럽게 입을 열었다.

"어머니는 건강이 좀 안 좋으시다 들었어요. 처음에는 요양 가셨다고 들었는데. 이렇게 오래 계시는 것을 보니 많이 안 좋으시구나, 생각했어요."

"그렇게 알고 있군요."

윤주가 옅은 한숨을 내쉬었다. 어머니도 어머니지만 지민은 나름 가까이 둔 동생인지라, 아무리 미워도 안타까움은 남는다.

"어머니는 작년 초가을……, 은결이 치료받을 즈음에 돌아가셨어요. 지민이와 함께 있다가 자동차 사고를 당하셨죠."

은효의 두 눈이 저도 모르게 커졌다. 놀라 숨을 쉬는 것도 순간 잊었다.

"왜…… 제게 누구도 말씀을 안 해주셨을까요."

"아버지가 함구하라 하셨어요. 은율이 낳기까지 힘들고 위험했잖아요. 지금도 이렇게 충격받는데, 그때 알았다면 어땠을 것 같아요."

은효가 대답하지 못했다.

윤주의 말이 계속 이어졌다.

"블랙박스 확인 결과 운전한 지민이 과실이라 한동안 두 집안이 껄끄러웠죠. 운전자인 지민이도 목숨은 건졌지만 척추를 다쳐서 지금도 못 일어나요. 아예 못 일어나거나 기적이 일어나면 하반신 마비로 끝날 것 같아요."

은효의 눈빛이 어두워졌다. 그랬구나. 그래서 지금까지 한 번도 문 여사도 윤지민도 마주치지 않았던 거다. 그저 서로 피하고 있다고 생각했을 뿐인데.

"엎친데 덮쳐서 작년 상반기에 지민이 회사에서 대박 낸 디자인이 카피였단 게 밝혀졌어요. 해외에서 이런 쪽으로는 정말 악명 높은 디자이너인데, 잘못 건드린 거죠. 소송 들어가서 이제 판결났는데, 배상액이 상당해요. 걔네 집이 아무리 부자라도 좀……."

은효는 한동안 입을 열지 못했다. 문 여사와 윤지민. 비교적 오래전 한 번 봤을 뿐이던 그녀들의 목소리가 불현듯 떠올랐다. 모습보다 목소리가 각인되어 남았다. 혼자이던 시간마다 자신을 괴롭혔던 그 목소리.

그러나 지금은 미움도, 원망도 부질없다. 그렇게 은효는 생각했었다.

윤오를 기다리지 않고 이별을 고하는 윤주의 뒷모습을 은효는 오래도록 바라보고 있었다.

선산의 중턱에서 바라보는 노을은 심장이 뭉클할 만큼 붉고

비애

아름답다. 눈 아래로는 넓은 벌판이 거칠 것이 없이 펼쳐졌다. 그 끝으로 떨어지는 석양이 황홀하다. 어느 때는 심장이 흘리는 피같이 붉고, 어느 때는 잘 익은 오렌지마냥 다채롭게 서쪽하늘을 물들인다.

그런데요, 할머니.

은효의 입술이 달싹거렸다. 마음속 말들이 들릴 듯 말듯 그녀의 입 안을 맴돌았다.

마음이 무거워요. 그분과 그 사람을 만나고 힘든 시간을 보낸 건 분명 맞는데, 그렇게 끝이 나쁘길 바라지는 않았거든요.

하아.

은효가 긴 한숨을 끝으로 앉아 있던 자리에서 일어섰다. 아이들을 두고 너무 오랜 시간 집을 비웠다. 그런데 몇 걸음 걸어 내려가던 그녀가 멈칫하고 말았다.

"언제부터 있었어요?"

윤오다. 그녀가 앉아 있던 곳 조금 아래, 살짝 가파른 경사로 인해 위에서는 보이지 않는 잔디 위에 앉아 있다. 양복 차림을 보니 일하다 뛰어온 것이 분명했다. 게다가 그녀는 이곳에 올 거라는 말을 하지 않고 나왔다. 윤오가 사방으로 그녀를 찾아다녔음은 보지 않아도 빤하였다.

"누나 왔었다는 소식 들었어."

은효가 윤오를 빤히 바라보았다. 그녀가 선 위치가 그보다 높아 평소와 달리 그의 얼굴을 내려다볼 수 있다. 은효가 가볍게 눈을 흘겼다.

"그렇다고 시장님이 공무도 팽개치고 달려왔어요?"

책망의 목소리는 아니었지만, 내용은 책망이 맞다. 그녀에게만 약해지는 윤오가 보여서 은효는 코끝이 싸해졌다. 답답한 마음을 여기 앉아 다스렸다고 생각했는데, 다 부질없었나 보다. 윤오를 보니 감정이 더욱 왈칵 솟구쳤다.

멀고도 멀리 돌아온 길, 현재. 기어이 이 남자와는 서로를 향해 섰다. 평행선이 아니다. 서로를 향해 전력을 향해 달리고 있다. 그것을 자신은 뒤늦게 깨달았을 뿐이다.

"윤오 오빠."

"응."

은효가 윤오의 얼굴을 말끔한 눈빛으로 바라봤다. 넘어가는 석양빛을 받아 그의 눈빛에도 따뜻함이 가득하다. 가슴이 울렁거려 눈물이 날만큼 이 순간 이 남자가 애틋하다. 어떤 말도, 어떤 채근도 하지 않은 채, 그저 묵묵히 자신을 기다리는 남자.

"은결이, 은율이 아빠."

은효의 입술이 실룩거렸다. 그녀의 얼굴을 뚫어지게 올려다보던 윤오의 눈매도 천천히 가늘어지기 시작했다. 그녀의 호칭이 새삼스러웠다.

"은결이, 은율이 아빠."

"응."

은효가 확인하듯 재차 부르자 윤오가 대답했다.

비애

"최은효의 남편!"

"응."

윤오의 목소리가 콱 잠겨 깊게 울렸다. 자신이 두 아이의 아빠라는, 한 여자의 남편이라는 사실을 이렇게 확인받고 있다. 그 사실이 윤오의 심장을 떨게 했다.

"나…… 업어줄 수 있어요? 업히고 싶어."

옛날, 그때처럼. 찬란한 시간을 공유하던 그날처럼.

주저하던 은효가 희미하게 웃었다. 입꼬리가 이제는 확실하게 호선을 그렸다. 웃고 있는 눈꼬리에 물기가 맺혔다. 바라보던 윤오의 입가도 실룩거렸다. 그러더니 대답도 하지 않은 채, 그대로 뒤를 돌아 무릎을 굽혀 앉았다. 주춤주춤 다가간 은효가 그의 목에 팔을 두르고 완전히 업혔다.

"그런 건 묻지 말고 그냥 업어달라고 해."

산을 내려가는 윤오의 목소리는 무뚝뚝했다. 하지만 그는 알고 있다. 그의 목덜미에 얼굴을 묻은 은효가 울고 있음을. 눈물이 떨어진 자리가 뜨거운 불에라도 덴 듯 쓰리고 화끈거렸다.

집으로 돌아와 윤오가 은효에게 키스를 시작한 것은 그녀가 너무도 많이 울었기 때문이었다. 순영의 집에 있는 아이들을 데리고 와야 하는데, 은효는 눈물보가 터진 듯 눈물을 그칠 수 없었다.

"은효야."

그때마다 윤오는 그녀의 귓가에 이름을 불렀다. 품에 안아 손끝으로 눈물을 닦아줬다.

"사랑해."

그리고 속삭였다. 사랑한다고, 영원히 곁에 있겠다고. 스치듯 입술이 마주쳤을 때, 누가 먼저랄 것도 없이 숨을 멈췄다.

"사랑한다."

윤오가 또다시 고백했다. 은효가 눈물로 흐릿한 시선을 들어 그를 올려다보았다. 눈빛이 바람 앞 촛불처럼 흔들렸다. 두 손으로 윤오의 얼굴을 감싸고 발돋움하여 그의 입술에 자신의 입술을 맞댔다. 깊게 호흡하듯 빨아들였다. 허전함을 상대가 채워줄 것처럼. 그렇게 혀가 얽히고 얽혀 어느 순간 넘치는 애틋함은 갈망이 되었다. 상대의 몸을 쓰다듬는 손길이 조금씩 다급해지고, 호흡이 빨라졌다.

"안아줘, 지금."

윤오가 한순간 은효를 뚫어지게 바라봤다. 언제나 그를 도발하던 여자의 눈빛이 물기 묻어 반짝였다. 훅. 깊은 숨을 짧게 내뱉은 윤오가 은효를 번쩍 들어 안았다. 곧바로 침실로 들어온 그가 그녀를 침대 위에 조심스럽게 눕혔다.

"괜찮…… 겠어?"

윤오가 걱정스럽게 물었다. 은효가 너무 많이 울었다. 한숨 자고 일어난다면, 머리가 쪼개질 듯 아플지도 모른다. 오래전, 그들이 처음으로 하나가 됐던 그날이 떠올라 심장이 쿵쿵 뛰었지만, 조심스럽고 걱정스런 일들 또한 윤오의 눈앞을 빠르게 스쳤다. 거

비애

친 욕망은 지금 하등 쓸모가 없다.

"키스해줘."

은효의 얼굴을 바라보던 윤오가 고개를 숙였다. 그녀의 이마에 뜨겁게 키스했다. 두 볼에, 콧등에, 그리고 입술이 겹쳐졌다. 동시에 천천히 그녀의 옷 또한 벗겨지기 시작했다. 윤오는 숭배하듯 은효의 온몸을 어루만졌다.

"사랑해."

윤오의 입술이 닿을 때마다 은효의 몸이 움찔했다. 모든 곳이 처음 그날처럼 윤오의 입술을 느끼고 있다.

"하아."

은효의 달뜬 한숨이 터질 때마다 그가 속삭였다. 사랑한다고. 세상 무엇보다 더 사랑한다고. 그리고 이제는 우리 행복하자고.

은효의 눈물에 그의 고백이 함께 섞였다.

"흡!"

그러다 그의 남성이 조심스럽게 밀고 들어갔을 때, 은효는 숨을 멈췄다.

"은효야!"

윤오가 그녀의 이름을 간절히 불렀다. 그녀는 이내 아프다고 울음을 터트렸다. 사랑하는 이의 안에 머문 윤오 또한 숨을 멈췄다. 다시는 떨어질 수 없다. 서로에게 뗄 수 없는 하나가 됨을 알고 있다.

"아파……."

"미안하다."

"미안하다는 말…… 이제 하지 마."

당신도 아프잖아. 두 손으로 윤오의 얼굴을 감싼 채 은효가 속삭였다. 물기 가득한 눈으로 윤오를 올려다봤다.

"그래. 하지 않을게."

"사랑한다고는 해줘."

"사랑해."

윤오가 성급하게 말했다. 성에 안 찬 듯 은효의 눈과 맞춤한 채 몇 번이고 되뇌었다.

"네가 알고 있는 것보다 더……, 많이 사랑해."

"나도 오빠 사랑해."

윤오의 표정이 흠칫 굳었다. 기다리고 있었지만, 은효의 고백이 이렇게 빠를 거라고는 기대치 않았다. 잔뜩 굳은 윤오의 얼굴을 은효의 손가락이 천천히 쓰다듬었다. 각인시키듯 윤오의 얼굴 모든 곳을 찬찬히 바라봤다.

"한 번도 사랑하지 않은 적이 없어. 미워해야 하는 그 순간에도 당신을 사랑하는 내가 바보 같아서 더 괴로웠어."

"이제 그만 말해도 돼. 네 마음 다 알고 있어."

"당신이 기다리는 것도 알면서, 일찍 말해주지 못해 미안해."

윤오가 은효의 눈가에 맺힌 물기를 입술로 닦아냈다. 몸과 마음, 완벽하게 하나가 된 것처럼 환희에 젖었다. 그가 기쁨을 감추지 못하고 빙긋 웃었다.

비애

"결혼식 하자, 우리."

"응. 청혼도 해줘. 멋있게, 크게 해줘. 다 해줘. 다 받을 거야."

"그래."

윤오의 말이 끊겼다. 먹먹한 시선으로 그녀를 바라본다. 은효에게는 그의 눈물이 보이는 듯했다.

은효의 손이 윤오를 밀어낼 것처럼 그의 가슴 위로 올라갔다. 하지만 밀어내지도, 움켜쥐지도 못했다. 올 것 같은 눈빛으로 바라보던 윤오의 머리를 주춤주춤 끌어당겼다. 먼저 깊게 입 맞췄다. 그의 혀를 서툴게 비비고 달게 빨았다. 그의 움직임이 시작돼 조금씩 흔들릴 때마다 그들 안의 모난 곳이 둥글어지고 있다.

서툰 감정이 천천히 가라앉는다. 더는 아프다고 울지 않고, 바람에 흔들리지 않을 만큼, 오래전 무너졌던 가슴 깊은 곳 또한 천천히 단단해지고 있다.

하늘이 구름 한 점 없이 남빛 잉크를 푼 듯 맑고 선명한 날이었다. 윤오와 은효의 집 안 마당에는 따가운 초여름 볕을 막아줄 차양이 줄줄이 쳐졌다. 가장 가까운 가족과 친구들로 한정한 결혼식이건만, 동네 사람들을 빼놓을 수 없다보니 예상보다 하객이 많아졌다. 윤오가 일하는 시청의 직원들이 온다는 것을 막지 않았다면, 누구 말대로 시청 대강당을 빌려도 좁을 결혼식이다.

몇 년 만에 열린 동네잔치에 인근 동리 사람들이 모두 축하한다고 이 집을 찾아와 집 안팎은 잔치 분위기로 흥겨웠다.

355

"이제야 서산할머니가 제대로 눈 감으시겠어."

"그러게말여. 은효 저 어린 것 혼자 남기고 떠나는 데, 눈이나 제대로 감겼겠남."

"살아 이날을 보셨음 얼마나 좋아. 그 양반이 참 여장부였지. 이 근방 살며 이 댁 덕 안 본 사람 있나?"

"그려, 그려."

하객으로 온 이들은 은효의 조모인 서산할머니를 대부분 기억했다. 그 손녀딸이 좋은 날 잡아 올리는 식에 모두들 한마음으로 축복했다.

"근데 새신랑, 우리 시장님 말여. 진짜 재벌집 아들이랴? 그냥 하는 말이지?"

"하는 말이긴. 몰랐어? 저그 저 양반, 테레비에 자주 나오잖여. 무슨 회장님이라고. 자그마치 영해그룹이랴."

"허어. 진짜여?"

"우리 시장님이 돈 같은 거 죄다 필요 없고, 은효랑 산다고 뛰쳐나왔댜. 그거 선거 전에 소문 쫙 퍼졌는디. 벌써 귀 안 들리나 왜 몰러?"

한 할머니가 혼주석에 앉은 김 회장을 두고 말하니, 옆 좌석에 앉은 할머니들의 입이 떡 벌어졌다. 모두의 시선이 김 회장을 향했다. 그러자 시골 할머니들의 집중적 시선을 받은 김 회장은 영문도 모른 채 흠흠 하며 시선을 허공으로 돌렸다.

"식이 시작될 예정이니, 내빈 여러분은 자리에 앉아주시기 바

비애

랍니다."

마이크 소리가 들리자, 웅성거리는 소리가 가라앉았다. 사회석의 이진수가 꽃길이 시작되는 곳에 선 윤오와 시선을 교환했다.

"오늘은 참으로 우여곡절 끝에 결혼식을 올리는 김윤오 군과 최은효 양의 행복한 날입니다. 김윤오 군, 우리 시장님 입이 귀에 걸렸습니다. 신랑 입장!"

하객들의 박수와 함성이 터졌다. 현악5중주의 합주 소리가 정원 가득 울려 퍼졌다. 정원의 입구부터 시작된 꽃길은 뒤편 포도밭이 시작되는 곳까지 이어졌고, 그곳에 놓인 단상을 향해 턱시도를 말끔히 차려입은 윤오가 힘차게 걸음을 옮겼다.

"아이고, 우리 시장님 인물도 좋지."

"그려. 진짜 누가 어딜 봐서 두 아이 아범이라 하겠어."

"인물은 은효도 좋지. 어디 빠지남?"

또다시 두런거리는 소리가 들렸다. 그러다 사회자의 '신부 입장' 소리에 웅성거림이 거짓말처럼 끊겼다. 꽃으로 장식된 아치형의 입구에 신부인 은효가 나타났기 때문이다. 순백의 웨딩드레스가 날아갈 듯 가녀린 몸을 감쌌다. 그녀는 저 앞에서 기다리는 윤오를 향해 보일듯 말듯 웃고 있다.

은효의 손은 올해 여덟 살인 그들의 맏아들이 잡았다. 제 또래 아이들보다 훌쩍 큰 아이는 듬직한 모습으로 제 엄마의 손을 잡고 윤오를 향해 나아갔다. 아이가 아직은 힘들까, 염려하여 한걸음에 달려온 제 아빠를 향해 진지하게 말했다.

"아빠, 엄마를 잘 부탁해요. 앞으로 계속 행복하게 해주실 거죠?"

아이의 말은 윤오에게 멀지 않은 옛날을 떠올리게 한다.

「아빠가…… 엄마…… 지켜줘요. 꼭…….」

제가 한 말을 기억도 못 하면서 은연중 닮아 있다. 윤오가 은결을 향해 미소 지었다. 크게 고개를 끄덕였다.

"맹세해, 아들."

사나이 대 사나이. 서로만의 눈짓을 한 후, 은결은 은효의 손을 윤오에게 건넸다. 윤오의 자리가 바뀌고 나란히 서 그가 은효를 바라보았다. 마주 보는 은효의 눈가가 연하게 붉어졌다.

울어도 돼.

아니. 안 울어요. 오늘은.

결혼식날 신부가 울면 딸 낳는다던데.

딸 낳고 싶은 거예요, 당신은? 나한테 또 딸 낳으라고? 욕심쟁이.

그런 말이 되나?

상대만이 알 수 있는 눈빛의 언어. 활짝 웃던 윤오가 제 팔짱을 낀 은효의 손을 꼭 잡았다 놓았다. 단상을 향해 나아가는 그들의 앞으로 환한 햇살이 쏟아지고 있다.

당일 날 신혼여행을 떠나지 못한 것은 여러 이유가 있었다. 아

비애

이들도, 오랜만에 한자리에 모인 식구들도 모두 마음에 걸렸던 탓이었다. 그럼에도 나름 첫날밤을 맞는 이들 부부를 위해 사람들은 일찍 자리를 비켜줬다. 서울 사람들은 서울로, 그들의 아이들은 이모할머니 순영네로, 동네 사람들은 제각각 자신의 집으로. 하루 종일 시끌시끌하던 집이 밤이 되니 순식간에 고요해졌다.

"은효야."

침실에 딸린 욕실에서 무심코 나오던 윤오가 멈칫했다. 어느새 침실의 불이 꺼진 탓이었다. 침실 한쪽에 세워둔 스탠드 램프만이 따뜻한 색감으로 빛나고 있다.

그럼에도 침실은 어둡지 않았다. 커튼이 활짝 열린 창으로 달빛이 쏟아져 들어오는 탓이다. 그리고 은효는 그 창 앞에 놓인 일인용 소파 위에 앉아 있었다. 두 다리까지 소파 위에 올린 채, 몸을 비틀어 윤오 쪽을 바라보며 수줍게 웃었다.

"감상 그만하고 여기로 오는 게 어때요? 달빛이 참 예뻐."

은효가 들고 있던 와인 잔을 소파 앞의 작은 테이블 위에 놓았다. 처음처럼 창틀에 두 팔을 올리고 턱을 묻었다. 달빛 쏟아지는 정원을 향한 눈빛이 즐거움으로 반짝거렸다.

"달빛이 중요한 게 아닌데?"

이내 다가와 그녀의 목덜미에 입술을 묻은 윤오를 은효 또한 마주 안았다. 강철처럼 단단하지만, 따뜻하고 부드러운 맨살 위를 손으로 만끽하듯 쓰다듬었다.

"작정했지, 오늘?"

은효의 목덜미에서 귓가로 촘촘히 입술을 맞추던 윤오가 속삭였다. 목소리는 이미 깊게 잠겨 갈라졌고, 그의 한 손이 단추가 한 개도 안 잠긴 흰 셔츠 속으로 미끄러지듯 들어갔다. 셔츠 깃이 젖혀져 탐스런 젖가슴이 달빛에 하얗게 드러났다. 실크처럼 부드러운 느낌이 몸서리치게 만든다. 신음을 꾹 참아 넘긴 윤오가 그것을 부드럽게 움켜쥐었다.

"벌써 취했나봐. 내가 이럴 수도 있고."

은효가 쿡쿡대며 웃었다. 그러다 밀려든 자극에 온몸을 바르르 떨었다.

욕실서 나온 윤오가 놀란 것도 무리는 아니다. 소파 위에 앉아 있는 은효는 윤오의 흰 셔츠만 걸친 채였다. 셔츠 아래로 뻗은 다리는 탄력적으로 늘씬했고, 잠그지 않아 벌어진 셔츠 사이로 풍만해진 가슴의 선과 작고 하얀 레이스팬티가 보여 윤오의 욕망을 자극했다. 보일 듯 보이지 않을 듯 아슬아슬함이 그의 심장을 쿵쿵 뛰게 했다. 윤주가 침실 가득 꽃장식을 하고 간 이후로, 침실에는 백장미 향이 가득했다. 향기 때문인지, 은효의 모습 때문인지. 구분도 불분명하게 윤오는 눈앞이 아찔해졌다.

"첫날밤 신부가 유혹하긴 자존심이 좀 상할까?"

맞부딪힌 입술 위에서 은효가 물었다. 윤오의 입술이 길게 늘여졌다. 눈매가 부드럽게 휘었다.

"용감한 최은효 씨는 그런 것 안 따지잖아."

"그러긴 하지만……. 딸 낳고 싶다면서요. 그럼 당신 열심히 일

비애

해야 할 텐데."

"열심히 일해. 아직 밤에는 내 여자가 꼬맹이 차지라 못 할 뿐이야. 일 년 지나면 얄짤없어."

윤오가 빙긋 웃었다. 닿은 코끝을 새의 부리처럼 부비던 은효도 쿡쿡대며 웃었다.

"그런데 정말 낳게?"

"공무원의 아내인데, 애국해야죠."

흐뭇하게 웃던 윤오가 깊게 입술을 물어 상대를 빨아들였다. 혀를 감고 입 안을 헤쳤다. 은효의 것이던 달콤쌉쌀한 와인향이 공유되었다. 숨결이 단숨에 뜨거워졌다. 그가 그녀의 몸을 달랑 안아 무릎에 앉힌 채 한 손으로 가슴을 부드럽게 주물렀다. 흥분하여 팽팽해진 젖꼭지를 손끝으로 자극하고, 비틀어 잡아당겼다.

"흐응……."

은효의 몸이 바르르 떨수록 윤오의 손길은 대담해졌다. 탱탱하고 보드라운 엉덩이를 꽉 쥐기도 하고, 어루만지다 이내 팬티를 끌어내리려 했다. 하지만 마음처럼 단숨에 내려가지 않고, 은효의 허벅지쯤에서 걸리자, 그의 손길이 당장 험악해졌다. 손바닥만 한 천 조각을 갈기갈기 찢을 것 같다.

"하아!"

그로 인해 무아의 상태에서 은효가 희미하게 정신을 차렸다. 그에게 푹 안긴 채로 옅은 한숨을 내쉬었다.

"이렇게 시작하면 안 되는데."

"왜?"

은효도 윤오도 목소리가 깊게 가라앉았다. 길게 맞붙었던 입술은 떨어졌지만, 서로를 어루만지는 손길은 여전하다. 은효도 목욕가운을 벌려 그의 가슴을 쓰다듬고 있다. 넓고 단단한 윤호의 가슴이 거친 숨결로 들썩이는 것이 그녀를 뿌듯하게 했다.

"명색이 신혼 첫날밤이니, 미래에 대한 계획도 세우고, 자녀 계획도 세우고……."

말을 하다 보니 자신들과 전혀 안 맞아 우스운 거다. 은효가 웃음을 터트렸다. 그의 목에 얼굴을 묻고 깔깔대며 웃었다.

"이미 자녀 둘은 확보했으니 패스."

"다섯 낳으면 되겠네."

"한 잔 안 해요? 나만 취한 것 같아."

계속 웃음이 터지는 은효와 달리 윤오는 진지했다. 그녀가 테이블 위에 놓인 와인병과 글라스를 가리켰다.

"우리 꼭 마시기로 했잖아."

의미를 알아들은 윤오가 아쉬운 듯 그녀와 거의 겹쳐졌던 상체를 일으켰다. 그러나 손은 여전히 은효의 가슴을 쓰다듬고 있다. 그리고 말없이 한쪽 입술 끝을 올려 웃던 윤오가 팔을 뻗어 와인병을 들었다.

라벨링은 8년 전, 은결이 태어나던 해로 되어 있다. 그때부터 한 해 한 해, 은결의 생일 때마다 은효가 담갔다는 포도주이다. 작년 처음 이 집에 오던 날, 순영이 눈물지으며 들고 오던 포도바구

비애

니의 의미를 윤오는 나중에야 이해할 수 있었다.

그 첫 번째 해의 와인이다. 오크통에서 8년을 잠자고 있던 것을 처음으로 깨웠다. 이제는 혼자가 아닌 둘이 함께해서 더욱 의미가 깊을 거라는 생각으로.

와인글라스에 적색의 빛깔이 출렁거렸다. 윤오는 두 잔을 나란히 따라 한 잔을 은효에게 건넸다.

"나는 그만. 더 취하면 안 돼. 어떻게 될지 몰라."

은효가 윤오의 가슴에 얼굴을 묻고 하아, 짙은 한숨을 토해냈다.

"오빠를 한입에 홀랑 잡아먹을지도 몰라. 조심해."

하하, 웃음을 터트렸던 윤오가 자신의 잔을 비우고, 그녀의 잔을 받았다. 한 모금 머금은 채, 은효의 턱을 가볍게 잡고 입술을 맞댔다. 와인 한 모금이 은효의 목을 타고 짜릿하게 넘어 갔다. 입가에 넘친 붉은 기운을 윤오가 혀끝을 핥았다. 하아. 떨리는 한숨소리가 깊어졌다.

"가보자. 어디까지 갈 수 있는지. 누가 누굴 홀랑 한 입에 삼키는지."

윤오의 눈빛이 욕망으로 짙어졌다. 그녀의 몸을 덥석 들어 안았다. 침대로 향하는 그의 마음이 급해졌다.

"사랑해, 김윤오."

침대에 눕히기 전, 은효가 그의 입술 위에서 속삭였다.

"나도 사랑한다."

"얼마큼?"

희미한 어둠에 묻힌 은효의 눈빛이 반짝거렸다.

"말할 수 없을 만큼."

은효를 침대에 눕히고, 윤오는 한 손으로 제 가운을 벗어던졌다.

"감이 안 와. 구체적으로 해줘."

보채는 은효를 지그시 바라보던 윤오가 입을 열었다.

"사랑해. 사막의 모래알 수보다 더. 모래알 수만큼 사랑한다고 말할 수 있어."

은효의 눈이 커졌다. 환하게 웃으며 윤오의 목을 끌어당겼다. 몸과 몸이 겹쳐지고, 불거진 그의 중심이 그녀의 아랫배를 묵직하게 찔렀다. 싱긋 웃은 은효가 손을 내려 그의 남성을 천천히 쓰다듬었다. 윤오의 신음이 희미하게 터졌다.

"진수 선배가 사랑고백까지 가르쳐줬어요?

"진수?"

"가면서 그러더라. 자신이 첫날밤 매뉴얼 잘 가르쳤으니, 기대하라고."

윤오는 대답하지 않았다. 터질듯 말듯 웃을 뿐. 대신 은효의 다리 사이를 벌려 자리를 잡고, 그 또한 그녀의 다리 사이를 천천히 쓰다듬었다. 은효의 몸이 움찔거리기 시작했다.

"그럼 첫날밤 매뉴얼대로 시작해볼까?"

"무슨 그런 말이…… 하……응……."

비애

은효의 말이 제대로 이어지지 못했다. 윤오의 애무가 격해지기 시작했다. 은효의 입술을 물어뜯듯 삼킨 그가 거세게 그녀의 안으로 파고들었다. 탄력 있는 젖가슴이 그의 손 안에서 일그러졌다.

부부의 침실 안으로 둥근 달이 은빛으로 빛나는 달빛을 가득 밀어 넣었다.

- fin.

작가 후기

교정본을 덮은 새벽. 차가운 바다가 사납게 울고 있다. 한마음이 되어 기도하는 이들. 나 또한 후기를 쓰기 전 짧은 화살기도를 날린다. 진정 기적이 일어날 수 있기를.

'비애'의 첫 시놉시스를 만든 것은 벌써 몇 년 전이었다. S님이 이런 얘기 어떻냐고 운을 떼었을 때, 그때는 막연히 시놉시스를 쓰면 당장이라도 살을 붙일 수 있을 거라고 생각했다. 그러나 항상 그렇듯이 글은 그 시기가 되어야 나온다는 사실만 깨닫고 말았다. 특히나 '비애'처럼 감정을 따라가는 글은 더욱 그렇다.

'비애'는 말 그대로 신파이다. 쓰면서도 감정 소모가 큰 글이라 진이 빠지기도 여러 번이었다. 그건 내가 지금 어린 아이를 키우는 엄마여서 더욱 그런 듯싶다.

종이책으로 나온 '비애'는 온라인 연재분과는 뒷부분이 상당히 다르다. 정확히 말하면 결말이 다르기 때문에 그 결말로 가는 과

비애

정이 다르다고 해야겠다. 이 때문에 수정고를 붙들고 편집부와 많은 의견을 나누고, 내 나름의 치열한 고민을 해야 했다.

은결이의 죽음은 처음부터 염두에 둔 바였다. 그래야 다시 돌아온 은효의 행동도, 모든 진실을 알게 된 이후 그들의 이야기도 설득력을 가질 거라 생각했었다. 그런데 아이가 죽은 것이 너무 마음이 아파 그 뒷얘기가 거의 떠오르지 않는다는 어느 분의 말은 내게도 충격이었다.

그래. 장르소설 로맨스는 판타지다. 현실에 있을 법한 판타지라는 것을 인정하자. 아니, 현실에도 기적은 존재하니, 세상 그 많은 사연을 가진 사람들 중, 이런 기적을 겪는 사람이 없을라고. 평생 아릿한 아픔을 가슴에 품고 산다면 완벽한 해피엔딩이 될 수 없다.

이렇게 초고를 완성했던 내 자신을 설득하는 과정을 종이책을 내며 다시 겪었음을 고백한다.

살리려고 생각하니 손 볼 곳이 한두 곳이 아니었다. 뒷부분은 거의 새로 썼다고 봐야 한다. 그럼에도 이제는 아릿한 아픔 없는, 무엇도 빠지지 않는 해피엔딩이 된 것 같아 나도 안도할 수 있었다. 먼 길을 돌아왔지만 이제는 행복하길. 서른이란 나이는 충분히 찬란하고 아름다울 수 있는 나이라고, 윤오와 은효에게 얘기해 주고 싶다.

사랑하는 나의 가족들, 남편과 아이들, 늘 미안하고 감사하고 넘치게 사랑합니다.

　　결점 많은 제 곁에서 힘이 되어 주는 분들, 감사하고, 고맙습니다.

　　S님, 그 얘기가 이렇게 끝이 났어요. 처음 얘기를 나누던 때가 손에 잡힐 듯 가까운데, 벌써 옛일이군요. 그때가 그립습니다. 감사합니다.

　　좋은 글로 다듬어주신 도서출판 가하에도 감사인사를 전합니다.

2014. 눈부신 여름 햇살을 닮은 4월의 아침.

이서윤 배상 (拜上)

비애